ハヤカワ・ミステリ文庫
〈HM㉞-5〉

氷の闇を越えて
〔新版〕

スティーヴ・ハミルトン
越前敏弥訳

早川書房
7217

A COLD DAY IN PARADISE
by
Steve Hamilton

Translated by
Toshiya Echizen
Published 2013 in Japan by
HAYAKAWA PUBLISHING, INC.
This book is published in Japan by
arrangement with
ST. MARTIN'S PRESS, LLC.
through JAPAN UNI AGENCY, INC., TOKYO.

新版刊行によせて

『氷の闇を越えて』は、私にとってあらゆる出来事のはじまりでした。これは出版された最初の小説であり、アレックス・マクナイトを主人公とする最初の作品でもあります。

このシリーズの舞台はミシガン州パラダイス。スペリオル湖のほとりにあるあまりにも小さな町で、そこには黄色い明かりが点滅する交差点ひとつがあるだけです。ハードボイルド小説の舞台にはおよそふさわしくない町ですが、私はかつて『氷の闇を越えて』の話を考えつき、その後一作ごとに新たな発見をしてきました。

何千マイルも離れた異国の地で、アレックス・マクナイトやパラダイスの登場する作品が読まれている様子を想像するのは、なんとも不思議なものです。とはいえ、どこに住んでいようと、どんなことばを話していようと、私たちはみな同じ人間です。闇を経験したことはだれにでもあり、それを乗り越えるためには、どんなにつらくても、光を求めて闘うしかありません。そしてアレックスは毎日そうしています。

『氷の闇を越えて』の日本語版が早川書房からあらためて刊行され、みなさんが手にとってくださることを大変うれしく思います。アレックスの親友であるオジブワ・インディアンのヴィニーならこう言うでしょう――アペギシュ・ウィー・ジャウェミニク・マニドウ（あなたがたに祝福のあらんことを）。ミグウェトク（ありがとう）。

スティーヴ・ハミルトン

二〇一三年六月

ジュリアとニコラスに

謝　辞

わたしのような州南部の出身者に対して、あたたかく、辛抱強く接してくれたミシガン州チプワ郡の人たちに謝意を表したい。そこへ行ったことがない人に申しあげておく。スーセント・マリーからパラダイスへ車で向かう途中、雪のせいで立ち往生する羽目になったとしても、ご心配なく。そういう目にあわないというのではない。十一月から三月までのあいだなら、おそらくそういう目にあうはずだ。けれども、最初に現われた人が助けてくれる。請けあってもいい。そんな人たちばかりが住んでいるからだ。だから、もしこの本に登場する地元の人間のなかに不届き者がいたとしても、それはわたしの過剰な想像力の産物にすぎない。

いっしょに小説を書いてきた仲間たちにも感謝している。ビル・ケラー、フランク・ヘイズ、ヴァーニス・シーガー、ダグラス・スマイス、ケヴィン・マッケニーニー、ローラ

・フォンテーン。きみたちがいなければ、わたしはいまなお、いつの日かふたたび小説を書こうと心に誓うばかりだったろう。リズ・ステイプルズとテイラー・ブルーグマンは、忙しいなか、現地に関する知識を授けてくれた。チャック・サムナーとアルフレッド・シュワッブは、いろいろと励ましのことばをかけてくれた。アメリカ私立探偵作家クラブのルース・フューリー、ロバート・ランディージ、ジャン・グレイプ、そしてセント・マーティンズ・プレス社のみなさん、とりわけルース・ケイヴィンとマリカ・ローンにも、ここにお礼を申しあげたい。

専門知識については、ミシガン州警察民間安全調査課のシェリル・ホイーラー、ニューヨーク州キングストン市の前警察署長ラリー・ケイポ、ライト州立大学救急医学部のドクター・グレン・ハミルトンに大変お世話になった。

そして、妻であり、最高の友であるジュリアには、だれにもまして感謝している。それに、ニッキーにも——きみは非の打ちどころのない息子だ。これからもずっと。

氷の闇を越えて

〔新版〕

登場人物

アレックス・マクナイト……………………………私立探偵
エドウィン・フルトン………………………………アレックスの友人
シルヴィア・フルトン………………………………エドウィンの妻
セオドーラ・フルトン………………………………エドウィンの母親
フランクリン…………………………………………アレックスの元同僚
トニー・ビング………………………………………賭け屋
リーアン・プルーデル………………………………私立探偵
マクシミリアン・ローズ……………………………服役囚
レーン・アトリー……………………………………弁護士
ロイ・メイヴン………………………………………スーセント・マリー市警察署長

1

わたしの胸のなかには銃弾がある。心臓から一センチも離れていないところだ。いまはもう、そのことを深く考えはしない。それは肉体の一部になっている。だが、ときおり、ある種の夜が訪れるたび、銃弾のことを思いだす。胸のなかに、その重みを感じる。その金属質の硬さを感じる。そして、きょうのように闇が濃く、風が強い夜には、体内で十四年間あたためられてきたにもかかわらず、銃弾は夜そのものと同じくらい冷たい。

毎年、ハロウィンの夜が来ると、わたしは警察にいたころのことを思う。ハロウィンの夜をデトロイトの警察官として迎えるほどきびしいものはない。子供たちが覆面をかぶるのはほかと同じだが、デトロイトの連中は〝お菓子をくれなきゃ、いたずらだ《トリック・オア・トリート》〟と叫ぶかわりに、家々に火を放つ。翌朝には、四十軒か五十軒の家が、煙のまだ残る黒こげの残骸と化している可能性がある。だから、警察官全員が街へ出て、ガソリンの缶を持った若者の姿をさがし、火の手があがらないうちに現場を見つけようとする。ハロウィンの夜にデトロイトの警察官であるよりひどいのは、ハロウィンの夜にデトロイトの消防士であることだけだ。

しかし、それははるかむかしの話だ。わたしがその銃弾を受けたのは、十四年前、南へゆうに三百マイルくだった場所でのことだ。いまとなっては、別の惑星、別の人生で起こったことのように思える。

ミシガン州パラダイスは、北部半島のスペリオル湖沿岸にある小さな町で、スーセント・マリー、地元での通称〝ザ・スー〟からホワイトフィッシュ湾を隔てたところにある。ハロウィンの夜にパラダイスの町にいると、木に掛けられた紙のお化けが湖からの風にはためくのを、ところどころで見かけるだろう。町の中心部にある交差点で信号待ちをしていると、魔女や海賊の衣裳に身を包んだ子供たちが車の後部座席から顔を出すのも、目にするかもしれない。バーにはいれば、カウンターの奥で、ゴリラのマスクをかぶったジャッキーが待ちかまえていることだろう。そこでは、叫ぶのはマスクを脱いでからにしてくれという冗談が繰り返されている。

それを別とすれば、パラダイスでのハロウィンの夜は、十月のほかの夜と大差ない。松林と曇り空があるばかりで、空気には初雪の気配が漂っている。そして、世界一大きく、冷たく、深い湖が、いまにも十一月の怪物に姿を変えようとしている。

わたしは〈グラスゴー・イン〉の駐車場にトラックをとめた。常連たちはもう全員集まっているだろう。今夜はポーカーをやっている。まる二時間は遅れたので、わたし抜きではじめているにちがいない。わたしは夕方からずっと、ローズデールのトレーラー・パークでドアをつぎつぎと叩いていた。地元の建設業者が新しい移動住宅を建てていたところ、それが横倒しになって、ひとりの作業員の両脚を押しつぶしたのだ。その男が病院へ運ばれて一時間もしないうちに、ミスター・レーン・アトリーが枕元に現われ、五十パーセントの報酬で最高の法的援助が受けられると提案した。アトリーからの電話によれば、おそらく示談で片がつくらしいが、裁判に持ちこまれた場合に備えて、念のため証人を用意しておくにこしたことはないという。いえ、その人は泥酔してなんかいません、重量五トンの移動住宅をこれ見よがしに鼻にのっけようとなんかしていません。そんな証言をする人間が必要なのだ。

わたしはまず事故現場の周辺の聞きこみをした。横倒しになったままの移動住宅が、その一角を土にめりこませているさまは、異様だった。木々の陰に日が落ちてゆくなか、わたしは休むことなく足を進めた。幸運には恵まれず、数枚のドアが鼻先で激しく閉められ、一匹の犬にズボンの先端を食いちぎられて恰好の生地見本を提供するていたらくだった。私立探偵稼業に手を染めてから数ヵ月になるが、これまで順調だったとはとても言えない。

わたしはようやく、証言してもいいというひとりの女を見つけた。何を目撃したかを語ったあと、その女はなにがしかの謝礼をもらえるのかと尋ねてきた。わたしは、その件に関してはミスター・アトリーとご相談願いたいと言い、アトリーの名刺をわたした。〝レーン・アトリー、弁護士。専門は傷害事件・賃金のトラブル・自動車事故・転倒事故・医療過誤・欠陥商品・飲酒による事故・刑事訴訟一般〟。スーにあるオフィスの住所と電話番号が書き添えられている。小さな名刺にこれらが細かい字で押しこめられているのを、女は目を細めて見た。「朝一番にこの人に電話するわ」この件だけを報告するためにオフィスへ出向く気はないので、レーンはこの女の名前さえ知らないまま、電話を受けることになるだろう。はなはだ混乱するにちがいないが、わたしの体は冷えきって疲れ、ひどく酒を欲していた。それに、ポーカーのゲームはとっくにはじまっている。

〈グラスゴー・イン〉にはスコットランドの情緒があると言われている。ここでは、スツールに腰かけてカウンターの奥の鏡に映った自分の顔をながめるかわりに、暖炉の前でクッションのきいた椅子にゆったりとすわる。それがスコットランドの流儀なら、引退後はぜひ移り住みたいものだ。が、いまのところ〈グラスゴー〉で事は足りる。ここは第二のわが家だと言ってもいい。

店にはいると、予想どおり、常連客たちがテーブルについて、すでにゲームをはじめていた。店主のジャッキーは、いつもの椅子にすわって、暖炉の前に足を投げだしている。ジャッキーはわたしを見てうなずいたあと、カウンターへ目をやった。そこにリーアン・

プルーデルが立っていた。片手をカウンターに載せ、もうひとつの手でショットグラスをつかんでいる。顔つきから察するに、一杯目ではない。

「おや、おや」プルーデルは言った。「ミスター・アレックス・マクナイト」プルーデルは大柄な男で、体重は少なくとも二百五十ポンドあるが、その大部分は胴まわりに集中している。髪は明るい赤毛で、つねにどこか一方へ飛びだしている。格子縞のフランネルのシャツに百ドルのハンティング・ブーツといういでたちから、北部半島で生まれ育った人間であることがひと目で見てとれる。

　ポーカーのテーブルにいた五人の男は、手をとめてわたしたちを見つめた。

「私立探偵、ミスター・マクナイト」プルーデルは言った。「ご本尊のお出ましじゃねえか」まぎれもない北ミシガン《ユーパー》人特有の訛り。かすかにうわずった声の響きは、カナダ人のものとほとんど変わらない。

　バーのなかには、ポーカーのテーブルにいる連中以外にも、十人ほどいるだろう。そのひとりずつがこちらに顔を向け、部屋に沈黙が訪れた。まるでわたしたちふたりが、いまにも銃を抜きそうなガンマンであるかのように。

「はるばるパラダイスまで来たのはどういうわけだ、プルーデル」わたしはきいた。

　プルーデルは長々とわたしを見据えた。突然、暖炉の薪が銃声のような音を立ててはじけた。プルーデルは酒の残りを飲みほし、グラスをカウンターに置いた。「外で話そうじゃねえか」

「プルーデル」わたしは言った。「外は寒い。こっちは一日じゅう外にいたんだ」

「外じゃなきゃ話せねえんだよ、マクナイト」

「一杯おごらせてくれ」わたしは言った。「一杯おごるから、ここで話せないか」

「いいとも。一杯おごってくれ。二杯でもいい。カウンターの奥へ行って、自分で作ったらどうだ」

「冗談はよせ」もめごとはごめんだ。特に今夜は。

「おれの仕事をぶんどったんだ。せめてそのぐらいはしてもらわねえとな」

「プルーデル、頼むよ」

「それから」プルーデルは大きな手をポケットにつっこみ、車のキーのついた鍵束を取りだした。「こいつを忘れてる」

「プルーデル……」

思いがけず、その鍵束があまりに速く、あまりに強烈な殺意をこめて飛んできた。まったく反応できないまま、それはわたしの左目の真上を直撃した。テーブルについていた五人がいっせいに立ちあがった。「だいじょうぶだ、みんな」わたしは言った。「すわってくれ」わたしは目尻を血がしたたるのを感じながら、身をかがめて鍵束を拾った。「プルーデル、あんたのコントロールがこんなにいいとは思わなかったよ。コロンバスで野球をしてたころなら、仲間に入れてやってもよかった」わたしは鍵束を投げ返した。「もちろん、こっちはマスクをかぶらなきゃならないがね」そう言って手の甲で血をぬぐった。

「外へ出ろ」

「そっちが先だ」

わたしたちは駐車場に出て、安っぽい光のなかで向きあった。ほかにだれもいない。風が勢いを増し、松の木の枝が四方で揺れている。空気は湖の水分を含んで重い。プルーデルがわたしに向けてパンチを何発か繰りだしたが、どれも空振りに終わった。

「プルーデル、お互い、こんなことをするほど若くないいんじゃないか？」

「だまって勝負しろ」プルーデルは全力で腕を振りまわした。殴り方を心得ていないのは明らかだが、それでも、気を抜くと痛い目にあうだろう。それに、残念ながら、こちらの期待ほどは酔っていないようだ。

「かすりもしないじゃないか」わたしは言った。「鍵束のスローイングだけにしておけばよかったのに」やつを怒らせろ。冷静にさせて、距離を見極められては具合が悪い。

「おれには女房とふたりの子供がいる」プルーデルは大振りの右のパンチを放ちつづけた。「女房に新車を買ってやれねえ。子供たちをディズニー・ワールドへ連れてってやる約束も守れねえ」

わたしは右のパンチをかわし、もう一発、さらにもう一発かわした。左が来るのを待て。酔いどれの生ぬるい左を一発頼むよ、プルーデル。

「くびになる前、おれの手伝いをしてくれる男がひとりいた。誓って言うが、そいつはその仕事だけでおまんまを食ってたんだ。そいつに何かあったら、全部おまえのせいだぞ、マクナイト」

さらに数回、右のこぶしを振りまわしたあと、怒りとウィスキーの充満したプルーデルの頭に、左のジャブを出そうという考えが浮かんだらしい。出されたジャブは泥の流れのように遅く、間延びしていた。わたしは一歩踏みこみ、顎の先に右のフックを見舞った。むかし三塁のコーチから教わったとおり、当たる瞬間、こぶしを心なしか下へ向けた。プルーデルは激しく崩れ落ち、その場にへたりこんだ。

わたしは相手を見おろしたまま、右肩をさすった。「起きろ、プルーデル」わたしは言った。「そんなに強く殴っていない」

少し不安になってきたとき、プルーデルはやっと砂利敷きの地面から身を起こした。

「マクナイト、いずれ叩きのめしてやる。いまここで誓う」

「土曜の夜はたいていここにいる」わたしは言った。「いや、ほとんど毎晩だ。さがすまでもない」

「いまに見てろ」プルーデルはそう言うと、まる一分、駐車場をよろよろ歩きまわったあと、ようやく自分の車の特徴を思いだしたようだ。遠くから、波が岩に砕ける音が聞こえてきた。

わたしは店にもどった。全員がわたしを見、つぎにドアに目をやった。それぞれが自分なりの結論に達し、ポーカーをつづけた。いつもの顔ぶれで、一週間ぶりに会っても、挨拶を交わす必要さえない連中だ。席について、カードに目をやるだけでいい。わたしは止血のために、ナプキンを目に押しあてた。

「あのあほうは、そこで二時間、おまえさんを待ってたよ」ジャッキーが言った。「何が不満だったんだい」

「あいつの仕事をおれが奪ったと思ってる」わたしは言った。「あいつは前にアトリーの仕事をしてたんだ」

「私立探偵だと？　あの野郎が？」

「本人はそう思いたいらしい」

「おれだったら、やつが自分の股間のものをさがすのにだって、一セントも払う気はないね」

「自分の股間のものをさがそうってやつに、どうして金を払わなきゃならないんだ」ルーディーという男がきいた。

「払わんさ」ジャッキーは言った。「ただの決まり文句だよ」

だぞ」

「決まり文句なもんか」ルーディーは言った。「決まり文句なら、聞いたことがあるはず

「決まり文句さ」ジャッキーは言った。「そう言ってやれよ、アレックス」

「いいから、カードを配ってくれ」わたしは言った。

わたしはポーカーに興じ、ビールを数杯じっくりと飲んだ。この店を気に入っているもうひとつの理由は、ジャッキーが毎週橋をわたってカナダへ行き、うまいビールを仕入れてくることだ。わたしはひととき、トレーラー・パークや悪たれの元私立探偵のことをすっかり忘れた。ひと晩に起こるドラマとしては、もうじゅうぶんだ。しばし骨を休めて、人間らしい気分にさせてほしいとさえ思った。

だが、今夜はさらに別の筋書きが用意されていた。エドウィン・フルトンがバーにはいってきたからだ。いや、正確にはエドウィン・J・フルトン三世だ。そして、その妻シルヴィア。よりによってこんな夜に現われるなんて。

ふたりが夜会のたぐいに出てきたのは一目瞭然だった。北部半島に夜会が開かれるような場所があることさえ驚きだが、そんなことはエドウィンにとってはよけいなお世話だろう。エドウィンは極上のグレーのスーツと焦げ茶のコートを身につけ、襟のまわりに赤のスカーフを巻きつけている。スーツの仕立てによって背を高く見せようとしているのは明らかだが、たいした効果はあがっていない。それでもなお、妻より六インチは低く見える。

シルヴィアは丈の長い毛皮のコートを着ている。おそらく狐だろう。一着作るのに二十匹ほど必要だったにちがいない。濃い色の髪は、ピンでとめられている。コートを脱ぐと、脚と肩を惜しげもなくさらけだした黒のワンピースが現われ、全員の視線を集めた。まったく、あの肩ときたら。それに、こんな寒い夜に、あんな服を着て外出するなんて。一座の注目の的《まと》になっていることを本人が意識しているのはまちがいない。しかし、この場にわたしがいなければコートを脱がなかったのではないかと思い、わたしは気が重くなった。シルヴィアが素早く投げかけてきた視線は、プルーデルの鍵束以上にわたしを傷つけた。

エドウィンはふたりぶんの飲み物を注文し、こちらに向けて小さく手を振った。顔には例の表情を浮かべている。妻と外出するときにかならず見せる、あのまじめくさった顔つき。

「教えてくれ」ジャッキーがだれに話しかけるともなく言った。「あれだけの女が、どうしてエドウィン・フルトンみたいなくず野郎とくっついてるんだ」

「大金持ちだからだろうよ」ルーディーが言った。

「じゃあ、おれに百万ドルあったら、あの女はこの膝に乗るっていうのかい」

「そりゃ、どうかな」ルーディーは言った。「おまえみたいな醜男《ぶおとこ》じゃ、五百万いるかもな」

エドウィンたちは長居しなかった。客たちの気を引くためだけに立ち寄ったかのように、一杯だけ飲んで帰った。エドウィンにコートを着せられながら、シルヴィアはもう一度わたしを見つめた。何を伝えようとしたのであれ、それはたぶん伝わったと思う。

ポーカーをしながら、わたしはシルヴィアのことを考えつづけた。カードに集中できず、重苦しい気分を振り払えなかった。外では、風がいよいよ激しさを増した。窓のがたつく音が聞こえてくる。

「十一月の風がひと足早くやってきた」ジャッキーが言った。

「もう十二時過ぎだ」ルーディーが言った。「十一月一日になってる。時間どおりだぞ」

「負けたよ」

一時間ほどして、エドウィンが店にもどってきた。今回はひとりだった。いつものおびえたような表情を浮かべ、カウンターのそばに立っている。わたしが気づくのを待っているらしい。こちらのテーブルに近づいてほしくなかった。エドウィンは一度だけわたしたちとポーカーをしたことがあり、レートの低いわたしたちのゲームで考えうるかぎりの速さで大負けした。だが、痛くもかゆくもないに決まっている相手から金をとっても、ちっともおもしろくない。急に気安げになって大はしゃぎしたのも、いただけなかった。それ以来、ゲームに誘ってやったことは一度もない。

夜になるとたいてい、わたしはエドウィンの様子をひと目見にいきたくなる。気の毒に思うからか、シルヴィアとのことで引け目を感じているからかは、自分でもわからない。

ひょっとしたら、実はあいつのことが好きなのかもしれない。友人であるはずがない理由がいくつもあるにもかかわらず、友人だと思っているのかもしれない。けれども、どういうわけか、今夜は気が向かなかった。エドウィンはカウンターの前で立っていたが、わたしが無視したので、やがてあきらめて出ていった。

ドアが閉まった瞬間、わたしは後ろめたくなった。「きょうはこれで引きあげるよ、みんな」わたしは言った。エドウィンを駐車場でつかまえたかったが、外へ出たとき、もうその姿はなかった。

車での帰り道の途中に、林が途切れて湖のすばらしい景色が目にはいる場所がある。雲の隙間から漏れる月明かりはわずかだったが、波がしだいに大きくなって、おそらく四フィートか五フィートの高さになる様子はじゅうぶん見てとれた。わたしはトラックを運転しながら、車体が風に揺れるのを感じた。この近くのどこかで、波からゆうに千フィートくだったあたりに、いまも二十九人の男たちが眠っている。エドマンド・フィッツジェラルド号が沈没したのは二十年前。そのときも、きっとこんな夜だったのだろう。

帰る途中ずっと風を受けていたので、ロッジにもどってからも、ほうぼうの隙間から風が吹きこんでくる気がした。わたしは明かりをすべて消し、いちばん厚い上掛けの下にもぐりこんだ。漆黒の闇のなかで、夜のささやきが聞こえた。

わたしは眠った。どのくらい眠ったかわからない。そのとき、音がした。電話だ。

何回か鳴ったあと、わたしは電話のもとにたどり着いた。受話器をとると、声がした。

「アレックス」

「はい？」

「アレックス、ぼくだ。エドウィン」

「エドウィン？　おい、いま何時だ」

「わからない。二時ごろだと思う」

「二時だって……エドウィン、いったいなんの用だ」

「ちょっとややこしいことになった」

「ややこしいって、何が？」

「アレックス、とんでもない時間だってのはわかってるけど、ここへ来てくれないか」

「どこへ？　おまえの家か？」

「いや。スーにいるんだ」

「なんだって？　ほんの一時間前、バーにいたじゃないか」

「ああ、そうだ。ここへ来る途中に寄ったんだ」

「エドウィン、いったい何があった」

わたしは身を震わせながら、長々と答を待った。戸外の風の音と、電話の向こうのかすかな雑音ばかりが聞こえてくる。「アレックス、お願いだ」ようやくエドウィンは言った。

声がかすれている。「来てもらいたい。たぶん、こいつは死んでる」

「だれが死んでるって？　何を言ってるんだ」

「絶対に死んでるよ、アレックス。だって、血が……」

「エドウィン、どこにいるんだ」

「血だよ、アレックス」かろうじて聞きとれるほどの声だった。「こんなにたくさんの血を見たのははじめてだ」

2

午前二時半、わたしはスーの町にはいったばかりのところにある粗末なモーテルの一室で、死んだ男を見おろしていた。死体には一オンスの血も残っていないようだ。いたるところに血が見えた。浴室の白い床は鮮やかな赤に染まり、カーペットにしみこんだ個所はどす黒く変色している。壁には太いすじが何本もつき、床までしたたり落ちている。そして、死体は血の海のなかにある。イースターの卵のように、どっぷりとつかっている。

血を見たことで、わたしのなかに恐怖がよみがえってきた。恐怖については、何もかも知りつくしている。どこから来るかも、なぜ感じるかも。だが知っているからといって、扱いやすくなるわけではない。わたしはそれが腹の底から目のすぐ下までこみあげてくるのを感じた。抑えつけることができなかった。

「ひどい」わたしは小さくつぶやいた。「ひどい」

それは大男だった。以前会ったことがあるかどうかはわからない。そこまで考える気になれなかった。片耳から反対の耳まで、喉を掻き切られている。顔に銃弾を撃ちこまれた形跡もある。撃たれたのと喉を切られたのと、どちらが先かは不明だ。推理するところまで、とても気がまわらなかった。あとになって、おそらく撃たれたのが先で、倒れる直前に喉を切られたのだろうと推察できたが、いまこの瞬間は、血を見たことと、自分の反応以外について考える余裕はなかった。

浴室のドアがあけっ放しだ。死体は身をよじった恰好で横たわり、顔だけが仰向きになっている。着衣はズボンとアンダーシャツ。靴は履いていない。目は見開かれたままだ。顔の一部分、目の下のあたりがなくなっている。部屋じゅうの明かりがついている。ベッドの横のテレビもつけっぱなしだ。昔の白黒の映画が映っていて、音量は小さい。ベッドはふたつとも乱れ、床の上にまるまったシーツがある。すぐ近くまで血がひろがり、シーツの角が赤く染まっている。

どのくらいの時間そこに立っていたかはわからない。動くことができなかった。わたしはようやく目をあげ、鏡に映った自分の顔を見た。何もさわるな。外へ出ろ。何もさわるな。さあ、出ろ出ろ出ろ。

わたしは部屋から出て、ドアを閉めた。吐き気を催していたところに、湖から来た十一月の突風が、鉤爪を立ててわたしの顔に襲いかかった。エドウィンは安っぽい蛍光灯の下で、立ったまま震えていた。冷たい薄明かりを浴びたその姿は、弱々しく、場ちがいに見えた。

いでたちは、バーで見たときと変わらない。スカーフの色が血の赤とまったく同じであることに、わたしは否応なく気づかされた。

「死んでるか」

「なんだと？」わたしは言った。

「死んでるかってきいたんだ」

「死んでるか？　そんな質問をするのか？」

エドウィンはコートの襟をしっかりと掻きあわせて言った。「なんてことだ」

「何があったんだ」

「わからない」

「エドウィン、頼むから……」

「何があったか、わからないんだよ、アレックス。ほんとうだ」

「警察には電話したのか」

「いや、まだだ」

「なんだって？」信じられなかった。「いったいどういうつもりだ。だれも起こしてないのか。事務所はどこだ」ここは簡素なモーテルで、部屋が七つか八つ並んでいる。リヴァーサイド・モーテルという名前だが、セント・メリー川は東に少なくとも二マイル隔たっている。

「あっちの突きあたりにあると思う。でも、ちょっと待ってくれ、アレックス。よく考えよう」

「何を言ってる」

「どうするのがいいか考えてみたいんだ」

「トラックに乗れ」

「この場を離れるのはまずいんじゃないか」

「トラックのなかに電話があるんだよ、エドウィン。とにかくトラックに乗れ」

わたしのトラックは、エドウィンの銀色のメルセデスの隣にとめてあった。駐車場に、ほかの車は一台しかない。モーテルの経営者は、六号室で男が惨殺されたことなどつゆ知らず、すやすやと眠っているにちがいない。経営者が世界一眠りの深い男か、殺人犯がサイレンサーつきの拳銃を使ったかのどちらかだ。

エドウィンとともにトラックに乗りこんだあと、わたしはエンジンをかけ、ヒーターをつけた。それから、座席の下の携帯電話を手にとった。「まず警察に電話する」わたしは言った。「おまえが自分でかけるか、おれがかけるか」

「郡の保安官はきみの大親友じゃないのか、アレックス」

「知りあいだ。それがなんの関係がある」

「もし、きみから話してもらえれば……」

「エドウィン、ここへ来るとき、〈スーセント・マリーへようこそ〉って看板を見たろう」

「ああ、見たけど？」

「それがどういうことか、わかるか」

「ぼくたちはスーセント・マリーにいるってことだ」

「ということは？」

「わけがわからない」

「ということは、スーセント・マリー市の警察に通報しなきゃならないんだ。郡は関係しない」

「くそっ」

「市の警察を呼んで、まずいことでもあるのか」

「ないよ。まずいことなんか何もない」

「もしもし」わたしは電話に向けて言った。「アレックス・マクナイトと申します。私立探偵です。殺人事件の通報のために電話しました。いま、リヴァーサイド・モーテルにいます。ええ、スリー・マイル・ロードの。はい、このまま……」

「信じられない」エドウィンが言った。トラックのなかにいても寒く、吐く息が見える。エドウィンは両手をこすりあわせ、息を吐きかけた。

突風がトラックを揺さぶった。電話が担当者にまわされるのを待つあいだ、わたしはモーテルを観察した。チプワ郡には毎年おおぜいの旅行者がやってくるが、ここはひっそりと朽ちている。モーテルの名前がついた看板の上に、一羽の鳥が取りつけられている。ペリカンのつもりかカモメのつもりか、あるいはほかの鳥なのかもしれない。

「もしもし、おはようございます」わたしは言った。別の人間が出てきた。わたしは同じことを繰り返し言い、パトカーが来るまで待つと約束した。スーはかなり小さな市なので、殺人課のような部署がないのは確実で、おそらく数人の刑事がすべての主要事件を担当しているはずだ。この五年間で、殺人事件の記事は一度しか読んだことがない。だから、このモーテルの部屋を血に染めた人間は、たったいま、殺人事件の発生率をいっきに引きあげたことになる。警察はまずここに夜勤の制服警官を二、三人送りこみ、そのあとで署長のロイ・メイヴンを起こすだろう。メイヴンには会ったことがなく、ある晩、郡保安官とビールを飲んだときにうわさ話を聞いただけだ。午前二時半にここに姿を現わす人間とは思えない。

「で、どうなるんだ」エドウィンが言った。

「こっちへ向かってる」

「やれやれ」

「そろそろ、何があったのか話してくれないか」

エドウィンはうなずいた。「どこからはじめればいい」

「まず、部屋にいる男はだれなのか」

「名前はトニー・ビング。賭け屋だ。いや、賭け屋だった」

「それで？」

「ぼくは借りを返しにきた」

「こんな夜中に？」

「さっき電話があったんだ」エドウィンは言った。「金を返せって」

「やつはモーテルで何をしてた」

「ここに住んでるのさ。そういう連中もいるみたいだ。モーテルに住みついてる連中」

「話は聞いたことがある」わたしは言った。「やつにいくら借りていた」

「五千ドルだ」

「いま持ってるか」

「ああ、ここだ」エドウィンはコートのポケットを叩いた。

「じゃあ、おまえは金をわたすためにここに来た。それから？」

「ドアをノックしたけど、返事がなかった」

「それで、中へはいったのか」

「ドアには鍵がかかっていなかった。寝てるんだろうと思った」

「すぐにはいったんだな。迷いもせず」

「わざわざこんなところまで来た目的は、金を払うことだけだ。わたすまで帰るつもりはなかった」

「わかった」わたしは言った。「で、部屋にはいったら、やつがいたんだな」

「そうだ」

「それからおれに電話した」

「ああ。ぼくも電話を持ってる。車のなかに」エドウィンはメルセデスを指さした。

「死体を見つけるとすぐ、おれに電話したわけだ」

「そうさ。あんなのを見たことがあるかい」

「ああ」わたしは言った。「ある」

「そうだろうな。むかし、警察官だったんだから。デトロイトにいたころ、たくさん目にしたんだろう」

「ひと晩に二、三回だ。慣れっこになる」

「ひと晩に二、三回？　ほんとうかい。そんなに多いのかい」

五十セントもらえば、わたしはこの場でエドウィンの顔に張り手を食らわしただろう。

「エドウィン、もうひとつきいてもいいか」

「いいとも」

「いったいなぜ、警察じゃなくて、おれに電話した」

「わからないよ、アレックス。そのときのぼくの精神状態を察してくれ。部屋へはいってあいつの姿を見たら、何がなんだかわからなくなったんだ。自分でも、どうしたらいいかわからなかった。だからきみに電話した。それから、アトリーに」

「待ってくれ。アトリーに電話したって？　そんなこと言わなかったじゃないか」

「ぼくの弁護士だからね。彼にも電話したほうがいいと思ったのさ」

「向こうはなんと言っていた」

「すぐに来るって。まだ来てないのは驚きだ」

「アトリーはこの町のすぐそこに住んでる。こっちははるばるパラダイスから駆けつけたというのに」

「弁護士でございってスーツに着替えてるんだろう。とにかく、最初に思いついたのがきみのことだったんだよ、アレックス。光栄だと思ってもらいたい」

「忘れなければ、いつか花を贈るさ」

「それに、きみが私立探偵で、アトリーに雇われてるからでもある」

「ほう」

「ぼくに雇われてると言ってるんじゃないぞ、アレックス。ぼくの弁護士に雇われてるからだ。まちがえないでくれ」

「わかったよ」わたしは帰って眠りたかった。すぐに帰って、毛布にもぐりこみたかった。

「きみが郡の保安官と仲がいいのも理由のひとつだ。そのことが役に立つかもしれないと思った。きみの言うとおり、これは市の事件で、郡の出る幕じゃない。だけど、そのときはそこまで頭がまわらなかった。すまない、アレックス。いまも頭が混乱してる」

スーセント・マリー市警のパトカーが駐車場に現われた。回転灯は光っているが、サイレンは鳴っていない。「さあ、ショーがはじまる」わたしは言った。

若い巡査がふたり、どちらもたかだか二十五歳だろう。わたしはデトロイトでの最初の数年間、自分も夜勤についていたことを思いだした。夜勤につくのは、はいりたての若い警察官と、退職前に超過勤務手当を稼ごうとする老警察官だけだ。

「やあ、おはよう」わたしは言った。「こちらがエドウィン・フルトン。死体の発見者だ」わたしはエドウィンに顔を向けた。エドウィンはトラックの横で、両手をポケットに突っこみ、見るも哀れな顔をしている。「わたしはアレックス・マクナイト」

「被害者はどこです」ひとりの巡査が言った。

「六号室だ」見ないほうがいいと言おうかと思った。けれども、結局見ないわけにはいかないのだ。警察学校では、こういうものを見るための心の準備のしかたは教わっていないだろうが。

「気が変になりそうだ」部屋をのぞきこんだふたりの一方が、そう言うのが聞こえた。ふたりはドアを閉め、二度と近づかなかった。

もうひとりがわたしのもとへ来た。「メイヴン署長がすぐにこちらにまいります」

「そいつは予想どおりだ」わたしは言った。「相棒はだいじょうぶかい」声をあげたほうの男は、パトカーの陰に隠れている。何をしているかは、想像するまでもない。

「わかりません。自分はここの経営者を起こしてきます」

数分後、メイヴン署長が現われた。車から出てきた男は、いかにも真夜中に叩き起こされ、殺人事件の現場に駆けつけたという雰囲気を漂わせていた。コートのポケットから手帳を取りだし、しばらく巡査たちと話したあと、六号室のドアに目をやり、それからわたしたちふたりに顔を向けた。「マクナイト」メイヴンはわたしたちに近づきながら言った。

「アレックス・マクナイト」警察官特有の冷たく青い目を持ち、じゅうぶんに刈りこまれていない口ひげを蓄え、顔全体に歳月が刻みこまれている。そしてその声は、老練な警察官が、歯医者のドリルのように使うものだ。

「わたしがマクナイトです」

「きみが通報したのか」

「はい、署長」

「最初から説明してくれ」

「発見したのはぼくです」エドウィンが言った。

メイヴンは風向計の錆を落とすほどの鋭い視線を、エドウィンに投げかけて言った。

「わたしはまだ、きみに話しかけていない」

エドウィンは口を結び、地面を見つめた。

「こちらはエドウィン・フルトンです」わたしは言った。「彼が発見して、わたしに電話をかけ、それからわたしがここへ来て、警察に通報したんです」

「私立探偵だと聞いたが」

「そうです」

「許可証を見せてくれるか」

「まだ持っていません。免許をとってからあまり日がたっていないんです」

メイヴンは手帳から紙を一枚ちぎった。「なら、これに住所と電話番号を書いて、許可証のかわりにしたまえ」

わたしはしばし相手を見つめ、紙を受けとった。

「よし。では、これからきみと話をするぞ、ミスター・フルトン」

「は、はい」エドウィンは震えを必死で抑えている。

「あの部屋で死体を発見したのはきみだ。そうだな？」

「そうです」

「きみはまずミスター・マクナイトに電話をした。そうだな？」

「そうです」

「つぎに何をした」

「弁護士に電話しました」

奇跡的なタイミングで、赤のBMWに乗ったアトリーが現われた。

メイヴンは目を閉じ、鼻柱をつまんだ。「それから？　つぎに何をした」

「ここで待っていました。アレックスが来るまで」

「九一一に通報することは、いつの時点で思いついた」

「申しわけありません」エドウィンは言った。助けを求めてわたしを見たが、何も得られなかった。「それは考えませんでした」

「そうか」

「みなさん、おはよう！」レーン・アトリーが近づいてきた。エドウィンの言ったとおり、弁護士の定番のスーツを身につけている。シャワーを浴び、ひげを剃り、床屋を起こして髪の手入れをさせてからここに来たのではないか。「アレックス」急に商売用の声に変わった。「きみが来てくれて助かったよ。エドウィン、ひどい顔じゃないか。ロイ・メイヴン署長、何があったか教えてください」

メイヴンはアトリーをしばし見据えた。「ここで待っていてくれ。全員だ」メイヴンは六号室へ行ってドアをあけ、わたしたちが背後から見守るなか、室内をのぞきこんだ。まる一分、微動だにせず、そこに立っていた。ようやくドアを閉めると、また巡査たちに話しかけた。すでにモーテルの経営者が起こされていた。困ったような顔をした老人で、長靴を履き、パジャマの上にコートといういでたちで、ふたりの巡査のあいだに立っている。

「被害者はどんな様子だ」アトリーがわたしに尋ねた。

「顔に銃弾を食らって、喉をざっくり掻き切られてる」わたしは言った。「それ以外は、五体満足だ」

メイヴンがもどってきた。「諸君。スーの町は、賭け屋をひとり失ったようだ」

「トニー・ビングです」エドウィンが言った。「ぼくは金を返しにきたんです」

「あの男のことは知ってるよ、ミスター・フルトン。ここはわたしの部下たちにまかせて、われわれは署のほうでつづきを話そうじゃないか」

「いいですとも、ロイ」アトリーが言った。「全面的に協力します」

「それはありがたい」メイヴンが言った。「さて、ミスター・フルトン、左の靴を脱いでくれるか」

「はい？」

「左の靴だよ、ミスター・フルトン。たぶん、靴底を見たら、血がついているはずだ」

エドウィンは片手をわたしの肩に置いて、左足をあげた。「ああ、まったく」

「脱ぐんだ」メイヴンは言った。

「いまですか？」

「ロイ、ちょっと待ってください」アトリーが言った。「いくらなんでも――」

「きみは犯行現場をめちゃくちゃにしたんだよ、ミスター・フルトン。さあ、よこしたまえ」

エドウィンは靴を脱ぎ、メイヴンに手わたした。柔らかそうなグレーの革靴で、おそらくわたしのトラックより値の張るものだろう。

メイヴンはコートのポケットからビニールの袋を出し、靴を投げ入れた。「ありがとう。さて、きみが弁護士といっしょに署まで同行してくれれば……」

「ロイ、それはひどすぎます」アトリーが言った。「彼は靴を履いていない」

「ミスター・アトリー」メイヴンは言った。「きみの依頼人に、片足でけんけんするように言ってやれ。ほら、こんなふうに」メイヴンは左足をあげ、そのまま飛び跳ねながら数歩進んだ。ポケットのなかで、鍵が音を立てた。「わかったかね。簡単だろう。九一一番のダイヤルをまわすのと同じくらい」

わたしはパラダイスへと引き返した。全力で飛ばせば三十分、速度制限を守れば四十五分。焦るつもりはなかった。

夜の風は去り、日がのぼりはじめている。二八号線に乗って湖をあとにすると、交差する道路が見えてくる。そこを曲がれば、ベイ・ミルズ・カジノやキングズ・クラブへ行くこともできる。まっすぐ進めば、ハイアワサ国有林のなかを分け入ることになり、松林を両側に望みながら、ラコやストロングズという小さな町を通る。一二三号線を右へ行くと、しばらくして湖がふたたび見えてくる。タークアメノン州立公園のなかを突き進み、やがてパラダイスに着くと、〈パラダイスへようこそ！　よく来たね！〉と書かれた看板が目にはいる。

わたしは考えないようにしていた。何も起こらなかったのだ。悪い夢だったのだ。

アトリーが礼を言っていた。帰って少し眠ったらいいと言ってくれた。エドウィンは呆然とした顔で立ちつくしていた。今度ばかりは、世界じゅうの金を掻き集めても災難から逃れられないだろう。メイヴン署長は強気のゲームを仕掛けてきた。そういう警察官を、わたしは山ほど知っていた。

むかしへもどれ、アレックス。デトロイトにいたころへ。

そこでとまれ。ほかのことは考えるな。あのモーテルの部屋へは、行かなかったのだ。何も見なかったのだ。

赤、赤、赤。

わたしはつぎの映像が脳裏に浮かぶのを阻もうとしたが、だめだった。また血を見てしまった。小さく震える、赤く巨大な血の海。

あの日のデトロイト。わたしはまたそこにもどっている。今夜とそっくりの、あの血。同じ色。同じ質感。血はいつも同じだ。

フランクリンが倒れている。相棒が倒れている。なんとかしろ。すごい血だ。起きあがれ。起きあがって、彼を助けろ。

おれも血を流してるのか。これはおれの血なのか。そんなことが問題だろうか。血にはちがいない。血はいつも同じだ。

ちくしょう。乗り越えたと思っていたのに。忘れたと思っていたのに。

私道に車を入れながら、わたしはあの睡眠薬をどこにしまったかを思いだそうとした。ずいぶん長いあいだ、あれを飲んでいない。それ以前も、飲んだのはつらい夜だけだった。つらい夜を乗りきるために。

あの薬を見つけなければならない。今夜だけ。もう一度だけ。眠らなければならない。ほんの数時間でいい。目を閉じても、隣に倒れているフランクリンの姿が浮かばないようにするために。

睡眠薬は薬棚の奥にあった。わたしは鏡に映った自分の顔を見ないようにしながら、一錠、また一錠と飲んだ。

この薬がもう一度自分を助けてくれるだろう。古くからの友のように。何もかも、真っ白にしてくれる。血が消える。赤が消える。上へ上へとのぼるにつれ、赤がピンクに変わる。そして雲に達したとき、ピンクが純白に変わるだろう。

3

目が覚めると、ベッドのへりから頭が飛びだしていた。目を開き、木の床を見つめた。しばらくのあいだ、まったく何も考えられなかった。やがてすべてがよみがえってきた。わたしはベッドから急いで身を起こし、ゆうべの服のまま浴室に駆けこんだ。見つめ返してくる目はふちが赤く、プルーデルの鍵束が当たった左目の上に、はっきりと傷が残っている。十一月の冷気がしみるにもかかわらず、汗をかいている。わたしは鏡のなかの自分に目を凝らし、こみあげる怒りに身をまかせた。それが満ちてくると、ロッジから出た。

外には白樫《しらかし》の枝が薪《まき》となって積まれている。わたしは斧をつかみ、振りおろした。薪をひとつ残らず半分に割り、さらにそれを四分の一にした。まず斧を左手一本でつかんでねらいを定め、ゆっくりと慎重に両手で構えたのち、斧の頭の重みにまかせて頭上に振りあげ、振りおろし、薪を叩き割る。薪自体ではなく、薪割り台の中心をねらった。肩の、二番目と三番目の銃弾を摘出したあたりが痛みだしたのをこらえつつ、薪をつぎつぎと打ち割った。

かつてバッティングの練習をしたときのように、リズムを感じたかった。あのころは毎日数分間、自分をめがけて正確に投げこまれるボールをつぎつぎとはじき返し、柵越えを連発したものだ。その瞬間は、ほかに何もなかった。

薪割りを終えると、トラックをバックさせ、薪を積んだ。手にはしびれが残っていた。恐怖の名残が、まだ体に感じられた。筋肉に、マラソンを走ったあとのような鈍い痛みがあった。

わたしはトラックで砂利道を走って一番目のロッジへ行き、泊まり客が遠くまでとりにいかなくてもすむように、半コード（六十四立方フィート）の薪を扉の横に置いた。つぎのロッジでも同じことをして、残りの薪をとりにもどったあと、さらに林の奥へ進み、三番目、四番目、五番目のロッジでも薪を置いた。午前中の遅い時刻なので、だれにも会わなかった。みんな狩りに出かけているのだ。

いまはまだ、鹿の弓猟のシーズンだ。いや、たぶんそうだと思う。狩猟のシーズンのことを全部覚えているのはむずかしい。まもなく通常の銃のシーズンが来て、その二週間後に前装銃のシーズンになるのはたしかだ。熊のシーズンはついこのあいだ終わったが、七面鳥のシーズンがどうだったかは覚えていない。ハイイロギツネとアカギツネは、冬のあいだじゅう狩猟してよい。同様なのは、オオヤマネコ、アライグマ、コヨーテ、ウサギ、リス、エリマキライチョウ、ハリモミライチョウ、ヤマシギ。ヘラジカのシーズンは終わったが、十二月が来るとまた解禁になる。いまのところ、狩猟者のほとんどは常連で、毎年同じ週に州南部からやってくる。ロッジでの暮らしや、百フィートも歩けば州の公有地に着くという事実に、満足しているのだろう。わたしがドアのすぐ横まで薪を運んでおくことも、気に入ってくれている。

ロッジに帰ったあと、わたしは薪ストーブに火を入れ、しばらくあたたまった。服を脱いでアンダーショーツ一枚になり、腕立て伏せと腹筋運動をはじめた。木の床が背中にふれて冷たかったが、さわやかな汗をかくまで動きつづけた。薬の成分を全身から流しだそうと思った。筋肉からも、血液からも。

わたしはシャワーを浴び、まる二十分間、立ったまま湯に身を打たせた。それから服を着て、ゆで卵とコーヒーの用意をした。沸くのを待っているあいだに、留守番電話の再生ボタンを押した。まぎれもないアトリーの声、コンサートのバイオリンのように、なめらかで話し慣れた声が聞こえた。こちらが薪を運びまわっているあいだに電話をしてきたにちがいない。「元気かい、アレックス。レーンだ。いまは日曜の十二時半ごろ。無事に帰り着いたかを確認するために電話した。それに、協力してくれたことにお礼を言うためだ。きみがいなければ、エドウィンはとんでもないことになっていたかもしれない。きみは男にとって、最高の親友と呼ぶにふさわしい人間だ。ほんとうに。こっちは一日じゅう家にいるから、気が向いたとき電話してくれ。あるいは、あしたオフィスで会うのでもいい。

寄ってくれるだろうね。しかし、二、三日休みたいなら、すぐにそうしたらいい。どちらにしても、問題はない。また話そう、アレックス。それじゃあ！」

わたしはまだアトリーと話す気になれなかったし、さらに言えば、だれと話す気もなかった。コートを着て表へ出ると、太陽が、おそらくは冬になる前の最後の輝きを放っていた。わたしは私道を歩いてゆき、大通りを横切って、林に足を踏み入れた。鹿狩りのシーズンにこんなことをするのは賢明ではない。ミシガン州の法律では、狩猟のときは明るいオレンジの服を着ることが義務づけられているが、狩猟をしないにしても、オレンジの服を着ずに林を歩きまわるなんて、無謀きわまりない。動くものはなんでも撃つ気になっているほろ酔い機嫌の州南部人が、どれだけいることか。けれども、わたしは気にかけなかった。きょうは、かまわなかった。

わたしは小道を湖まで歩き、カラマツやバンクスマツの林を通り抜けて、湖岸を北へ向かった。スペリオル湖には、砂浜のような穏やかで心をなごませるものはない。その代わりに、夜空の星より多くの岩が並び、氷河が去って以来、波に砕かれ、洗われつづけている。夜の強風のせいで、岩の上に数々のゴミくずが散り、流木や、かつて小舟であったとおぼしき木片が点在している。湖水はかなり静かだが、十一月の気配が漂っている。いつなんどき、醜く変貌してもおかしくない。

北へ一時間歩くと、大型ボートの列が途切れ、湖岸は荒涼としてきた。人のいた痕跡はまったく見あたらない。シラカンバが先刻より増え、モミやクロトウヒも何本か生えている。ここまで来ると、すべてのことからじゅうぶんな距離を置き、ゆうべのことを冷静に考えることができた。そう、だれかが賭け屋を殺した。デトロイトにいたころは、たくさんの賭け屋を知っていた。そのうちふたりを逮捕した覚えがある。当人たちはけろりとしていた。それが仕事の一部だったのだ。とらえられ、罰金を払い、商売にもどる。それ以外はいたって単調な生活で、ひと晩じゅう電話の前にすわって、ひたすら注文をさばく。賭け屋の客は、ほとんどが常連だ。警察官がいる場合さえある。ほかの犯罪者と比べれば、賭け屋は品行方正な市民のうちにはいると言っていい。では、どうしてそんな人間がモーテルの一室で惨殺されたのか。

払うべきものを払わなかったのだろう。勝手なまねをして、上にいるだれかの逆鱗にふれたのだろう。だから消された。そういうことは、たしかに起こる。毎日ではないが、たしかに起こる。

犯人がだれであれ、前もって計画を立てていたのはまちがいない。なにしろ、サイレンサーを使った可能性が高い。なら、どうして喉を掻き切ったのか。顔を撃つだけでじゅうぶんなのに。即死ではないにせよ、二分以内に確実に死ぬ。わざわざ現場を乱す必要があるだろうか。プロの殺し屋なら、メッセージを伝えるのでもないかぎり、そんなことはしない。同じような過ちを犯しうる別の賭け屋への見せしめのためか。そうかもしれない。

あるいは、単なる個人的動機によるのかもしれない。

わたしは肩が音《ね》をあげるまで、湖水に向かって石を投げつづけた。太陽が雲の陰に隠れ、風がふたたび強まっている。波が岩を叩き、いくぶん感傷的な調べを奏ではじめた。引き返そうとしたとき、わたしはペトスキー・ストーン（ミシガン州に散在する珊瑚の化石）を拾い、幸運を祈ってポケットに入れた。

帰り道は、行きよりもはるかに速く歩いた。問題についてゆっくり考え、自分に関係のない理不尽な暴力行為と、自分自身とのあいだにいくらか距離を置いたせいで、少し気が楽になっていた。わたしはつぎの目的地があるかのように、岩をつぎつぎと早足でまたいだ。ひどく寒く感じはじめていたからでもある。

今回は、林を通り抜けながら、狩猟者がいないかと気をつけた。わたしの所有する六つのロッジは、古い林道に沿って並んでいる。わたしの父は、六〇年代のはじめにこの土地を買ったあと、週末ごとにここへ出向き、木々を伐採してまずロッジをひとつ建てた。父は昔ながらの〝正しい〟建て方にこだわった。良質の硬い松材を持ってきて、チェーンソーでていねいに切断し、丸太をぴったり組みあわせながら、ひとつひとつ積みあげるのだ。隙間に詰め物をしたりはしなかった。それは邪道だと考えていた。

その夏、わたしは父の手伝いをした。一九六八年、デトロイト・タイガースがワールドシリーズで勝った年のことだ。高校卒業を一年後に控えたわたしは、大学に進学せず、マイナー・リーグで野球をすることになっていた。父はそれにあまり賛成していなかった。だが、話題にもほとんどしなかった。ある日の午後、わたしは丸太を切っているときにチェーンソーの歯をはじき飛ばし、あわや耳を切り落とすかというけがをした。スーの病院で、側頭部に当て布を押しつけていたとき、父が車で駆けつけてきた。「ずいぶん荒っぽく学習するやつだ」父は言った。「おれも若くて無鉄砲だったころにもどりたいよ」そのあと、二塁への送球が安定しないようでは、マイナー・リーグで一日も通用しないという話になった。若いころ、父もキャッチャーだったことがある。すでに百ぺんは聞かされた〝フォー・シーム・グリップ〟（ボールの四つの縫い目がすべて指に掛かる握り方）の話が、またはじまった。「おまえの歳だった時分には、起きてるあいだじゅう、ボールを持ち歩いてたよ。四つの縫い目が指にしっかり掛かるように、握ったり、ひねったりを繰り返す。何度も何度も握ったりひねったりしてるうちに、ボールが体の一部になる。そうなったら、二塁までしっかり届く」

あれから三十年になるだろうか。父はわたしが警察をやめた二年後に死んだ。わたしは四分の三の障害年金を受けとりながら、いまも過去との折りあいをつけようとつとめている。当初は、この土地とロッジを売るつもりだった。父はさらに五軒のロッジを、だれの力も借りずに建てていた。どれも最初のものより大きかった。しばらくここに住もうと決めたとき、わたしは一番目のロッジを選んだ。ほかのどれよりも小さく、丸太の隙間からところどころ冷たい風が吹きこんできたにもかかわらず、それを選んだ。その丸太は、若くて無鉄砲だったころに、わたしが自分で積みあげたものだ。

　そのあと、〈グラスゴー・イン〉へ行って、新聞を読み、ステーキと冷たいカナダのビールを楽しみながら、日曜の夜をのんびりと過ごした。殺しの記事は日曜版にはとても間に合わなかったので、チプワ郡の善良な人々は、その話を知るまであと一日待たなければならない。暴力的な死はこのあたりでは珍しくないが、たいていの場合、死をもたらすのは湖だ。毎年四人か五人が、突然の嵐に呑みこまれる。だが、殺人となると話は少しちがう。だれもが二週間ほど神経をとがらせるだろう。そして、そんな事件があったことさえ、やがて忘れてしまうだろう。

「やあ、アレックス」

　わたしは新聞から顔をあげた。テーブルを隔てた椅子の横に、エドウィンが立っている。

「すわれよ」わたしが言うと、エドウィンはしたがった。

「何かおもしろい記事があるかい」

　わたしはエドウィンを見つめ、ページをめくった。「きょうの版にはない。あすのやつは、ちょっとばかり刺激が強いだろう」

「そうだろうな。きょう、さっそく記者が電話してきたよ。信じられるかい」

「記者が？　どうしておまえの名前がわかったんだ」

「さあね。だけど、連中がどういうやつらか知ってるだろう」

「ああ」

「きみの名前は漏らさなかったよ。助けにきてくれたことは最後まで伏せた。それがせめてもの恩返しと思ったんだ」

「そうか」

「ほんとうにすまない、アレックス。面倒をかけて悪かった」

「エドウィン、ひとつきいていいか」わたしは新聞をおろし、相手の目を見据えた。きょうのエドウィンは赤のフランネルのシャツを着て、地元の人間らしく見せようとしている。しかし、効果はあがっていない。

「いいとも。なんでもきいてくれ」

「そもそも、どうしてあんな男とかかわりを持ったんだ。ギャンブルには二度と手を出さないと約束したんじゃなかったのか」

「ああ。たしかに約束した」

「おまえはテーブルのそっちにすわってた。ちょうど、いまいるところに」わたしはそう言って店内を見まわした。「いや、あそこだ。窓のすぐそばのテーブルだ。覚えてるか。〝わたくし、エドウィン・J・フルトンは、二度とギャンブルに手を出さないこと、まっすぐ家へ帰ってシルヴィアのよき夫でいることをここに誓います。そして、二日間カジノに入りびたっているところへアレックスが踏みこんできて、尻っぺたをつかんで家まで引きずっていくようなことも、今後いっさいありません〟。そう言ったのを覚えてるか」

「うん。よく覚えてる」

「いつのことだった」

「はっきりは覚えていないけど、三月の終わりごろだろう。最後のくだりに出てきた珍事のすぐあとだ」

「ああ、その珍事のあとだ」わたしは言った。体のなかに怒りがこみあげてきたが、理由はエドウィンがふたたびギャンブルに手を染めたことだけではない。金を捨てたいのなら、好きにすればいい。だがそのせいで、こいつの妻が、あのばかでかく閑散とした家に何日も置き去りにされるのだ。わたしの望むものをあまりに多く備えている、あのシルヴィアが。このあたりの冬は果てしなく長い。シルヴィアはあの家でひとりわたしを待っている。それを知っている以上、わたしにとって、思い悩む時間は耐えられないほど長い。

「アレックス、きみは勘ちがいしてる」

「ああ、そうさ。おまえは夜のさなかに五千ドルを持って、賭け屋のいるモーテルの部屋へ行った。でも、もちろん、ギャンブルはしていない」

「アレックス……」

「実は、あの男は副業でガール・スカウトのクッキーを売っていた。おまえはそれを二千箱買った」

「きみはわかってない」

「わかってるさ。問題はそこだ。おまえのことは何から何までわかってる」

エドウィンは立ちあがった。帰るのだろうと思ったが、カウンターへ行ってマンハッタンを注文した。それを持ってもどってくると、もとの場所に腰かけた。

「アレックス」エドウィンは言った。「ぼくには問題がある。それはわかってる。ぼくは何もかも解決したと思ってた。終わったと思ってた。だけど、まちがいだった。それは認める。いいかい？　まちがいだったことを認める。ぼくにはまだ問題がある」

「よし」わたしは言った。

「きみはこの手の問題をかかえたことがあるんだろうか。少なくとも、ギャンブルの問題に悩まされそうな人間には見えない。たぶん、想像もつかないだろう。でも、これはほかの衝動とか、中毒とか、呼び方はなんでもいいけど、そういうものとほとんど変わらないんだ。ギャンブルでもアルコールでもドラッグでも、まったく同じだ。そのどれかに病みつきになったことがあるかい」

「あることにしておく」わたしは言った。「話を進めるために」

「いいだろう。とにかく、どれであれ、同じものを与えてくれる。酒も、麻薬も、賭け事も。ある種の感情を引き起こしてくれるんだ。どういうことかわかるかい？　どこへでも行ける気分になれるのさ。そのうち度を越して、痛い目にあうわけだけど、それでもその感情は消えない。ぼくにとっては、きわどい瞬間がたまらない。ルーレットの回転盤を玉が転がってる瞬間。ディーラーが6を出して、ぼくが11を引いた瞬間。全身に電流が走ったように感じるんだよ。そして、そんなふうに感じさせてくれるものは、ほかには絶対にない。代わりになるものは、絶対にないんだ」

「よくわかるよ、エドウィン。ほかのものの中毒と同じだ」

「じゃあ、きみがアル中だとしよう。十二段階式の更生プログラムをやるかわりに、まず別の方法を試すんだ。いっぺんに酒を断つんじゃなくて、少しずつ量を減らしていって、自制できるようにする。たとえば、ウィスキーを飲まずに、ビールだけにするとか」

「自分を買いかぶってるとしか思えない」

「そのとおりかもしれない。だけど、ぼくはそう考えたんだ。ギャンブルをやる回数を減らせば、抑えが効くようになるってね」

「ばかばかしい」

「アレックス、ギャンブルに夢中になるのは勝つからじゃない。先が読めないからだ。勝つか負けるか、わからないからだ。そういうからくりなんだよ。だから、フットボールの賭けをやれば、夢中になる間隔をあけられるだろうって、ぼくは考えた。ブラックジャックをやれば、手が来るたびに、そういう感情の虜になる。でもフットボールの賭けなら、週に一回ですむ。何日もかけて、一杯のビールをじっくり飲むようなものさ」

「エドウィン、いいかげんにしてくれ」

「考えたとおりを話してるんだよ、アレックス。月曜にフットボールのオッズが決まると、ぼくはすぐに賭ける。マリファナを軽くやったような気分になる。ほんの少し懐が痛むくらいがちょうどいい。たいていは五百ドル。ときどき千ドル。それでじゅうぶんだ。それだけで、一週間、気分よく過ごせる」

「いつはじめたんだ」

「二カ月前。フットボールのシーズンがはじまってすぐだ。ずっと順調だったよ。あのブリガム・ヤング大学（モルモン教徒の多いユタ州にある）の試合までは。信じられるかい？　終了二分前まで、二十点差で勝ってたんだ。二十点差だぞ！　そのあと、くそみたいなタッチダウンを二回許したんだ。こっちは七点差以上の勝ちに賭けてたから、一点差でやられた。ぼくのかかえてる問題は、あのモルモンの連中がまともにディフェンスをできないことさ」

「モルモンのフットボールのチームがディフェンスをできないこと？　それがおまえの問題だって？」

「冗談だよ、アレックス。ほんとうの問題は、自分でもわかってるさ。あの男が死んだのを見て、目が覚めたよ。足を洗わなきゃ、いつか自分もああなるってね」エドウィンはゆっくりと酒を流しこみ、椅子の背にもたれた。

「結局、何が言いたいんだ」

「ギャンブルをやめる。永久に。今度は本気だ。誓うよ」

「誓いを守れるかどうか、賭けてみるか」

エドウィンは笑った。

「ギャンブル中毒者自主治療協会」わたしは言った。「そういうものがあると本に書いてあった」

「ある。あした、そこに電話するつもりだ」

「結構なことだな」

「嘘じゃない。ほんとうに電話する」

「わかったよ」

「じゃあ、帰るよ、アレックス。妻の待つわが家へ」

「エドウィン」わたしは言った。「もしこの店を出てカジノへ行くつもりなら、見つけしだい叩き殺してやる」

「家へ帰るよ、アレックス。約束する」

「なら、さっさと帰れ」

「ありがとう、アレックス。勘定を持たせてくれ」

「その必要はない」

「そうしたいんだよ」

「いいから帰れ」

「おごらせてほしいんだ」

「帰れ！」

「おごるよ。とめようったってむださ」エドウィンはカウンターへ行き、わたしを指さしながら、ジャッキーに何枚かの紙幣を握らせた。それから手を振り、店を出ていった。

わたしは苦笑せずにいられなかった。エドウィンにはどことなく憎めないところがある。ある意味では、昔の相棒のフランクリンそっくりだ。エドウィンは身長がわずか五フィート四インチ程度で、体つきはピクルスの容器を思わせ、肌はだれにも負けないほど白く、とんでもない大金持ちで、ギャンブル中毒だ。かたやフランクリンは、身長はゆうに六フィート五インチで、体重は少なくとも二百四十ポンド、フットボールの選手だったことがあり、黒人で、デトロイトじゅうの警察官のなかでいちばん金に困っていて、週に一度の賭けでは五ドルも出さなかった。それでも、わたしにはどことなくふたりが似ているように思えてならないのだ。

「きみはぼくの最高の親友だよ、アレックス」エドウィンはある晩、まさにこの店でそう言ったことがある。三杯目のマンハッタンを飲み終えたあとだったが、酔った勢いの戯言《たわごと》ではないのはわかっていた。長いあいだ胸に秘めていた思いを、勇気を出してやっと口にしたのだと思う。

フランクリンは、そのようなことは一度も言わなかった。少なくとも、面と向かっては。わたしがそのことばを聞いたのは、本人の死んだあと、その妻の口からだった。「あの人、いつもあなたの話をしてた。スポーツのことであなたと言いあいをするたびに。それに、あなたがあれこれと助けてくれるたびに。あの人、心からあなたのことを尊敬してたのよ、ミスター・マクナイト。本人は百万年たってもそんなことを口にしなかったでしょうけど、あなたのことを最高の親友だと思ってた。それは忘れないで」

フランクリンのことを思いだし、その身に起こったことを思いだしているうち、わたしの顔から微笑が消えた。


わたしは家に帰った。今夜も風が強い。寝る前に浴室へ行って、睡眠薬のはいった瓶に目を凝らした。こんなものは必要ない。そう言い聞かせ、鏡に映った自分の姿を見つめた。肩の傷を手でさすった。もう痛みはあまり感じない。眠るために、薬はいらない。フランクリンの夢を見たとしても、恐れることはない。十四年前のことなのだ。

ロッジの壁の隙間から、風が吹きこんでくる音が聞こえた。

もう必要ない。薬なしでも、じゅうぶんやっていける。

わたしは瓶のふたをあけた。それから、ふたたび閉めた。瓶を薬棚の奥にもどし、明かりを消した。

しばらく眠った。また電話が鳴った。時計を見た。三時だ。

わたしは受話器をとった。「ばかやろう、エドウィン。今度はなんだ」

「やあ、アレックス」男の声が聞こえた。エドウィンではない。低くかすれた声で、爬虫類を思わせる。

「だれだ」

「おれだよ、アレックス。わからないか」

「どこのどいつだ。それに、夜中の三時に電話してくるなんて、どういうつもりだ」

「気に入ってくれたかい、アレックス」

「何を気に入ったって？　いったいなんの話だ」

「やつが言うだろうとは予想してたが、まさかほんとうにおまえを起こして、あんなところまで見にいかせるとは思わなかった」

わたしは胃に焼けつくような感覚を覚えた。この声に耳を傾けろ。頭をしっかり働かせろ。顔を思い浮かべろ。

「おれの満足感は、とても口じゃ説明できないよ、アレックス。おれたちはしっかりつながってる気がする。こんなふうになるとは、思いもしなかった」

声に聞き覚えはない。だれなのか、見当もつかない。

「どう思った、アレックス。おれのやったことをどう思った」

「ゆうべの殺しのことを言ってるのか」

「あれを殺しと呼ぶつもりはない。あんなやつが死んでも、悲しむ人間はいない。おれはあいつがおまえの友達と話してるのを見た。向こうは気がつかなかったが、おれはその場にいた。あいつはエドウィンに不愉快なことを言った。正真正銘の悪人だ。だから、おまえのためになることをしたかった。少なくとも、おまえの友達のためになることを」

「おまえはだれだ」

「エドウィンはなかなかいいやつのようだな、アレックス。じっくり見させてもらったよ。正直言って、少しばかり嫉妬した」

「ちくしょう、おまえはだれだ」

「また連絡するよ、アレックス。近いうちに。ぐっすり寝てくれ。やっとおまえとひとつになれそうで、うれしくてたまらないよ」

4

朝がゆるやかに訪れた。闇は薄れ、垂れこめる灰色の雲で弱まった十一月の淡い光が、窓の外の松林からかすかに漏れている。薄明かりのなか、わたしはベッドの上にすわりこんだ恰好で、丸太の荒い木肌を背に感じつつ、目を半分あけていた。

電話のあとは、一睡もできなかった。心臓の高鳴りが鎮まったあと、わたしはベッドに腰をおろし、相手のことばのすべて、声の響きのすべてを思い起こしたが、顔も名前も浮かばなかった。ついに疲れ果てて一種の放心状態に陥り、すわったまま、ただただ電話機を見つめていた。

そのとき、ふたたび電話が鳴った。こんなに大きな音を聞いたことがない。息もつけないうちに、二度目、そして三度目の呼びだし音が響いた。わたしはベッドから出て、無言で受話器をとった。

「もしもし」

同じ声ではないようだ。わたしは待った。

「もしもし、アレックス？」この声は……アトリーか？

「レーンかい」

「そうだよ、アレックス。だいじょうぶか。起こしてしまったのかい」

「いや」わたしは言った。「だいじょうぶだ。ただ……いや、だいじょうぶだ」

「こんなに早く電話してすまない」

「もう起きてたよ。ほんとうだ」

「ならよかった。妙に思うかもしれないけど、聞いてくれ。けさオフィスに着いたら、留守番電話にメッセージがはいっていた。男の声で、わたしを殺すと言っている」

「待ってくれ、レーン。とても大事なことなんだ。その男が言ってることを、くわしく教えてくれないか」

「なんでもわたしの名刺を持っているらしいんだが、これ以上そいつの女房に近づくようなら、わたしの姿を見つけしだい殺すと言ってる」

「なんだって？　名刺？」

「そう言ってる」

「女房に近づくようなら……待てよ。そいつの正体がわかった気がする。メッセージがはいったのはいつだ」

「土曜の夜だと思う」

「ああ、そうか」わたしは深く息をついた。「わかったよ。おれが事故の目撃者をさがすためにトレーラー・パークへ行ったのを覚えてるだろう」

「ああ、バーンハートの事件か。脚をやられたやつだな。あの晩の騒ぎのせいで、すっかり忘れてたよ。病院に寄って、様子を見てくればよかった。うっかりしていた」

「事故を目撃したという女と話したんだ。そのとき、あんたの名刺をわたした。電話してきたのは、その女の亭主にちがいない」

「すばらしいな。嫉妬深い亭主に殺されるなんて。その女に一度も会ったことがないのに」

「たぶん、虚勢を張ってるだけだ。本気で殺すつもりなら、直接そっちへ行くさ。オフィスの場所を知ってるんだから」

「まったく、どうして弁護士になんかなっちまったんだろうな」

「気にするなよ。なんでもないさ」

「きみのほうはだいじょうぶなのか。なんだか元気がないようだが」

「元気だ。ただ、ちょっと……」

「どうした。どうかしたのかい」

「あとで話す。そっちへ行く前にトレーラー・パークに寄るよ。話をつけられると思う」

「オフィスに来るのか」

「そのつもりなんだが」こんなところにひとりきりでいたくなかった。電話機と自分だけなんて、とんでもない。

「いいとも。途中でメイヴン署長に会ってくるといい。きみにちょっと話があるそうだから」

「そいつはごたいそうだな」わたしの人生は、刻一刻と醍醐味を増している。

電話を切るとすぐ、わたしはふたたび受話器をとって、エドウィンの番号を押した。相手は五回目の呼びだし音で出た。

「エドウィン」わたしは言った。「アレックスだ。変わりはないか」

「アレックス？　いま何時だ。どうしたんだい」

「問題がないかどうか、たしかめたかっただけだ」

「ゆうべ、まっすぐ帰るって言ったじゃないか。そのとおりにしたよ。信じてくれ」

「信じるよ、エドウィン。ききたかったのは、そういうことじゃない。夜中にだれかから電話がかかってこなかったか」

「いや。どうかしたのかい」

「たぶん、なんでもない」わたしは言った。エドウィンを怯えさせても何にもならない。

「それはそうと、例の賭け屋のことを知りたい。名前はトニー・ビングだったな」

「そうだ。だけど、どうしてそんなことが知りたいんだ」

「エドウィン、ちょっとだけでいいから、何もきかずに答えてくれないか。おまえがやつと会ったのは、いつも決まった場所だったのか」

「うん。スーの〈マリナーズ・タヴァーン〉ってバーだ。会う必要があるときは、いつもそこで待ちあわせた。だけど、たいていは、電話で話しただけだ」

「そうか。でも、会うときはかならずそこだったんだな」

「覚えてるかぎりでは、そうだ」

「最後にそこで会ったのはいつだ」

「待ってくれ。この前の月曜の夜だったと思う。金を払いにいったんだ」

「エドウィン、月曜に金を払ったなら、どうして土曜にまた払いにいった？　それに、なぜモーテルの部屋へ？　そのバーでしか会わなかったと言ったばかりじゃないか」

「アレックス、これは取り調べなのかい？　ぼくはまだ、ベッドから出てさえいない。土曜の夜に会いにいったのは、また負けたからだよ。木曜の夜に負けたんだ。コロラドがあとちょっとで得点ってときに、残り五ヤードのところで、あのぼけなすがインターセプトされた」

「落ち着け、エドウィン」

「ああ。ぼくを興奮させないでくれ」

「で、モーテルの部屋まで行ったのはなぜだ」

「土曜に向こうが電話してきたんだよ。その日のうちにどうしても払えって。夜はパーティーに出ることになっていて、どうしても抜けられないって言ったら、パーティーのあとでモーテルの部屋まで来いと言われた。そうしなきゃ、二度とぼくの注文は受けないって。わかったかい」

「たしかおまえから、一回に賭けるのは五百か千だと聞いた覚えがある。そのゲームでは五千負けたようだな」

「これは尋問なのか、アレックス」

「ごめん、エドウィン。つい言ってしまった」

「それにしても、どうかしたのかい。なぜそんなふうに質問攻めにするんだ。メイヴン署長よりひどいよ」

「あの男のことは心配するな。きょう会うときに、おまえのことを持ちあげておく」

「なんだって？　きみに会いたがってるのか」

「そうらしい。ダンスパーティーに誘うつもりじゃないだろうけどな」

電話の向こうからシルヴィアの声が聞こえたので、わたしは別れを告げ、電話を切った。

朝の目覚めの瞬間、わたしは二日に一度は、自分がまだシルヴィアを忘れていないことに気づく。ベッドのなかで、彼女がエドウィンの横に寝ている姿は思い描きたくない。服を着て、横に立っている姿でさえも。

わたしは気を取りなおして、出かけた。運転しながら、またあのことを考えた。やつはエドウィンと賭け屋が会っているのを見かけたと言っていた。それなら、〈マリナーズ・タヴァーン〉に立ち寄って、不審な人物を見た者がいないかときいてみればいい。脈はなさそうだが、調べる価値はあるだろう。それに、ほかにどうしようもないではないか。警察に話すのはどうか。自分がメイヴン署長にこの話をする様子は想像もつかないが、打ち明ける相手としてまちがってはいまい。

けれども、まずばかげた問題のほうを片づけなくてはならない。わたしはローズデールの町までトラックを走らせ、またトレーラー・パークに着いた。トレーラーはこの前と同じ場所で、転覆したままになっている。近所の女がふたり、湯気ののぼるマグを片手に、通りに立っている。女たちはトレーラーを見つめていたが、わたしがトラックで近づくと、こちらに目を向けた。トレーラーがひっくり返ってると思ったら、今度は見たこともない男。このあたりはどうなってしまうのかしら。

土曜日に話した女は、二軒先に住んでいる。わたしは細い私道に乗り入れたのち、トラックから出て、通りにいる女たちに手を振った。ふたりは目をそらした。わたしはドアをノックしたが、反応がなかった。もう一度、強くノックした。

「だれだ」中から男の声がした。

「アレックス・マクナイトといいます。私立探偵です」

「なんの用だ」

「レーン・アトリーの手伝いをしている者です。土曜日にここに来て、奥さんとお話ししました」

「女房にちょっかいを出しやがったのはおまえか」

「すぐそこであったトレーラーの転覆事故のことを、二、三お尋ねしただけですよ。ドアをあけて、話をしていただけませんか」

ドアのなかに、小さな四角形ののぞき窓があった。男の顔がそこに見え、すぐに消えた。妻が怒鳴り、つぎに男が怒鳴り返すのが聞こえた。ひとつ確実に言える。この男は、ゆうべの電話の主ではない。アトリーにも言ったとおり、この男は過保護な夫の典型で、空いばりしているだけだろう。もう一度ノックをしようとしたとき、ドアがあいた。

男はライフルを持っていた。それをわたしの胸に突きつけた。「そこに穴をぶちあけられたくなかったら、いますぐ出てけ」

また来た。あの夜、モーテルの部屋にいたときと同じくらい強烈だ。デトロイトでの、あの日。銃が向けられている。やつをとめられない。やつは撃つ。まずフランクリン、つぎにわたしを。

わたしはあとずさりし、バランスを失った。階段。階段を滑り落ちた。地面に突っ伏した。起きて逃げろ。だが動けなかった。どろどろのセメントが首まで詰まっている気がした。

フランクリンが横に倒れている。死にかけている。血まみれで。

「帰れ！」男が言った。「もういっぺん女房にちょっかいを出しにきたら、殺してやる！嘘じゃないぞ！」

トラックにもどれ。わたしは地面から起きあがり、歩き方を思いだした。トラックにもどれ。震える手でドアをつかみ、どうにかあけた。キー。キーはどこだ。もう手のなかにあった。イグニッション・キーはどれだ？　ひとつひとつ試した。やっと正しいキーを入れ、発進しようとした。だがバックしてしまい、そのまま通りを横切って別のトレーラーと激突しそうになった。立てなおそうとしたが、エンジンが空まわりし、ニュートラルになった。息ができない。さっさと動かせ。なぜ息ができないのか。やっとギアをつかみ、通りで加速すると、そこにいたふたりの女が鳩のように逃げまどった。

町を出て数マイルのところで、わたしは路肩にトラックをとめた。両手でハンドルを握ったまま、運転席で自分に言い聞かせた。まずいことは何もないじゃないか。落ち着け。とにかく落ち着け。深く息をつき、もう一度ついた。

心配するな。もうだいじょうぶだ。あの男は脅しをかけようとしただけだ。そして、なかなか実行できなかった。こちらは冷静さを欠いていた。あんな週末のあとだから、しかたがない。

それに、銃を突きつけられたのは、デトロイトを出て以来はじめてだ。

わたしは精神科医の診療を受けたときのことを思いだした。撃たれたあと、訪ねるように署から言われたのだ。時間のむだだと思った。その医者のした話はほとんど聞かなかったが、ひとつだけはっきりと覚えている。わたしは今後ずっと、過剰反応に悩まされるだろうということ。ちょっとしたきっかけで、あの部屋へと、三発の銃弾を身に受けて倒れたあの部屋へと引きもどされるだろうという。銃声や、ときには車のバックファイアのような音でさえ、きっかけになる。ある種のにおいによっても、そうなるかもしれない。医者はそう言った。

そして、血を見たときも。

〈マリナーズ・タヴァーン〉は、まさに想像どおりの店だった。貝殻やヒトデのはいった網が天井から吊され、鯨用の古い銛《もり》が壁に掛かっている。店はウォーター・ストリート沿いの、ロックス・パークのすぐ横にあり、北側の壁に大きな窓が切られている。夏のあいだは、窓際の席にすわっていると、貨物船が一、二隻通り、その方向しだいで水門が二十一フィートあがったりさがったりするのが見えることだろう。すでに十一月になったので、貨物船のシーズンはほぼ終わっている。

ほんの少し立ち寄ってバーテンダーに簡単な質問をするつもりだったにもかかわらず、

わたしは結局ひとつのテーブルに席をとり、窓からセント・メリー川や、対岸のスー・カナダを見やっていた。ほかに客はいない。最後に午前中に酒を飲んだのがいつだったか覚えていないが、きょうは必要だと思えた。

わたしは自分自身に向けて小さく乾杯した。私立探偵になるという、栄《は》えある決断をしたことを祝して。

レーン・アトリーが〈グラスゴー・イン〉でわたしを見つけたのは、今年の夏のある夜のことだ。アトリーは、エドウィンが依頼人のひとりで、わたしのことはエドウィンから何もかも聞いていると言った。デトロイトで警察官だったことも、そして銃弾を受けたことさえも。

「銃弾を三発も食らった男なら、そうとう根性がすわっているだろう」アトリーは言った。「エドウィンから聞いたんだが、まだ胸のなかに一発残ってるそうじゃないか。空港の金属探知器に引っかかったことはあるかい」

「何度も」

「銃弾のことを話したら、職員はなんと言うね」

「たいがい〝痛い！〟って言います」

「はっはっは。想像がつくよ。だがミスター・マクナイト、きみの貴重な時間をむだにしたくないんだ。きょうわたしが来たのは、大きな問題をかかえていて、きみに手助けしてもらえないかと思ってるからだ。わたしはリーアン・プルーデルという私立探偵を雇っている。知りあいかい」

「会ったことがあると思います」

「非情な言い方かもしれないが、残念ながらミスター・プルーデルは力不足だ。きみは私立探偵が実際にどんな仕事をしているか、知ってるだろうな」

「ほとんどが情報収集でしょう。聞きこみとか、張りこみとか」

「そのとおりだ。わかるだろうが、頭が切れて、信頼が置ける人間じゃなきゃならない。わたしはこれまで、刑事訴訟一般を扱ってきた。ほかには、エドウィンのような古くからの依頼人のために、遺言書や不動産の管理などをしている。しかし、ほとんどは事故や過失や医療過誤のたぐいだ。その分野では、情報を集めてくれる優秀な人間がなんとしても必要だ」

「それがどうしたというんです」わたしはきいた。「わたしは私立探偵じゃありません」

「そうだな。だが、これからなることはできる。考えてみたことはないかね」

「ありませんね」

「この州は、私立探偵になるための規定がかなり甘い。警察勤めの経験が三年と、五千ドルの保証金があればいい。きみは八年間警察官だったんだな。懲罰を受けたことはないね」

「それは質問ですか」わたしは言った。「それとも、調査ずみなんですか」

「許してくれ。いま言ったとおり、わたしは情報に重きを置いている」

「誘ってくださって恐縮ですが、ご期待にはそえないと思います」

「できれば、もう少し考えてもらいたい。きみの力に見合った仕事になると思う」

「わかりました。考えておきます」

アトリーは二日後にふたたび現われた。今回はプルーデルの書いた報告書を持っていた。

「これを読んでもらいたい。わたしは毎日こういうものを扱わなきゃならないんだ」

どうやらドラモンド島の保養地で水難事故があって、その被害者による訴訟に向けて、救助員たちの活動のずさんさを記録するために、プルーデルが送りこまれたらしい。報告書は妙なことばづかいやスペルのミスだらけだった。

「聞いてくれ、アレックス」アトリーは言った。「〝十二時十五分。対象者たちは、平均的な高さの樹木の下で昼食をとったあと、勤務に復帰する。小生がカメラを携えて撮影しているを察知するやいなや、対象者たちは激昂する〟。対象者たちというのは、救助員のことらしい。だったら救助員と書けばいいじゃないか。はっきり言って、こいつのせいで気が変になりそうだ」

「なぜわたしのほうが有能だと思うんですか」

「よしてくれ、アレックス。言わなくたってわかるだろう」

「わかりませんね、ミスター・アトリー」

「アレックス、きみは仕事をしたいときにしてくれればいい。報酬についても、希望を言ってくれ。州への保証金は、わたしが立て替えてもいい。これ以上いい話はないと思う」

実を言うと、以前からその可能性は考えていた。警察官だったころ、わたしは他人の扱いに長《た》けていた。人々をくつろがせ、人間同士として、打ち解けて話す気にさせることができた。優秀な私立探偵になる自信はあった。それに、四分の三の障害年金を受けとりながら、木を切り、狩猟者たちの後片づけをするばかりの日々に、嫌気がさしていた。

「ひとつだけ条件があります」わたしは言った。「離婚がらみの仕事はしません。男のあとを付けまわして、足首にパンツの引っかかった写真を撮るのはごめんです」

「いいとも。離婚の仕事はここ十年やっていない」

一カ月後、わたしは私立探偵免許を取得した。アトリーは州都ランシングに手蔓《てづる》があるらしく、手続きはいとも簡単にすんだ。免許をとった直後の、八月末のある日、アトリーはある男の名前と住所を書いた紙を差しだした。

「だれですか、これ」

「スーの業者だ。きみのために銃をひとつ注文しておいた。もちろん、きみが自分でとりにいかなきゃならない。書類に必要事項を書いてくれ。たしか保安官事務所に知りあいがいるんだったな。そっちの許可証も必要になる」

「待ってください。どんな銃ですか」

「三八口径のリボルバーだ。警察にいたときに使ってたのと同じだろう」

「ええ。でも、できれば持ち歩きたくありません」

「かまわないさ。家に置いておけばいい。そのうち、役に立つかもしれない」

最初は、アトリーがなぜ銃を注文したのかがわからなかった。やがてひらめいた。アトリーとしては、わたしが銃を持っていればそれでよかったのだ。アトリーがテーブルの向こうの新しい依頼人に向かって、こんなふうに話しているのが思い浮かぶ。「ええ、実は優秀な部下を雇いましてね。もちろん、銃を携行しています。物騒な世の中ですからね。その男は、以前銃弾を三発身に受けて、一発がまだ胸のなかに残っているんですよ。そういう男を味方につけておけば……」

わたしは銃をとりにいき、帰ってからクロゼットの奥にしまった。以来、それには一度も手をふれていない。

バーテンダーはなんの役にも立たなかった。先週の月曜にここにいたかどうかと尋ねると、それを考えるだけでたっぷり一分を要した。当夜疑わしい人物がいたかどうかまで、覚えているとは思えなかった。そんなわけで、わたしはすぐにチップをわたし、アトリーのオフィスへ向かった。それは裁判所の近くの角を曲がるとすぐ、銀行と土産物屋のあいだにある。このあたりの繁華街一帯は、カジノのおかげで金のにおいがふたたび漂いはじめている。地元の多くの実業家たちと同様、アトリーの商売も順調だ。奇妙なことに、今回の好況では、まずチプワ・インディアンたちの懐に大量の金が流れこみ、そこからほかの人々のもとへしたたり落ちていく。そのせいで腹立たしい思いをした人間を、わたしはずいぶん知っている。

わたしがはいっていくと、アトリーは電話中だった。こちらに小さく手を振り、クッションのきいた客用の巨大な椅子を指さした。この部屋はいかにもアトリーに似つかわしい。飛行機が着陸できそうな大きなデスク。キツネ狩りの猟犬と騎乗者たちが描かれた、額縁つきの絵。いつも小さな霧吹きで水をやっている、十あまりの熱帯植物の鉢植え。「ジェリー、そいつはだめだ。わかるだろう」アトリーは電話に向かって言った。「その件をまずしっかり片づけてくれないか。それまでは話せない」大げさに首を振ったあと、大きく眉をあげ、受話器を手でおおいながら、小声でこちらに話しかけた。「もうすぐ終わる」

わたしはデスクの上に乗っていた野球のボールを手にとり、そこに書きこまれたサインをいくつか読んだ。無意識のうちに、手がフォー・シーム・グリップでボールを握り、二塁への送球に備えた。

「よし」アトリーが電話を切って言った。両手をこすりあわせる。「調子はどうだ」

「不満はない」

「不満を言ったところで、どうにもならないってことか」

「実はゆうべ、おもしろい電話がかかってきた」わたしは言った。話し終わるころには、アトリーは口をあんぐりあけ、目を凝らしていた。

「メイヴン署長には話したのか」

「まだ会いにいってない。まずそのバーに寄って、バーテンダーが月曜のことを覚えていないかをたしかめたかった」

「覚えていなかったようだな」

「ああ」

「そうか。さて、どうしたものかな。いっしょに警察署まで行ったほうがいいか」

「その必要はない。これからひとりで会いにいく」

「メイヴン署長は、ちょっと……権柄《けんぺい》ずくに出るかもしれない」

「権柄ずくか。ぴったりだな」

「ああ、ところで、ひとつ頼みたいと思っていたんだが」

「なんだい」

「ミセス・フルトンがすぐにきみに会いたいそうだ」

わたしは驚きに息を呑んだ。「シルヴィア・フルトンがおれに会いたいって？」

「いや、そうじゃない。セオドーラ・フルトン。エドウィンの母親だ。きのうグロス・ポイントから出てきたんだよ。二、三日、エドウィンたちのところにいるらしい」

「なぜおれに？」

「息子のことが心配なんだよ。きみが力になれると思ってるようだ」

「何をしてほしいんだろうか」

「ミセス・フルトンは半端じゃない貴婦人だぞ、アレックス。少しばかり風変わりかもしれない。それはそうと、風変わりと呼ばれるのは大金持ちだけだな。ほかの場合は、変人と呼ばれる」

「同感だ」

「とにかく、彼女は息子をなんとしても守ってやろうとしている。事件のことを聞きつけて、すぐにこっちへ出てきたんだ。息子が危険な立場に置かれていると思ってるらしい」

「なら、われらが新たな友である殺人者のことは話さないほうがいいんだろうな」

「その件にふれずに話す方法を考えておこう。アレックス、気をつけてもらいたいんだが、相手は恐ろしく感受性が強い女性だ。われわれとはちがったものの見方をしている。自分の見た夢の話を、きみにしたいそうだ」

「夢？」

「土曜の夜に起こったことが、夢に出てきたらしい。それでひどく取り乱してる。つぎはエドウィンの番だと思ってるようだ」

「どう考えればいいのかわからない。わたしの知るかぎり、われわれがあの駐車場にいたころ、エドウィンの母親は三百マイル離れたグロス・ポイントにいた。なのに、夢に出てきたって言うんだ。見たそうなんだよ、アレックス。だれがやったかや、何がおこなわれたかは見ていない。ただ、現場のその後の様子を見たらしい」

「本気かい」

「つまり……」

「血だよ、アレックス。夢のなかで血を見たそうだ」

5

川べりを散歩するのに最良の日とは言えなかったが、それでもメイヴン署長と会うよりは楽しく思えた。わたしは冷たく閑散とした水面をながめながら、ロックス・パークのなかの小道を歩いた。水門へ向かう貨物船は見あたらない。小舟の一艘も浮かんでいない。人の気配がまったく感じられなかった。

公園を出るとすぐ、小道は東へと向かい、裁判所の前にひろがる芝生に達した。そこにふたつの彫像がある。ひとつはオジブワ族の伝説に出てくる鶴で、インディアンたちを連れて川辺に舞いおりたとされている。もうひとつはロムルスとレムスに乳を与える狼の像(ロムルスは古代ローマ最初の王、レムスはその双子の弟。狼の乳で育てられたと言われる)。スーセント・マリーと何かつながりがあるにしても、わたしの知るところではない。

裁判所のすぐ後ろには、市と郡の合同庁舎がある。みすぼらしい巨大な煉瓦の建物で、十一月の空のようにくすんで見える。そのなかに、スーセント・マリー市の警察と郡の保安官事務所が同居している。郡の拘置所もここにある。建物の脇に囚人用の小さな庭が設けられているが、実際はただの檻にすぎず、ピクニック用のテーブルがひとつ置かれた二十フィート四方程度の敷地に、周辺から頭上にかけて鉄条網がめぐらされている。

わたしはまず郡の受付に寄り、保安官助手に声をかけた。「きょうはビルはいないのかい」

「カリブー・レイクまで出かけてる。伝言でも？」

「いや、特に用はない。実はメイヴン署長に会いにきたんだ」

「あっちだ」保安官助手は廊下の向こうを指さした。

「居場所は知ってる。気が進まないだけだ」

「わかるよ」

立ち去るとき、相手が微笑んでうなずくのが見えた。

わたしは市の受付で手続きをし、女の職員が電話でメイヴンを呼びだす数分のあいだ、何もせずに待った。女は立ちあがり、ついてくるように言った。その顔つきから、この先起こることと個人的にかかわりあうつもりはないという態度が感じとれた。

女のあとについて迷路のような廊下を進み、日の光がまったく差しこまない、建物の中心部に着いた。蛍光灯のかすかな雑音だけが耳に響く。わたしは硬いプラスチックの椅子が並ぶ小さな待合室に招き入れられた。ひとりの男がすわって床を見つめていた。コンクリートの壁につけられた金具に、手錠でつながれている。わたしは男の向かいに腰かけた。

テーブルの上に灰皿が載っている。雑誌はない。

「たばこはあるかい」男がきいた。

「いや」わたしは言った。

男はふたたび床を見つめ、それからひと言も口をきかなかった。

わたしは椅子で待ちつづけた。何日も、何週間も、何カ月もたったように感じられ、外へ出ればきっと春だろうと思えた。ようやくドアがあき、ロイ・メイヴン署長が手招きをした。オフィスは四方がコンクリートの壁になっていた。窓はなかった。

「来てくれてありがとう、ミスター・マクナイト」メイヴンは言い、デスクの前の椅子へとわたしをいざなった。「ぜひきみと話がしたかったんだ」

「それはそうでしょう。こんなところまで呼びつけたわけですから」

メイヴンはそれを無視し、いかつい顔にそぐわない、老婦人のような読書用眼鏡をかけて、マニラフォルダーを手にとった。しばらく中身をめくったのち、目的のページを見つけた。「読んでみよう。アレグザンダー・マクナイト。一九五〇年、デトロイト生まれ。ディアボーンのヘンリー・フォード高校を一九六九年に卒業。野球のマイナー・リーグで二年間プレー。そう書いてある」目をあげてこちらを見た。「カーブが打てなかった。それは書かれていない。わたしの想像だ」

「完璧な資料をお持ちのようですね」

「これは私立探偵免許の申請書だ。公の記録だから、だれでも閲覧できる」メイヴンはふたたび読みはじめた。「二年ほど、転々と仕事を変える。塗装工。バーテンダー。二年間ディアボーン・コミュニティー・カレッジにかよい、刑事学を学ぶ。一九七五年よりデトロイト市警に勤務。八年間奉職。功労表彰二回。なかなかのものだ。一九八四年、勤務中に重傷を負う。ほどなく退職。四分の三の障害年金が一生支給されるというのは、悪くないだろう。もちろん、傷害をこうむった人間は当然それに値するわけだが」メイヴンは眼鏡ごしにこちらを見た。「きみの場合、傷害というのは……」

わたしは相手を長々と見つめて言った。「銃弾を三発食らいました」

メイヴンはかぶりを振った。「ひどい話だ」メイヴンはじっと目を凝らし、わたしの説明を待った。わたしがその気配を見せなかったので、書類に目をもどして言った。「こっちへ引っ越したのはいつだって？　ああ、ここにある。一九八五年に転居。以来、当地に在住。ふつう、傷害を受けた人間は、フロリダとかアリゾナとか、あたたかくて過ごしやすい土地へ移るものだ。なのに、きみはここに住んだ」

わたしは何も言わなかった。

「まあ、きみが選んだことだ。それはそうと、きみは七月に申請書を提出して、八月に免許を取得している。そんなに速く事を進められたのは、裏で画策したからだろう。かなりの地位にある人物と親しいにちがいない」

わたしは無言で相手を見据えた。数々の記憶がよみがえってきた。警察官特有のこのような高圧的なふるまいを、以前は幾度となく目にしたものだ。自分自身がそんな態度をとったこともしばしばあった。たやすいことだった。問題は、一日の仕事が終わっても、なかなかもとの自分にもどれなくなったことだった。こういうものを、自宅に持ち帰っていいはずがない。別れた妻にきけばわかる。

「さて、ミスター・マクナイト」メイヴンは眼鏡をはずして言った。「私立探偵の商売をはじめてまもないきみに、うまくやっていくための秘訣を二、三伝授したいと思う。かまわないだろうか」

「どうぞ」

「まず第一に、私立探偵が開業する場合、所轄の警察署へ挨拶にいって、氏名と業務内容を報告するのが礼儀とされている。むろん、わたしはそのような形式的なことにこだわっていない。そこは心配しなくていい。だが、そう遠くない将来、きみが挨拶もなく自分の町で仕事をしていることを不快に思う警察署長がきっと現われるだろう」

「なるほど」

「第二に、それよりはるかに重要なことだが、もう一度エドウィン・フルトンが真夜中に電話してきて、殺人事件の現場に来てくれと頼むようなことがあれば、わたしなら、まず本人が警察に通報したかどうかを問いただす。はっきり言って、通報していないと決めてかかったほうがいい。あの男はそういうことが苦手のようだからな。しかし、きみはかつて警察の人間だったことがあり、友人だの近隣住民だのより前に警察官が現場に到着するのがどれほど重要かを知っている。だから、きみ自身が率先して通報すべきだ。わたしの自宅の電話番号を教えておくから、つぎにミスター・フルトンが殺人現場にきみを呼びつけたときには、昼であれ夜であれ、わたしに直接連絡するがいい」

無言の見つめあいがしばらくつづいた。

「ご自宅にかけては迷惑でしょう」わたしが沈黙を破った。「次回は、かならず署に通報します」

「それでいいとも」メイヴンはそう言ったあと、スー・カナダの日刊紙である《スー・スター》をデスクから取りあげた。「これを見たかね。カナダのほうでも一面に載った」

「まだ読んでいません」

「〝スー・ミシガンのモーテルの一室で男が惨殺される〟。見出しはそれだけだ。だが、そう断定できるまでに、川のこちら側で何があったかを考えてみろ。部屋を片づけるのに、巡査がふたりがかりで五時間かかったんだぞ。きみはそれだけの量の血を始末したことがあるか」

「ないと思います」

「われわれが部屋へ行って、最終的に死体を運びだしたときには、血はほとんど固まっていた。もちろん、水をかければ、生き返ったようにひろがりはじめる。絵の具のようにして、部屋じゅう真っ赤に染めることもできる。ひとりの巡査は、それ以来ずっと寝こんだままだ。いまごろ、将来の計画を見直していることだろう」

わたしは喉にこみあげてくるものを抑えつけた。

「とにかく、これで話は決まった。ミスター・フルトンからはいろいろ聞いた。きみがほかに何か知っているようだったら、教えてくれ。被害者とは知りあいだったのか」

「いいえ」

「一度も会ったことがないのか。賭けを頼んだことはないのか」

「ギャンブルはやらないもので」

「あの夜より前に、ミスター・フルトンがあの男の話をするのを聞いたことがあるか」

「どこかの賭け屋と付きあいがあることは知っていました。でも、名前までは聞いていません」

「土曜の夜に電話がある前、最後にミスター・フルトンと会ったのはいつだ」

「数時間前、〈グラスゴー・イン〉で姿を見かけました。奥さんといっしょでした。それからしばらくして、ひとりでやってきました」

「どんな様子だった。変わったことを言ったりしなかったか」

「話をしなかったんです」

「話さなかった？　あの男はきみのことを無二の親友だと言ってるぞ」

「わたしはポーカーをしていたんです」

「ギャンブルはやらないと言わなかったか」

「ギャンブルじゃありません。動くのは小銭だけです」

「そうか」メイヴンはうなずくと、フォルダーを閉じて引き出しにしまった。「いまのところ、それだけだ」

わたしはすぐに立ち去ろうかと思った。こんな男に例の電話のことを話すのは気が引けた。だが、話さなければあとになっていやな思いをするのもわかっていた。

「メイヴン署長、実に楽しいひとときを過ごせたと思いますが、まだ帰るわけにいかないんです」

ほんの数分の一秒、メイヴンの顔から冷たい微笑が消えた。

「コーヒーをいただけますか。砂糖は一杯だけ」わたしは言った。「これから、ゆうべ殺人者と交わした会話のことを話します」

ほんの一瞬であれ、メイヴンが度を失ったのを見られただけでも、この話をする価値はあった。わたしが電話での会話について説明するあいだ、メイヴンはひと言も漏らさず書きつけた。だが、結局コーヒーは出なかった。

わたしは〈グラスゴー〉で急ぎの昼食をとったあと、例の新聞にしっかりと目を通した。第一面にモーテルの写真が出ていた。敷地には警察によって囲いがめぐらされ、そのなかでふたりの巡査が巨大な洗濯物袋のようなものを運んでいる。十三パイントか十四パイントの血液を失ったとはいえ、ミスター・ビングは大荷物だったにちがいない。

エドウィンについては、第一発見者である〝フルトン財団の後継者〟として、二段落が割かれていた。わたしの名は出ていなかった。

読み終えると、フルトン邸へとトラックを走らせた。それはパラダイスからさほど離れていないところにある。わたしはシープヘッド・ロードをまっすぐ北上して、難破船博物館を過ぎ、ホワイトフィッシュ岬の古い灯台の手前を西に曲がり、チプワ郡最北端の三百エーカーを占めるフルトン家の地所に着いた。

屋敷まで一マイルほどのところまで来たとき、道を歩いている人影が目にはいった。その正体がわかった瞬間、引き返そうかと思った。けれども、その女の横まで車を寄せ、窓をおろした。「いい散歩日和だな」

シルヴィアはこちらを見向きもせず、歩きつづけた。「寒くて薄暗いのが好きならね」

「きみのお義母《かあ》さんに会いにきたんだ」

「そりゃあ、よかったわね」

「きょうはエドウィンはいるかい」

「オフィスにいるわ」

「オフィスで何をしてる。どうしてオフィスなんか必要なんだ」

「お金を数えてるのよ。電話でお金のご機嫌をうかがったり、お金の顔を拝んだり」

「そんなことは家でやればいいじゃないか」

シルヴィアはようやくこちらに顔を向けた。緑の目がわたしを射抜いた。「家から離れていたいらしいわ」

「信じられない」

「何が?」シルヴィアがそう言って、ドアに腕を載せたので、わたしはトラックをとめた。

「何が信じられないの?」

「わからない。あいつがきみといっしょにいようとしないことがだよ」

シルヴィアはかぶりを振り、空を見あげた。「よくもぬけぬけとそんなことが言えるわね」

「シルヴィア、これからずっとそうなのか。ずっとそういう態度をとりつづけるのか」

「そうよ、アレックス」シルヴィアはトラックから離れた。「だから慣れることね」

「きみの考えてることはわかってるつもりだ」

「へえ。どうかしら」

「きみは生まれてはじめて、ほしいものを手に入れられなかった。問題はそれだけだよ。

おれが終止符を打ったことが気に入らないだけなんだ」

「アレックス、あたしの気に入らないことはこの世でふたつだけよ。こんな凍りついた地の果てに住んでること。それに、ばかなことに、あなたなんかとかかわりあいになったこと。つまり、そもそも関心を持ったこと。何よ、このトラック」

「シルヴィア、よさないか」

「あなたなんか、木こりか何かみたい」

「いいかげんにしろ」

「いいえ、木こりでさえないわ。木こりには、木を切り倒す度胸があるもの。あなたは……薪を運んで、家の横に置くだけ。それだけの人間よ」

「さよなら、シルヴィア。きょうも話せて楽しかったよ」わたしはトラックを発進させ、バックミラーに映ったシルヴィアの姿が小さくなるのを見つめた。

フルトンの屋敷には、すぐに着いた。それは一九二〇年代、エドウィンの祖父によって建てられ、父親の代に何度か修復されたものだ。フルトン一族は自動車産業で財をなした名家で、デトロイト川沿いにある高級住宅街のグロス・ポイントに居を構えている。北部半島のこの屋敷は、本来、夏用のコテージとしてしか使われていなかった。とはいえ、フルトン家にとっての〝コテージ〟とは、石材とガラス、それに原生林から切りだした太い丸太からなる、床面積五千平方フィートの砦である。エドウィンがここに常時住むようになって以来、冬のあいだ、道路から除雪するためにどれほどの費用がかかったかは、想像もつかない。

セオドーラ・フルトンは邸内にひとりでいた。巨大なオーク材の玄関扉を力ずくであけたあと、わたしの姿を見て表情を明るくした。「ミスター・マクナイトね」

「はい。お会いできて光栄です」

六十歳を大きく越えているのはまちがいないが、目は澄みきっていて、手を握る力は驚くほど強かった。髪をピンでとめているとはいえ、白髪の数はわたしより少なく見える。

「どうぞ、はいって。コーヒーはいかが？ ちょうどいま淹れたところなのよ」

「はい。いただきます」

ミセス・フルトンはわたしを大広間へ案内した。天井はゆうに二十フィートの高さがあり、粗木《あらき》のままの太い梁が何本も走っている。窓からはスペリオル湖の威容が一望できる。

「この家にいらっしゃったことはあるのかしら。すばらしいと思わない？」

もちろん、すばらしかった。この先十年間、すべての仕事をひとりで切りまわし、稼いだ金を一セント残らず貯めたとしても、わたしはこの部屋の三分の一ほどのつまらないロッジしか持てないだろう。「一、二度来たことがあります」

「どうぞ楽にして。コーヒーを持ってくるわ」

わたしは三つある長椅子のひとつに腰をおろした。ミセス・フルトンが出ていくと、部屋は静まり返り、時計の秒針の音と湖からの風の音だけがかすかに響いた。

「さあ、どうぞ」ミセス・フルトンがもどってきて、言った。わたしはトレーからカップをとり、小さな銀の角砂糖ばさみで角砂糖をひとつ入れた。

「恐れ入ります」

「セオドーラと呼んでくださいな。テディでもいいわ。友達はみんな、テディって呼ぶの」

「ミセス・フルトンではいけませんか」

「かまわないわ」ミセス・フルトンは眼鏡を取りだし、鼻にかけた。メイヴン署長がオフィスでかけていた読書用眼鏡と同じもののような気がしてならなかった。「ずいぶんがっしりした体格ね、ミスター・マクナイト。でも顔はやさしいわ」

「ありがとうございます」

「エドウィンはあなたのことをいつもほめてるわ。心臓のすぐ横に銃弾がはいってるそうね」

「ええ、たしかに」そのことを知らない人間は、もうミシガン州じゅうにひとりもいないのではないか。

「アンドルー・ジャクソンは、大統領だったときずっと、心臓のすぐそばに銃弾をかかえていたのよ。ご存じかしら」

「いいえ。知りませんでした」

「決闘で受けた弾《たま》よ。相手に胸を撃たれたのに、ジャクソンは倒れなかった。それから、自分のぶんが一発残っていたので、ゆっくりとねらいを定めて、相手を撃ち殺したらしいわ。ミスター・マクナイト、あなたならどうしたかしら」

「もし決闘をしていたらということですか」

「そう。もし決闘をしていて、相手に撃たれたのに、自分がまだ立っていたら」

「当然、撃つでしょう。撃つだけの理由があるはずですから。そうじゃなきゃ、そもそも決闘なんかしているはずがない」

「それはそうね。ともかく、ジャクソンの胸から銃弾を摘出することはできなかった。だから、死ぬまでかかえこんだままだった。おそらく、ずいぶん不自由したでしょうね。あなたは不自由なことがあるの？」

「いいえ、そうでもありません」

「それを聞いて安心したわ」

「ミセス・フルトン」わたしは言った。「本題にはいりませんか」

ミセス・フルトンはコーヒーに目を落とした。「ごめんなさい。わたし、つとめてその話題を避けていたみたいね。ミスター・アトリーにお話ししたこと、お聞きになったでしょう？」

「くわしくは聞いていません」

ミセス・フルトンはうなずいた。「ご存じでしょうけれど、わたしはエドウィンのことをとても心配してるの。ずいぶん前に父親を亡くしたものだから、あの子はずっとつらい思いをしてきたにちがいないわ。慕うべき人間がいなかったわけですからね。だから、ミスター・マクナイト、あなたが友達でいてくれて、ほんとうに心強いわ」

「それはどうでしょうか。わたしは最近、彼とはあまりいっしょに過ごしていませんから」彼の妻、となると話は別だが。

「それにしても、いまのあの子にとって、親友であるはずよ」

どう答えていいかわからなかった。一種の親友なのだろう。

「ミスター・マクナイト。わたしだってまるで何も知らないわけじゃないわ。あの子の……問題について。ギャンブルに夢中だってことはわかってる。そうじゃなきゃ、一年じゅうこんなところに住んだりするものですか。最初は、わたしを避けようとしてるだけなのかと思ったわ。ふつうの母親はそう考えるでしょうね。または、町の社交界のしきたりに嫌気がさしたか。または、木深い田舎で使用人なしの不便な生活をするのにあこがれただけか。ばかみたいね。もちろん、いまはわかってるわ。あの子がここにとどまってるのは、インディアンのカジノがあるから。閉鎖されれば、つぎの日に出ていくでしょうよ。それで思いだしたんだけれど、あなたにききたいことがあるの。このあたりではカジノが合法的に営業してるのに、どうして賭け屋と付きあう必要があるのかしら」

「カジノではテーブルのゲームとスロットマシンしかできません。スポーツ賭博は扱っていないんです。その手のことがしたければ、賭け屋に頼むしかありません」

「そうだったの。ほら、あなたが来てくださったことがさっそく役に立ったわ。エドウィンはそんな話、してくれないもの」

「ミスター・アトリーの話だと、夢をご覧になったそうですが……」

「ええ。あの夢ね。お話ししますけど、ばかげているなんて思わないでちょうだい」

「もちろんです」

「土曜の夜のことだわ」ミセス・フルトンは窓の外を見て、低いがしっかりした声で夢の話をはじめた。「もちろん、そのときのわたしにはわからなかったけど、あの子が例の男の死体を見つけた夜よ。夢のなかで、血を見たの。おびただしい血。身の毛がよだつ思いがしたわ。だって、わたし、血が大の苦手なのよ。庭で指を切ったりして、自分の血を見るのさえだめ。それが、ものすごい量、夢に出てきたの。ひとりの体から出たとはとても思えないほどだったわ。わたしはその上を漂ってた。夢のなかがどんな感じか、わかるでしょう？ そのとき、急に血から遠ざかって、気がついたら森のなかにいたの。わたしは木が両側に並ぶ道を進んでいた。というより、何かが進むのを見守っていた。それは一台の車で、道をゆっくり走ってた。夢のなかであんなにはっきりした映像を見たのははじめてよ。その車は、ただ走りつづけていた。だけど、あたりは暗かった。車はライトをつけずに、ほんのわずかな月明かりだけを頼りにその道を進んでいた。わたしはだれが運転してるんだろうと思って、フロントガラスから中をのぞきこんだの。でも、見えなかった。暗すぎてね。そのとき、その道を前に通ったことがあることに気づいた。それはこの家まで来る道だった」

ミセス・フルトンはことばを切り、わたしを見つめた。「ミスター・マクナイト。エドウィンが電話で事の次第を伝えてきたとき、わたしはこの家から出なさいって言ったの。だけど、あの子はしたがわなかった。ばかみたいだと言って。だから、こちらは最後の手段に訴えた。つまり、自分でここに来たってこと。信じられる？　その日は運転手が休みをとってたから、自分で車を出して、はるばる運転してきたのよ。運転したのは十年ぶり。免許はもう切れてるわ。だけど、なんとしてもここに来て、エドウィンとシルヴィアをこの家から出さなくちゃって思ったの」

「ふたりとも離れる気がないようですね」エドウィンが離れようとしないのはわかるが、シルヴィアはなぜここにとどまろうとするのか。ここが大嫌いのはずなのに。

「わたしのことを信じてないのよ。気持ちはわからないでもないわ。でも、それならゆうべ……」

「ゆうべ？　ゆうべ何があったんです」

「来客用の寝室のひとつにいたんだけど、眠れなかったのよ。それで、外でもながめようと思って、ここまで来たわけ。で、ソファーの上でやっと寝ついたと思ったら、すぐに目が覚めたの。外で物音がしたような気がしたのよ。だから裏口へまわって、道路のほうをのぞいてみた。そうしたら、あまり自信はないんだけど、見えた気がしたの。車が」

「どんな車でした」

「なんとも言えないわ。ほんとうにいたかどうかさえわからないもの。ただの思いこみだったのかもしれない」

「ミセス・フルトン、それは何時ごろのことですか」

「二時を少しまわったころ」

例の電話がかかってきたのは三時だ。そして、やつはエドウィンを見張っていたと言っていた。「それで、どうなさったんですか」わたしはきいた。「警察に電話したんですか」

「いいえ、しなかったわ。もういっぺん見たら、その車は消えてたの。そもそもそこにいたとしたらの話だけど」

「エドウィンには話しましたか」

「ええ。暗闇を長いこと見つめてると、自分が恐れているものが見えてくるものだって言われたわ」

「そうですか。で、わたしに何をお望みですか」

「今夜ここに泊まってもらいたいの。必要なら、あしたの夜も」

「ミセス・フルトン――」

「お願いよ、ミスター・マクナイト。報酬はあなたのご希望どおりのものを差しあげるわ」

「ミセス・フルトン、保安官に頼めば、二、三日だれかをよこしてくれるのでは……」

「だめよ」物事を思いどおりに進めることに慣れてきた女の声に変わった。とりわけ、金を払う気になっているときは、有無を言わせないのだろう。「そうはいかないわ。おばあさんが夢を見て、闇のなかで怪しいものを見かけたなんて理由だけで、保安官が部下を夜通し貸してくれるわけがない。わたしはただ、ひと晩かふた晩、だれかに泊まってもらいたいだけなの。心を落ち着かせるために。あなたが必要なのよ、ミスター・マクナイト。もう一度言いますけど、じゅうぶんなものをお支払いするわ」

ここに泊まるのは耐えがたいことだったが、ミセス・フルトンに執拗に、ことば巧みに迫られたすえ、わたしはついに承諾した。金持ちは少しばかり扱いにくい、と思った。こちらが純粋な好意で応じるかどうかをたしかめもせず、すぐに金の話をはじめる。子供にキャンディーを与えるように、金を鼻先に突きつけるのだ。

帰り道の途中で、またシルヴィアに会った。わたしはトラックをその横にとめ、声をかけた。「もう一度痛い目にあいたいのか」

「あなたのいる屋敷にはいりたくなかっただけよ」風のなかにずっといたせいで、頬が明るい赤に染まっている。

「大きな屋敷じゃないか。おれの姿を見ないことだってできたろう」

「でも、中にいることはわかるわ。あなたを感じたくなかったの」

「なら、今夜は大いに感じることになる」わたしは言った。「ところで、夕食はなんだ」

「何を言ってるの」

「持ってくるワインを何にするか決めたいんだ」

「冗談のつもりかもしれないけど、ぜんぜんおもしろくないわ」

「冗談じゃないよ、シルヴィア。お義母《かあ》さんに雇われて、今夜ここに泊まることになった。さあ、夕食のメニューを教えてくれ。おれが赤ワインを持ってきて、きみが魚を出すようなら、きみは惨めな思いをすることになる」


ロッジへもどる途中、トラックのなかで考えたのは、泊まり用の荷物を詰めたあと、家のまわりで妙なことが起こっていないかを確認しなければならないということだった。少し離れたところに住むヴィニー・ルブランという男なら、ふた晩くらいは様子を見てくれるだろう。ヴィニーはベイ・ミルズ族に属するチプワ・インディアンだ。このあたりのチプワ・インディアンのご多分に漏れず、フランス人、イタリア人、そして正体不明の国民の血が少しずつ混じっているらしい。ベイ・ミルズ・カジノでブラックジャックのディーラーとして働き、狩りのシーズンになると、わたしのロッジを借りている狩猟者のガイドをつとめることもある。州南部人たちを森へと案内するときには、インディアンらしくふるまう壺をよく心得ている。そしてもちろん、オジブワ族としての愛称であるレッド・スカイという名で通しているが、それは本人も繰り返し言っていたとおり、ヴィニーなどという名前のインディアンをガイドに雇いたい人間などいないからだ。

わたしはロッジの横にトラックをとめ、外へ出た。ドアに向かう途中、踏み段に何かが落ちているのに気づいた。

バラの花だった。血のように赤い、一輪のバラ。

わたしはそれを拾い、あたりを見まわした。松林がひろがるだけだ。これを置いた人間は、だれにも目撃されていないだろう。わたしは地面に目を走らせた。足跡もタイヤの痕跡もない。

ドアをあけて室内をのぞきこみ、だれもいないと見てとって、深く息をついた。侵入された形跡はないが、確証もない。電話に目をやったところ、メッセージははいっていなかった。

一輪の赤いバラ。なんとなく心に引っかかるものがあったが、それが何であるかは見極められなかった。

あるいは、見極めたくなかったのかもしれない。思いだしたくなかったのかもしれない。わたしはそのバラを踏みつぶそうとして、思いとどまった。バラを捨てるのは縁起が悪い。だれかからそう聞いたことがある。

水のはいったグラスにバラを入れたあと、鞄に荷物を詰め、外へ出てドアに鍵をかけた。「残念だが、今夜はおまえの声が聞けない」わたしは風に向かって言った。「おまえがだれであれ、夜中に電話してきても、呼びだし音が四回鳴って、留守番電話の声が聞こえるだけだ。応答メッセージを変えておけばよかったよ。〝わたしとファックするためにお電話くださった殺人狂のかたは、一番を押してください。そのほかのかたは、二番を押してください〟」

わたしはトラックに乗りこみ、運転席で数分間、思案をめぐらせた。そのあと、トラックから出て、ロッジにもどった。

クロゼットの奥を手でさぐり、服やブーツをいくつもほうりだしたすえ、目当てのものを見つけた。それから、六つの弾丸を装塡し、拳銃をベルトに差した。

6

「最高の気分だよ、アレックス」エドウィンが言った。「自由になれた気がする」エドウィンは暖炉の前でクッションのきいた椅子に腰かけ、革の足載せ台に足を投げだしながら、片手にブランデーグラス、もうひとつの手に葉巻を持っている。わたしは向かいの椅子にすわって、炉火を見つめていた。ブランデーは飲んでいたが、葉巻は遠慮した。「おもしろいと思わないかい」エドウィンが言った。

「何がおもしろいんだ」

「事の成り行きがさ。最初は……ひどかった。なのに、それが自分にとって最高のものに変わった。コマがまわっている途中で、ぐらついて手がつけられなくなることがあるだろう?」

「それで?」

「そのうち何かにぶつかって、急にまた、すいすいまわりはじめるじゃないか。ちょうど同じことがぼくに起こったんだよ」

「そうか」わたしは言った。「結構だな」

「本気だったら。いまはもう、ぜんぜんギャンブルをしたいと思わない。その気がまったくなくなった」

「それがほんとうならうれしいよ」

「もちろん、ほんとうさ」エドウィンはそう言って立ちあがり、新しい薪を火にくべた。暖炉の上の壁には、枝角が十二本ある鹿の頭が据えられている。これを見て、エドウィン自身が撃ったものだと一瞬でも思う人間が、この世にいるだろうか。

エドウィンは椅子にもどって言った。「そろそろ、何がどうなってるのか教えてくれないかい。きみはなぜ、ぼくがトニー・ビングに最後に会ったときのことをきいたんだ」

「エドウィン、先にこっちから質問させてくれ。最近、どんなふうでもいいから、妙な、または疑わしい人物を見かけなかったか。おまえを見張ったり、尾行したりしていた可能性がある人物だ」

エドウィンはしばし考えた。「いや、いなかったと思う。少なくとも、自分では気がつかなかった。注意したほうがいいのかい」

「たぶんな。気をつけることだ。しっかり目を光らせて」

「いったいどういうことなんだ、アレックス」

「はっきりはわからない。おまえを必要以上に心配させたくないんだ。それに、奥さんやお母さんを不安にさせるようなことは絶対に避けたい。いまの段階では、おまえか、おれか、あるいはその両方を監視している人間がいる可能性があるとだけ言っておく。この前の殺しと関係がある人間かもしれない」

「メイヴン署長はそのことを知ってるのかい」

「ああ、知ってる」

わたしたちは一瞬、炉火に目を凝らした。

わたしが沈黙を破った。「しばらくグロス・ポイントにもどる気はないか」

「その必要があると思うのかい」

「悪くないと思う」

「ここを離れたくない」

「絶対に離れたほうがいいと言ったらどうする?」

エドウィンは細長い煙を吐きだした。「離れる気はない」

「そうか」わたしは言った。ほかに答えようがなかった。

わたしたちはふたたび沈黙に落ちた。暖炉の薪がはじけ、火の粉が飛びだした。カーペットがかすかに燃え、小さな焼けこげができるのを、エドウィンはすわったまま見ていた。消しとめようというそぶりは見せなかった。おそらく、あすだれかを呼んで、部屋じゅうを改装させるつもりなのだろう。「とにかく、きみが来てくれてよかったよ。母のことはお詫びするつもりだった」

「お母さんはおまえのことが心配なだけだ」

「わかってる。それにしても、ばかげてると思ったよ。わざわざきみに泊まってもらうなんて」

「それはかまわない」

「だけど、そのために、がまんしてあの夕食に付きあってくれたんだとしたら……」

「すばらしい食事だった。お母さんの料理の腕は超一流だ」

「それはそうと、きみとシルヴィアがいっしょに過ごせたのはほんとうによかった。きみたちふたりのことはわかってるよ」

わたしの心臓は高鳴った。「どういうことだ」

「アレックス、きみだって感づいてるだろう。シルヴィアはきみに惹かれている」

「なんのことだかさっぱりわからない」

「あまり深く考えないでくれよ。シルヴィアはいつも、ある種の男に興味を持つんだ。つまり、風貌とか、単なる見かけだけが問題になる。屈強な大男がいいらしい。これまできみたちがゆっくり話す機会がなかったもので、ぼくとしてもまずいと思ってたんだ。でも、今夜、彼女はきみという人間を少しは知ったと思う。そして、まちがいなく気に入ったはずだ」

夕食のあいだ、シルヴィアはひたすら優雅にふるまっていた。信じられないほどの名演技だった。

「ところで、シルヴィアはどこへ行っちまったんだ」エドウィンは言った。「たぶん、母と組んで、ぼくを罠にかけようとでもしてるのさ。女がどういうものか、知ってるだろう？」

「ここにいるわ」エドウィンとふたり、振り向くと、シルヴィアが部屋にはいってくるのが見えた。ローブを着ている。はじめての夜、はじめて彼女に手をふれた夜に着ていたものだ。襟ぐりが深く、全身に密着している。見ているうちに、酒をひっかけてやりたくなってきた。

「寝ないの？」シルヴィアはエドウィンの首に両手を滑らせて言った。

「おやおや」エドウィンは言った。「すごく魅力的だ。すぐに行くよ」

シルヴィアはわたしに顔を向けた。「おやすみなさい、アレックス。ぜひ……くつろいでね」

「気づかってくれてありがとう」

シルヴィアが出ていくと、エドウィンは立ちあがって葉巻の火を消した。「これまでは、女房をほったらかしていた。だけど、きょうからはちがう。生まれ変わったエドウィンを見ていてくれ」

わたしはうなずいた。

「客用の寝室でなくて、ほんとうにいいんだな？」

「ああ、ここで寝る。この長椅子でじゅうぶんだ」わたしは答えた。ふたつの客用寝室は屋敷の端にある。まさかの場合に備えて、わたしは玄関や裏口に近いこの部屋にいたかった。

「好きにするといい。ぼくはベッドへ行くよ。幸運を祈ってくれ」エドウィンはウィンクして、小さく敬礼の姿勢をとった。

エドウィンが去ったあと、わたしはブランデーを飲みほし、こんなところに寝ることになったいきさつを思い返した。わたしは私立探偵であり、一家に雇われ、銃を持ってソファーで寝ることになったのだ。

それから、電話のことと、踏み段に置かれていたバラのことを考えた。長い時間、その意味を明らかにしようと頭をひねったが、何も浮かばなかった。

やがて、ミセス・フルトンがはいってきて、エドウィンの椅子にすわった。「何か持ってきましょうか、アレックス」

「いえ、結構です」

「あなたとわたしは同じものをかかえてるのよね」ミセス・フルトンは言った。脚を組んで、暖炉を見つめている。

「何をですか」

「恐怖よ。ふたりとも、恐怖について知りつくしてる」

意味が呑みこめるまでに、しばらくかかった。この女は、ありとあらゆるものから自分を守れるだけの金を持っている。恐怖について、何を知っているというのか。

だが、そのときわたしは相手の目をのぞきこんだ。そこに燃えさかる炎が見えた。ほかのものも見えた。わたしにも理解できるものだ。「くわしく教えてください」

「この話はみんなにしてるわけじゃないのよ、アレックス。だけど、あなたには話せる気がする。あなたなら、どんなものかわかるはずだから。本物の恐怖が。人間を根底から変えてしまう恐怖が」

「ええ。わかります」

「わたしは十六歳のときに誘拐されたの。裕福な家庭で育った人間にとって、避けられない危険のひとつかもしれないわね。わたしは何日か監禁された。その途中、犯人たちはわたしの指を切り落とそうとした。父に送りつけるために」

わたしは何も言わなかった。ミセス・フルトンの声に耳を傾けながら、いっしょに暖炉の火を見つめた。

「犯人は三人組の男だったわ。そのうちのひとりは、残りのふたりがわたしに危害をくわえないように気を配ってた。リーダーが指を切り落とそうとしたときも、その男は許さなかった。三人はわたしの扱いをめぐってもめていたわ。その男はリーダーに向かって、わたしに指一本でもふれたら殺すとさえ言った。自分を誘拐した犯人のひとりだというのに、わたしはその男に恋心をいだきはじめた。変でしょう？　激しい恐れを感じると、ほかの感情もみんな強烈になるのよ。物の色まで鮮やかに見えてくる。何を言ってるか、わかってくれるわね」

「はい」

「あなたも同じ経験をしたからよね。アレックス、あなたに会った瞬間、それがわかったの。少なくとも、胸のなかの銃弾のことを聞いたとき、はっきりした。わたしたちが同じものをかかえてるってことが。だからこそ、わたしのいまの苦しみを理解してほしいの。息子の問題を。エドウィンはひとり息子なのよ」

「ミセス・フルトン、何も問題はありません。エドウィンはたまたま間の悪い時間に妙な場所にいただけです」

「とにかく、あなたがいてくれて安心できるわ。今夜は眠れる気がするもの」ミセス・フルトンはおやすみを言って、部屋から出ていった。

わたしはそこにすわったまま、暖炉の火が消えていくのを見ていた。やがて立ちあがり、室内を歩きまわった。私道に面した窓に近寄り、闇を見通せるように外灯を消した。何も見えなかった。

わたしは外へ出て、四分の一マイルほど先まで歩いた。静かな夜で、風がないため、本来の寒さからほど遠かった。わたしはきびすを返して屋敷へともどり、湖を望む正面玄関へまわりこんだ。雲が途切れると、隙間から細い月が現われ、スペリオル湖の巨大な湖面に光を溶けこませている。今夜の湖はいたって穏やかで、自分が月光を浴びて帆船《ほぶね》に乗っているさまを思い浮かべたくなるほどだ。

部屋へもどって長椅子に腰をおろし、ベルトから銃を抜いてコーヒー・テーブルに置いた。テーブルの上に結婚式の写真がある。それを手にとり、ふたつの顔をながめた。シルヴィアの顔は白いベールに引き立てられて明るく輝き、エドウィンは間の抜けた大きな笑みを浮かべている。父のことばを借りれば、〝マルハナバチを食ったロバみたいに、にやついてる〟ようだ。結婚式の日、シルヴィアの横に立つエドウィンは、そんな顔をしていた。

わたしは写真をテーブルにもどし、長椅子に頭をもたせかけた。ようやく、覚醒と眠りの境目の状態へと引きずりこまれていった。

そのとき、物音がした。はっと目が覚めた。なんの音だったのか。わたしは中腰になり、銃をつかもうとした。

ない。

そこにシルヴィアが立っていた。銃を持ち、わたしの胸にねらいを定めている。

「シルヴィア、いったい――」

「あなたを殺す」シルヴィアは言った。「いますぐ殺す。どんなに気分がいいかしら」ローブの前がはだけた。月明かりのなかで、彼女の胸が、そして両脚のあいだのしなやかな毛が見えた。それを隠そうともしていない。

「シルヴィア……」

シルヴィアは銃をコーヒー・テーブルに置いた。「まるで番犬ね、あなた」そう言い残し、シルヴィアは部屋を出て、階段をのぼっていった。わたしは闇のなかですわったまま、固唾を呑んでそれを目で追った。

「なんて女だ」わたしはつぶやいた。「最低の屑め」

わたしは起きあがって、ふたたび部屋を歩きまわり、また窓の外に目をやった。それから、客用寝室のある建物の端まで歩き、ミセス・フルトンの部屋のドアに耳を押しつけた。規則的な寝息が聞こえてきた。

わたしは長椅子に寝そべった。生涯二度と眠れないのではないかと思った。が、またどろみはじめた。それは避けられなかった。血を見たり、真夜中に電話がかかったりがふた晩つづき、困憊の極に達していた。少なくとも今夜は電話に悩まされなくていいと思い、深い眠りに身をまかせた。

血が見える。ミセス・フルトンの夢だ。わたしは血の上を漂っている。それは見わたすかぎり、四方八方にひろがっている。

つぎに車が見える。松林のなかを、静かに、すいすいと走っている。明かりはついていない。運転手の顔は見えない。

そのとき、電話が鳴った。

わたしは長椅子から飛び起き、コーヒー・テーブルの前でつんのめった。自分がどこにいるか、わからなかった。電話はどこだ？　また鳴った。自分のいる場所を思いだした。銃を持ち、二階へ向かった。三度目の呼びだし音が響いた。

「アレックス、きみか？」主寝室からエドウィンの声がした。四度目の呼びだし音。

「そうだ！」わたしはドアをノックし、開いた。エドウィンがベッドの横の明かりをつけている。その横で、シルヴィアが身を起こし、目をしばたたいている。五度目の呼びだし音。

「出たほうがいいかい」

「いや、おれが出る」わたしはエドウィンのいる側にまわりこみ、床にひざまずいた。六度目の呼びだし音。

わたしは受話器をとった。しばしの沈黙のあと、男の声が聞こえた。「もしもし？」

「どちらさま？」わたしは言った。

「どちらさまだと？　エドウィン・フルトンはいるか？」予想していた声ではなかった。

別の人間だが、声に聞き覚えがある。

「こちらはアレックス・マクナイト。そちらは?」

「マクナイトだと! そこで何をしている。メイヴンだ」

「メイヴン署長」わたしは言った。エドウィンが驚いた顔でこちらを見ている。

「どうした、マクナイト。フルトン家の執事にでもなったのか」

「なんの用です。いま何時ですか」

「さあ。三時ごろだろう。三時半か。電話したのは、ミスター・フルトンがきみの居場所を知っているんじゃないかと思ったからだ。拍子抜けだよ、マクナイト。今回は犯行現場で待っていてくれなかったんだな」

「いったいなんの話です」

「また殺しだ。今度も賭け屋らしい。アシュマン・ストリートのレストランの裏で発見された」

「だれが見つけたんですか」

「ゴミを出しにいったコックだ。三発か四発撃たれているようだ」

「同じ犯人だと思いますか」わたしはエドウィンとシルヴィアに目を向けた。ふたりともこちらをじっと見ている。シルヴィアが震えだした。

「わたしは霊能者じゃないが、同じ銃から発射された同じ弾が見つかる予感がする」

「被害者の名前は？」

「ヴィンス・ドーニーという男だ。知ってるか」

「ヴィンス・ドーニー。いえ、知りません」エドウィンを見ると、かぶりを振った。「エドウィンも知らないそうです」

「すぐそばにいるんだな」メイヴンは言った。「パジャマ・パーティーのさなかに電話してしまったらしい」

「冗談はやめてください。それで、その……また切り刻まれてるんですか」

「いや、それはない。今回はナイフが別の目的で使われている」

「というと？」

「ここに来てくれないか、マクナイト。いますぐ」

「なんですって？　いまどこにいるんですか」

「実は、きみの家の前だ。車から電話している」


松林の隙間から最初に見えたのは、警察車の荒れ狂ったような青と赤の閃光だった。角を曲がると、ロッジの前に四台の車がとまっているのがわかった。郡の車と州の車、それにスーの車が二台。ドアの前に八人の男が立っている。トラックをとめて出ると、すぐにだれがショーを仕切っているかがわかった。

「ミスター・マクナイト」メイヴンが言った。「今宵はようこそ」

わたしはふたりの保安官助手に目礼した。〈グラスゴー〉で一、二度会ったことがある連中だ。

「郡と州の諸君もわざわざ来てくれた」メイヴンはつづけた。「たしかに、ここはスーの市内からほんの数マイル離れている。そうは言っても、これはもともとスーの事件だから、わたしが担当する。いまみんなに説明していたところだ」

「何がどうなってるんです」わたしは言った。「どうしてあなたがここに？」

「レストランの裏で殺しがあったのがわかって、すぐにきみに電話した。家にいなかったもので、心配になった。きみの無事を確認するために、車を一台ここにまわした。わたしはそういう人間だ」

「じゃあ、なぜあなたがここにいるんですか。それに、どうしてこんなにおおぜい集まってるのか」

「郡と州に連絡したのは、礼をわきまえただけだ。逆の立場なら、同じことを望むからな。さて、入口のドアを見てくれないか」

わたしはバラの花が置かれていたことを思いだした。今度は何があるかと考えると、ぞっとした。

わたしはドアに近寄った。スーの巡査のひとりがインスタント・カメラで写真を撮っている。白い光がひらめいた瞬間、一枚の紙が大きな狩猟用ナイフでドアに釘づけになっているのが見えた。

「まださわるなよ、マクナイト」背後でメイヴンの声がした。巡査はナイフを慎重につかんで、ビニールの袋に入れた。紙片は別の袋にしまった。「ドアにあんなものがついていてはたまらんだろう。赤恥をさらすことになる」

「何が書いてあるんですか。読ませてください」

「ちょっと待て」メイヴンは巡査からふたつの袋を受けとり、懐中電灯の光を当てた。「ナイフに血がついているようだ。鑑識は三つの可能性があると言っている」ナイフのはいった袋を巡査にわたし、もうひとつの袋を、紙に書かれた文字が読めるように引き伸ばした。「これは、これは」メイヴンは読みながらつぶやいた。ずいぶん時間がかかった。

一枚の紙に、文字がぎっしり詰まっているのが見えた。

読み終わると、メイヴンは紙を無言でわたしに手わたした。ひどく古いリボンのついた手動式タイプライターで打たれたものらしい。

アレックス

おれがだれかわかるだろう。信じられないかもしれないが現にここにいるわけだから信じるほかないわけだ。おれたちふたりに課せられた試練に終止符を打ってひとつになるべきときがついに来た。おれは鉄格子をものともしなかった。はるばるおまえのもとへもどった。おまえはおれが何者かを知っている。おまえ自身が何者かも知っている。やつらをよりよい場所へといざなう者であることを知っている。昔は邪悪の力に目をくらまされて気づかなかったがいまのおれはおまえが死を乗り越えて他者を導くべく選ばれし者であることを知っている。邪悪はここにある。それはおまえが何者でどれほど用心深いかを知っている。おれは忠誠のしるしとしておまえの友達を脅していた男を排除したがこのうらさびしい世界を戦場に変えようとする輩は尽きないもので今夜も目に見えないマイクロ波を送ろうとしていた男を排除しなければならなかった。もちろんやつらにすぐには感づかせないために別の方法を使った。血をあまり出さなかったのは前より時間を稼いだ末によい頃合いで発見されるようにするためだ。やつらがおまえに気づくことは絶対にない。これだけの年月を経ておまえの手助けができることをうれしく思う。こんなふうになるとはだれが想像できただろうか。かつておまえのことを偽装したやつらの仲間だと疑ったとは信じられない。おまえのことはずっと見守っている。やっとおまえとひとつになれる日が待ちきれない。

ローズ

追伸　今夜電話したというのにおまえがいなくてひどくさびしい思いをしたので二度とこんなことはないようにしてくれ。

わたしは手紙を二度読み、メイヴンに返した。まわりの全員が、何もせずにわたしを見守っていた。

「ひとつ言えるのは」メイヴンが口を開いた。「きみの家にはわたしのところよりおもしろい手紙が届くということだ」

「ありえない」わたしは言った。「やつがここに来られたはずがない。この手紙を書けたはずがない」

「ローズというやつを知っているようだな。女みたいな名前だが、男なのか」

「ええ、知っています。男です」

「そうか。ローズという男。どういう知りあいだ」

「十四年前」わたしは言った。「わたしを撃った男です。そして、相棒を殺した男です」

7

一九八四年。デトロイトの夏は長く暑かった。その夏もコカインの優位は変わらず、古きよき時代の麻薬として、街じゅうに出まわっていた。〝クラック〟は噂に聞くものにすぎなかった。わたしは警察に八年勤め、刑事課の昇進試験を受けようとしていた。相棒のフランクリンは、まだこの仕事について日が浅かった。フランクリンは元フットボール選手で、オフェンスのラインマンだった。ミシガン大学の四年生だったころ、ビッグテン（中西部の主要十大学）のオールスター・チームに選出されたことがある。ライオンズからドラフトで指名されたが、キャンプの最初の週に膝を痛めたので、大学にもどって卒業単位をとり、二年後に警察にはいった。わたしと組むことになったのは、元フットボール選手と元野球選手は馬が合うだろうと上の連中が考えたからだ。それはまちがいだった。

「野球の選手がやることはこんなことかい」ある夜、フランクリンはパトカーのなかで言った。その議論は一日じゅうつづいていた。「フィールドに突っ立ってると、ときたまボールがそいつに向かって飛んでくる。真正面に飛んでこない場合は、ちょっとばかり横に動く。それは認めよう。横に動かなきゃならないときもある」

わたしはただかぶりを振った。わたしたちは病院へ向かっていた。救急室の医師のひとりがあわてて通報してきて、そのとき一番近くにいたのがわたしたちの車だったのだ。

「フィールドに突っ立ってる役目が終わったら」フランクリンがつづけた。「ダッグアウトにもどって休む。たしかに、外で突っ立ってるのは重労働だからな。だから日陰にはいってベンチにすわる。ダッグアウトでゆっくり飲み物を飲むひまもなく、さあ、今度はバットを振る時間だ！　立ちあがって、土に描《か》いたちっぽけなボックスのなかで、あのでかい棒を振りまわすんだろ？　でかい棒を振りまわすのは重労働だ。それも認める。だって、ファールにでもなったら、あの棒を五回も六回も振らなきゃならないんだからな！」

「勝手にしゃべってろ、フランクリン。好きなだけ茶化せばいい」

「まだあるよ、アレックス。ボールを打ったあとはどうする。一塁まで走らなきゃならない。九十フィートぐらいかい」

「九十フィート。そのとおりだ」

「九十フィートも走るんだぞ！　二塁まで行きたきゃ、百八十フィートにもなる！」

「フットボールの選手のくせに数学ができる。万能だな」

「ところでどこへ行くんだ」

「記念病院だ。この道がいちばんだろう」車はブラッシュ・ストリートを南へくだり、デトロイト市街の中心部にはいっていた。日が沈んでからだいぶたつというのに、街には昼の熱気が残っていた。

「いちばんの近道って意味ならちがう」フランクリンは言った。「セント・アントワーン・ストリートへまわって、裁判所の横を通ればよかったのに」

「いや、こっちのほうが近い。まったくわかっちゃいないな」

「おれはこの街で育ったんだ。あんたに何がわかる」

「ほら、もう着いた」わたしは病院の裏手の救急室専用口に車をまわりこませた。

「おれの言うとおりにしてたら、もう帰れたはずだ」

「退職するまで、おまえの指図は受けない」

お決まりの騒がしさを予期して病院にはいったが、いたって静かだった。待合室にひとりの女がいて、頰に氷嚢を当てていた。その向かいの椅子では、ひとりの男が膝をかかえて、ゆっくりと体を揺すっていた。受付のデスクで、ファイルの山のあいだから看護婦が透き見をし、こちらに気がついて驚いたような顔をした。わたしがあまりの美形だったからか、フランクリンがあまりの大男だったからか。

「はじめまして」フランクリンが言った。「警察の者です」

「この制服をご存じないかもしれないので言っておきますが」わたしは言った。「相棒のことは気になさらないでください。フットボールの選手だったんです」

看護婦はあまりおもしろがるふうでもなかった。「ドクター・マイヤーズにご用ですね。掛けてお待ちください」

わたしたちは待合室の椅子にすわり、さっきの女が頬の氷嚢をしきりに動かすのを見守った。目のまわりに、かなり目立つあざができていた。

「失礼ですが、奥さん」わたしは言った。「だいじょうぶに見える?」「だいじょうぶですか」

女はこちらを見た。「だいじょうぶに見える?」

「見えませんよ。何かお力になれることはありませんか」

女はかぶりを振った。

「殴ったのはご主人ですか」

女はまたかぶりを振った。

「もしそうなら——」

「ほっといてくれない?」

「わたしが言いたいのは——」

「あんたの話なんか聞きたくないのよ。何も聞きたくない」

わたしはあきらめて両手をあげ、席にもどった。ずいぶん待たされた。街のざわめきや、犬の吠え声や、サイレンの遠音《とおね》が耳にはいった。デトロイトは夏がいちばん過ごしづらいが、その夜は特にひどかった。いつにもまして、うだるような暑さだった。そして、バスのストライキがまだつづいていた。オールスター休みのせいで、タイガースの試合もなかった。救急室がこんなに閑散としている理由もわからなかった。巨大な両開きのドアがあいて、新しい患者が運ばれてくるのが待ち遠しかった。

「聞きたいんだがね、フランクリン」わたしは言った。「豪速球を打ったことはあるか」

フランクリンは無言でこちらを見た。

「時速九十五マイルの速球が、自分の顔めがけて投げこまれる。そんな経験はあるか」

「それで？」

「本気できいてるんだ、フランクリン。おまえの目を覚ますために。おまえはほかのスポーツをばかにしきってる。でも、そうなった理由もわからなくはない。フットボールをやってたころ、おまえのポジションはなんだった？　オフェンスで、タックル専門だったんだな。つまりこういうことだ。ひざまずいて、片手を地面に突く。クォーターバックが〝ハッ！〟と叫ぶと、立ちあがって、目の前のやつに飛びかかる。ちがうか？　いや待て、もっと複雑なときもある。クォーターバックが〝ハッ、ハッ！〟と叫んだときは、ふたつ目の〝ハッ〟が聞こえるまで、飛びかかるのをがまんしなきゃならない」

フランクリンが答える前に、ドクター・マイヤーズが待合室に現われて言った。「お待たせしてすみません。こちらへいらっしゃってください」立ちあがるとき、わたしは氷嚢の女に紙片を手わたした。わたしとフランクリンの名前とともに、わたしたちの分署の電話番号が書いてあった。電話してくるとは思えなかったが、いまこの女にしてやれることはそれぐらいだと考えたのだ。

　医師はわたしたちを受付の奥の小さな応接室へと案内した。やせた黒人で、医者らしい繊細さを備えていた。声にカリブ出身とおぼしき響きがかすかに混じっていた。コーヒーとドーナツをわたしたちがことわると、ようやく医師は警察に通報した理由を話しはじめた。

「ここによく姿を現わす男がいましてね。かなり頻繁にです。といっても、いつ現われるかはまったく予想がつきません。何日かつづけて夜に来たかと思うと、そのあと何日か来ない。そしてまた現われるという具合です。ひどく精神の錯乱した男です。おそらく妄想型の統合失調症でしょうが、断定はできません。本人と直接話したことは一度もありませんから」

「その男は、ここに何をしにくるんですか」

「ほとんどの場合……妙に聞こえるかもしれません。ほとんどの場合、隠れるのです」

「隠れる？」

「以前は待合室に大きな鉢植えの木がありました。ヤシの木などです。その男は、いつも木の陰に隠れたのです。結局、こちらでその木を取り払いました。ほかの患者がこわがったものですから」

「こちらには警備員はいないんですか」

「おります。しかし、じゅうぶんな人数とはとても言えません。彼らを呼んでも、着くころには、男はもう逃げているのです。第六感でも持っているかのように」

「最後に来たのはいつです」

「今夜です。さっきまでいました。今回は、医師の着用する白衣を着ていたのです。戸棚から盗んだにちがいありません。その恰好で、医師のふりをして、診察室のあたりを歩きまわっていたと聞いています。ひとりの看護婦が呼びとめたら、その男はこう言ったそうです。〝さりげなくふるまいなさい。わたしは覆面捜査官だ〟」

わたしはフランクリンを見て、首を振った。「すごい」

「われわれは奇妙な行動をとる人間には慣れています」医師は言った。「こういう場所には付き物ですから。けれど、この男には弱り果てています」

「名前はご存じですか。あるいは住所でもいい」

「名前はわかりません。しかし、住所はわかると思います。看護婦が警備員を呼ぶとすぐ、男は逃げましたが、今回は警備員が通りで姿を見かけて、尾行したのです。八ブロックか九ブロック先の、コロンビア通りとウッドワード通りの角まで行って、ハイウェイのすぐ手前のところにあるアパートへはいっていったそうです。部屋番号まではわかりませんでしたが」

わたしはその所番地を手帳に書きつけた。「その男の外見に特徴はありますか。どうやったら本人だとわかるでしょう」

「すぐわかります。そのあたりで、白人はほかにひとりもいないはずですから。それでもじゅうぶんでなければ、かつらをさがせばいい」

「かつら？　どんなかつらです」

「ブロンドのかつらです。このあたりまである、ばかでかいやつです」医師は頭から一フィートも上で両手をひろげた。

「ばかでかいブロンドのかつら」わたしはそう言いながら、手帳に書きこんだ。「ほかには？」

「頭のおかしい白人で、ばかでかいブロンドのカツラをかぶっている」医師はうんざりしたように言った。「ほかに何が必要なんです」

わたしたちはコロンビア通りとウッドワード通りの角まで行き、そのアパートを見つけた。街じゅうでありとあらゆる営みがおこなわれているとはいえ、〝本物の〟デトロイト、わたしとフランクリンが家族のもめごとを処理したり、銃撃の通報を聞いて駆けつけたりしているデトロイトは、すぐに目につく。その建物はかつては見映えがしたのだろうが、それはずいぶん昔のことと思われた。

「どうするんだ」フランクリンがきいた。

「どうするって？」わたしは言った。「順番にノックするのさ」

「そうじゃないかと思った」

わたしたちは一階からはじめた。廊下の片側をフランクリン、反対側をわたしが受け持った。ノックに応えてくれる部屋もまれにあったが、出てきたのはたいてい、子供をひとりふたり三人したがえた、苛立った様子の女だった。それでも二階へ行くと、協力的な女がひとり見つかった。「あの白人かい？　かつらをかぶった？　いちばん上の階のどこかだよ。あんな妙ちきりんなやつは見たことがないね」

わたしたちは礼を言い、最上階へ向かった。「あの女はノックの手間を何十ぺんぶんか省いてくれたわけだ」わたしは言った。「何かしてやらないと」

「何もしてやれないさ」フランクリンは言った。このような場所に来ると、わたしより胸が痛むらしかった。デトロイトは、わたしにとっては仕事場にすぎなかったが、フランクリンにとっては故郷だった。

最初にノックした部屋で、問題の男は見つかった。男はドアをほんの少しあけ、隙間からこちらを見た。ブロンドの髪が頭上数インチのところまで伸びていた。

「警察の者です」わたしは言った。「ちょっとお話しできますか」

男はわたしを見て、それからフランクリンに目を向け、何も言わずに数回身を揺すった。

「はいってもよろしいですか」わたしは言った。

「なぜだ」その声にはなんの抑揚もなかった。

「話をしたいからです」

「なぜ話をする必要がある」

「とにかく、あけてください」

「そいつもはいるのか」男はフランクリンのほうへ顎をしゃくった。

「彼はわたしのパートナーです」わたしは言った。「名前はフランクリン。わたしはマクナイトです。あなたのお名前を教えていただけますか」

「おやおや」男は言った。「なかなかの挨拶じゃないか」

「お願いです、あけてください」フランクリンが言った。男はその声に飛びあがりかけた。

「なんの用だ」男は言った。「何をしにきた」

「いま病院へ行ってきたところです」わたしは言った。「あなたが病院の人たちに迷惑をかけているという話でした。その件について話しあいたいので、入れてもらえませんか」

男はゆっくりドアをあけた。部屋へはいるとき、わたしはその背恰好を見積もった。五フィート九インチぐらい、やや太り気味。古いが清潔な青のジーンズに、テニスシューズ、スウェットシャツといういでたち。眼鏡はかけておらず、ひげもなかった。ばかげたかつらさえかぶっていなければ、ごく普通の人間に見えた。「迷惑？」男は言った。「迷惑をかけている？　連中はそう言ったのか」

部屋は小さかった。ひとつのテーブルに三つの椅子、それに、背もたれを倒せばベッドになると思われるソファー。簡素な台所と小さな浴室。部屋の隅にランプがひとつともされ、ほの暗い光をこもらせていた。窓から明かりは差しこんでいなかった。というより、窓があるかどうかさえわからなかった。四つの壁がアルミホイルで隅々まで覆われていたからだ。

わたしたちは立ったまま部屋を見まわした。やがてフランクリンが言った。「内装はだれがやったんだい、ブリキ男」

男はまぎれもない憎悪の色を目に浮かべてフランクリンを見た。わたしの心の奥底で、警鐘が小さく鳴った。どことなく気がかりだったが、このときはまだ、ただの頭の弱い偏屈者だと思っていた。その脳裏で何が起こっているかは、考えもしなかった。

「アルミホイルを使ったのには理由がある」男は言った。

「ああ、一度そんな話を聞いたことがあるよ」フランクリンが言った。「電波を遮断するためだろう」

男は首を振った。「電波？　アルミホイルで電波を遮断できると思ってるのか？　これはマイクロ波のためのものだ」

「マイクロ波」フランクリンは言った。「そうだとも」

「マクナイトと言ったな」男はわたしに言った。

「はい」

「ひとつ頼みがある。できればこの……」男はフランクリンを上から下まで見た。「これを外へ出してくれないか。おまえひとりなら、喜んで相手をしよう」

「それはできません」わたしは言った。フランクリンが辛抱強いのはわかっていたが、少し不安になってきた。立場が反対なら、この男の腕を押さえて後ろ手に手錠をかけたい衝動に駆られていたことだろう。

「わからないな」男は言った。重心を両足に交互にかけて、体を揺すりはじめた。「おまえらふたりがパートナーだって？　毎日いっしょに行動してるのか」

「朝から晩までだ」フランクリンが言った。「同じ水飲み器に口をつけることだってある」

「そいつはおもしろい」男は言った。「貴重な情報だ」

「すわりますよ」わたしは言い、三つの椅子のひとつを引いて腰かけた。「パートナーもすわります」フランクリンは男を見つめていたが、ようやく腰をおろした。「あなたもすわってください」

男はすわった。

「お名前は？」

「ラスト・ネームはローズ」男は言った。「それしか教えられない」

「ファースト・ネームはだめだと？」

「ファースト・ネームは個人的なものだ。ファースト・ネームを教えれば、相手に支配される。おれは二度とそういう過ちを犯さない」

フランクリンは腕を組み、天井を見あげていた。

「記念病院の救急室によく出入りしているそうですね」

「連中からそう聞いたのか」

「ええ、そう聞きました」

「中にはいったことはある。一度か二度」

「かなり頻繁だと聞きましたが」

「それを信じるわけだ」

「行ったことはあるんですね」

「あるんだろう。連中がそう言うなら」

「ミスター・ローズ、もう少し協力してください」

「おまえら、ほんとうに一日じゅういっしょにいるのか」

「ああ、そうだとも」フランクリンが言った。忍耐の限界に達したようだった。「いったい何様だと思ってるんだ。一日じゅう病院でばかなことをやって、みんなをこわがらせるなんて。あんたが気がふれてるだけなら、かまわないさ。そいつは自由だ。精神科の医者にかかりたきゃ、かかればいい。ドラッグにおぼれてるなら、プログラムにでも参加して、勝手に立ちなおればいい。じゃなきゃ、アルミホイルの部屋にこもってればいい。好きにしろ。だけど、病院の人たちには迷惑をかけるな。あんたが木の陰に隠れなくたって、ただでさえ病院ってところは面倒なことばかりなんだ。それから、そのかつらはなんの真似だい。ロック・シンガーに似てるよ。名前はなんだっけ、アレックス。こんな髪型のやつ」

「ピーター・フランプトンか」わたしは言った。

「いや、ちがう。レッド・ツェッペリンのメンバーだ」

「ロバート・プラント？」

「そうそう」フランクリンは言った。「あいつにそっくりだ」

「ピーター・フランプトンのほうが似てると思うね」

「用はすんだのか」男がきいた。

「いや、まだです、ミスター・ローズ。まだ大事なことを言っていません。あなたには聞く義務がある。わかりますね。あの病院に出入りするのをやめてください。いいですか。二度と行かないこと」

「悪いが、それは無理だ」

「どうして無理なんです」

「あそこで大事な仕事があるからだ。やめるわけにいかない。おまえ、ビリヤードはやるか」

「エイトボールを知ってるだろう。八番の球《たま》は、残りの球を高低まっぷたつにわける。周波数の高いやつと低いやつだ。八番の球は黒だ。黒は分離と孤立と死を意味する。光の喪失を意味する」

「ミスター・ローズ……」

「突き球は白だ。光も色も、すべて白の一部だ。白は生と躍動を意味する。突き球が動かなければ、ほかの球はひとつも動けない」

「ミスター・ローズ。だれかに相談したほうがいいんじゃありませんか。医者にかかったことは？　治療を受けたことは？」

「これは罠なんだろう？」ローズは言った。「おまえは偽装している」

「ミスター・ローズ……」

「実にうまい。それは認めよう。やり口がどんどん巧妙になってるよ。でかいやつを連れてきて、目をくらますなんて」ローズはフランクリンに鋭い一瞥をくれたあと、わたしを見据えた。「おまえのほうは、おれたちの仲間のような顔をして、さりげなくもぐりこんできた。しゃべりかただって区別がつかない。実にみごとだ」

フランクリンとわたしは顔を見合わせ、うなずいた。まず署に連れていって、あとでどこかのクッション張りの監房にでもはいってもらおう。

「しかし、成功はしない」ローズは言った。「今回はまちがった相手を選んだってことだ」

銃が目の前に現われたとき、わたしたちは反応できなかった。いや、そんなことを思いつきさえしなかった。ローズは昆虫のようにすばしこく、テーブルの下での動きをまったく悟られることなく、いきなりわたしたちに銃を突きつけた。

それはウージーだった。数年後にはどこでも見られるようになるが、一九八四年にはまだ目新しかった。コカインの売人は、だれもがそれをほしがった。一度、点呼の時間に見せられたことがあった。ウージーはイスラエル製の銃で、フルメタル・ジャケットの九ミリ口径弾を一分間に九百五十発発射できる。そのうえ、ミシンと同じ程度の音しか立てない。

「ミスター・ローズ」わたしはゆっくりと言った。「銃をおろしてください」わたしは両手をテーブルに載せていた。フランクリンは腕を組んだままだった。ふたりのどちらがホルスターに手が届きやすいか、わからなかった。そのチャンスがあるかどうかさえも。

「来たのはだれの差し金だ」ローズが言った。

わたしたちはウージーを見つめた。わたしたちふたりは同じことを考えていたにちがいない。だが、フランクリンのほうがわたしより失うものが多かった。三歳と五歳になるふたりの娘がいた。家族と別れたくないのは当然だ。狂人の部屋で、姿なき敵の一味と決めつけられて命を落とすのではたまらない。

「ミスター・ローズ」わたしは言い、息をつこうとした。「なんでもお望みのことにお答えします。約束します。だから、どうか銃をおろしてください」

「これは拾ったんだ」ローズは言って、銃をほんの一瞬見た。わたしは背筋に寒気《さむけ》を覚えた。自分の銃に手を伸ばすには、じゅうぶんな時間ではなかった。あと少し、ほんの一瞬長く、相手に目をそらさせる必要がある。チャンスをくれ。狂人なら、狂人らしくしろ。夢心地になるなり、失神するなりしろ。

「路地で拾ったんだよ」ローズは言った。「おまえの仲間がだれかを殺したあとにだ。向こうは気がつかなかったけれど、おれは見ていた。そいつはこれをゴミバケツに捨てた。ずさんもいいところだ」

「ミスター・ローズ」フランクリンが言った。声はかすれていた。「お願いだから……」

「だまれ」ローズは言い、フランクリンの胸に銃を突きつけた。「おまえの声は聞きたくない」

フランクリンは唾を呑んだ。

「さて、おまえにきく」ローズはわたしを見て言った。「どうやったのか教えろ。どうやって白く化けたのか」

「銃をおろしてくれたら言います。テーブルに置いてください」手をおろし、リボルバーをつかんで、撃つ。どれだけの時間がかかるものか。いますぐ実行すべきなのか。

ローズはかぶりを振った。「そうはいかない。おまえのほんとうの色は、もうわかってる。おれはこうなることを恐れていた」

手を伸ばし、つかんで撃つ。わたしは何分の一秒か節約できるのではないかと望みをかけながら、その動作を頭のなかで反芻した。手を伸ばし、つかんで撃つ。

「知ってのとおり、おれは病院で偵察しながら、あれこれ学びとった。最初はその仕事に気乗りしなかったけど、おれが前線に出ることを〝選ばれし者〟が望んでいるって話を聞かされた。〝選ばれし者〟は、敵方の殺人の方法や最新技術について情報を集めているってことだった。正しい防御のしかたを編みだすために」

フランクリンは微動だにせずに隣にすわっていた。わたしにはできない。動けば殺される。自分の銃に手もふれないうちに。目をそらしてくれ。ほんの一瞬でいいから、よそ見をしてくれ。

「おれが何に驚いたかわかるか。おまえたちは人を殺す最善の方法をさがし求め、互いに殺しあいさえする。それはただの訓練なのか？」

ている気がした。
沈黙。わたしは相手の目をのぞきこんだ。坑道の入口から、はるか下の地獄を見おろし

「おまえたちは生命を尊ぶことがないようだな。〝選ばれし者〟の話では、生命を尊ばない者を殺しても、それはほんとうの意味での殺しではないということだ。特に、やつらと同じやり口を使うのなら。そこが肝心だ」

沈黙。相手に感づかれずに、目を見ることができるだろうか。こんなことなら、この部屋へはいった瞬間、手錠をかけてしまえばよかった。

「だから、正確に言うと、おまえたちを殺すつもりはない」

「ミスター・ローズ……」わたしは言った。

「おまえたちを排除する。〝選ばれし者〟はそう呼ぶ。排除と」

「ミスター・ローズ……」

ローズはウージーを数インチこちらへ近づけた。

「ところで、最新技術がどんなものか知ってるか」

相手の銃に飛びついたらどうか。横にはじき飛ばせるだろうか。わたしはローズの手を見た。相手は緊張しているだろうか。わたしが動いたら、引き金を引くだろうか。

「もちろん、知ってるだろう。おまえたち全員が知ってるはずだ。ほとんど毎日のことだからな。病院で見たし、医者たちが話してるのを聞いたよ」

動け。勝負しろ。

「やつらはこう言ってた。〝また始末《ジップ》することになった。今週何人目だ。もう五人目か〟」

「ミスター・ローズ……」もう一度説得しよう。それから動こう。

「いい響きじゃないか」ローズは言った。「ジップ！」

わたしは〝ジップ〟の意味を知っていた。コカインの売人たちは、フランクリンも知っていた。その夏、あまりに多くのそれを目にしていた。コカインの売人たちは、だれかが自分のシマを荒らしたときや、支払いを滞らせたときや、単に目つきが悪かったときに、相手を始末《ジップ》した。ウージーでほんの一、二秒、相手の腹をめがけて連射すれば、頭から股間まで、二十か三十の穴があく。それが〝ジップ〟だった。

動け。いますぐ動け。銃を奪え。早く。さあ、早く！

わたしは動かなかった。

ローズがフランクリンを撃った。真正面から。ウージーが車のエンジンのような音を立てて弾丸を吐きだした。わたしはリボルバーに手を伸ばした。右肩に弾が当たったのを感じた。何発かはわからない。豪速球がミットをはじき、肩にぶつかったときのような衝撃を覚えた。自分の銃が落ちる音と、ローズが大きく叫ぶ声が聞こえた。

床に倒れこむと、横にフランクリンがいた。まだ生きていた。ほんの一瞬だけ。その目がわたしを見た。だが、つぎの瞬間、動かなくなった。わたしは無線機に手を伸ばした。

手も顔も目も、血まみれだった。あたりは血の海だった。

わたしは無線機に話しかけた。何を言ったかは覚えていない。床に横たわったまま、天井を見つめた。穴がひとつあいていた。やつを仕留めることはできなかった。撃たれたせいで、わたしの発射した弾は天井を貫いていた。やつはどうして叫んだのか。銃声に恐れをなしたのか。もう逃げたのか。わたしは何発撃たれたのか。あとどのくらいで死ぬのか。

それに、なぜ天井にアルミホイルが貼られていないのか。四方の壁に貼ってあるのに。わたしはもう一度フランクリンに目をやった。見つめているうちに、すべてが暗黒と化した。


「信じられんな」メイヴンが言った。「なぜ相手が構えた瞬間に銃を出さなかったんだ」

わたしが話しているあいだ、メイヴンはだまって耳を傾けていた。わたしたちはパトカーのなかにいる。メイヴンが運転席、わたしが助手席。パラダイスからスーへ行くあいだじゅう、車内にはわたしの声だけが響いていた。もうすぐ警察署に着く。東の空を、太陽が黒から赤みがかった灰色へと変えはじめている。

わたしは返答をあれこれ考えた。銃がどこに突きつけられていたか。相手が何をしでかしそうだったか。だが、結局、こう言うにとどめた。「わかりません」

メイヴンはかぶりを振った。車は古い倉庫の前を通過した。窓の半分が割れている。街灯の薄明かりのもとで、猫がこちらにかまわず、脚をなめている。「そいつがひさびさに現われたということだな。何年ぶりだって？」

「十四年ぶりです」

「デトロイトには掃いて捨てるほど警察官がいるのに、そいつをつかまえられなかったのか」

「署長」わたしは言った。「その件についてはまだお話ししていませんでした」

「どの件だ」

「やつは逮捕されたんです。約六ヵ月後に」

「なんだと？」

「デトロイトの別の病院をうろついているところを取り押さえられました。わたしはその直前に退職していましたが、面通しのためにもどりました。公判のときに証言もしました」

「ということは、精神異常が認められて、無罪になったのか」

「いいえ。弁護士はそれを立証しようと必死でしたが、認められませんでした。警察官殺しですからね。ローズはフランクリンの件で終身刑、わたしの件でさらに懲役十二年が追加されました。仮釈放は認められていません」

「つまり、そのローズという男は、いま……」

「刑務所にいます」わたしは言って、窓の外を見た。「少なくとも、わたしはそう思って、いいい、いました」

8

警察署に着いたころ、ようやく日がのぼった。冬が近づくにつれ、日の出が少しずつ遅くなっている。この寒々とした季節になってから、最後に熟睡したのはいつのことだったろうか。そしていま、わたしはふたたび警察署にいる。胃袋が裏返ったような気分だ。

メイヴンはわたしを自分のオフィスへ連れていき、今回も客用の硬い椅子にすわらせた。

「よし」メイヴンは言い、一枚の紙とペンを取りだした。紙になにやら書きつけようとしたが、すぐにペンを部屋の隅へ投げつけ、別のペンを手にした。「近ごろのペンは一週間ももたないな。さてマクナイト、そいつの名前をもう一度言ってくれ」

「ローズ」

「ファースト・ネームのほうはわからずじまいか」

「マクシミリアンです。公判のときにわかりました」

「マクシミリアン？　そりゃ、教えたくなかったろうな」メイヴンはメモをとりはじめた。

「判決が出たのはいつだ」

「重警備棟です。ローズは、医者のことばによると〝精神的錯乱はあるものの、疾患は非器質性〟と診断されました。病院に送るほどの狂人ではないけれど、厳重に監視する必要があるってことです」

「ジャクソンだと？」

メイヴンは手をとめた。「ジャクソンの州立刑務所です」

「収監されたのはどこだ」

「一九八四年の十二月」

「ジャクソン刑務所の重警備棟に入れられ、仮釈放もされていない。まちがいないな」

「ええ」

「マクナイト」メイヴンは言った。「なら、そいつはいまもそこにいる。絶対に」

「あなたはそう思うわけですね」

「逃げたと言うのか？　ジャクソンで最後に脱走者が出たのはいつのことだ？　そもそも、あそこから逃げおおせた人間がひとりでもいるのか？」

「わかりません。わたしにわかるのは、手紙の中身だけです」

メイヴンは残っている髪を指でなでつけた。「確認の電話をしてみるべきだろう。いま何時だ？　六時過ぎか？」

「だれかいるでしょうね」

「そうだろうな。夜になったら囚人を家へ帰すとは聞いていない」メイヴンはデスクの上にある書類に目を走らせた。「まず州警察に伺いを立てなきゃならない。電話番号は？七時ごろ来る女がひとりいて、いつもその手の調べものをしてくれるんだが。ああ、わかった。これだ」受話器をとって番号を押した。わたしは無言でそれを見守った。「おはよう。スーセント・マリー署のメイヴン署長だ。ジャクソンの州立刑務所と連絡をとりたい。ああ、ああ、そうだとも。きみの上司には、あとでこっちから電話しておく。ああ。それでいいさ。刑務所に連絡して、こっちとつないでくれることはできないのか。秘密のパスワードだかなんだかを使って。そうすれば、与太者の苦情電話じゃないことが向こうにもわかるだろう。ああ、そうしてくれるとありがたい。ああ、待っとも」

待っている途中、メイヴンはわたしに目を向けた。「警察官だったころ、州の連中の相手をしたことはあるかね」

「あまりありません」

「連中は実に仕事ができる。問題は、その自覚が強すぎることだ。しかし、少しばかりぴしゃりと言ってやれば、たいてい協力的になる。デトロイトでも事情は同じだったろう」

メイヴンはペンでデスクを叩きながら、かなりの時間待った。「やあ、おはよう。ロイ・メイヴンという。スーセント・マリーの警察署長だ。突然だが、妙な質問をさせてもらいたい。そちらにマクシミリアン・ローズという在監者がいると思う。一九八四年の終わりごろに、重警備棟に収監されたはずだ。ああ、質問はひとつだけだ。ミスター・ローズがいまそこにいるかどうか、わかるかね」

メイヴンは受話器を耳から離した。相手の声がわたしの耳まで届いた。

「待て、待て。わたしは質問をしているだけじゃないか。そんなに怒ることはないだろう。いるならいると言ってくれ。それでじゅうぶんだ」

「見にいかせないと」わたしは言った。

メイヴンは送話口に手を置き、わたしに目を向けた。「なんだ?」

「ローズ本人の姿を見にいかせてくれ、と言ったんです」

「重警備棟から逃げた人間は歴史上ひとりもいないそうだ」

「見逃したのかもしれない。係員のあいだで指示が伝わらなかったのかもしれない。きいてみてください」

メイヴンは目を鋭く光らせ、受話器に向けて言った。「待たせてすまない。できれば、念のため、見てきてもらえないだろうか。ああ、そういうことだ。ああ、聞きちがいじゃない。きみの耳はまったく正常だ。ああ、そうだ、そうだ。いいか、聞け。これからきみがすることを教えてやる。まず、そのドーナツを口から出せ。口に物を入れてしゃべるのはお行儀が悪いぞ。つぎに、名簿でマクシミリアン・ローズという名前をさがして、どの監房にいるかを調べろ。わかったら、だれか看守に見にいかせろ。きみが自分で行ってもいい。それは自分で決めたまえ。見てきたら、電話口にもどって結果を報告しろ。それを聞いて、わたしはありがとうと言う。きみは、どういたしまして、それが仕事ですからと言う。それからドーナツを食べる。いいな？　できるな？　ところで、ひとつ注意しておく。やつの監房へ行ったら、顔をはっきりとたしかめること。毛布の下に服をまるめこんで、ベッドにいるふりをしているかもしれない。そのローズというやつ、何カ月か前にそこを抜けだして、いまだに気づかれていない可能性だって……ああ、きみこそ、くそを食らうがいい。きみが朝の六時にちんけな部屋で囚人の見張りをさせられてるのは、わたしのせいじゃない。きみは職業の選択を誤ったらしいな。上司に告げ口されたくなかったら、さっさと懐中電灯を持って、ローズの顔を照らしてこい」

メイヴンは受話器を膝に置き、首を振った。「これだから、この仕事は最高だよ。とびきり楽しい連中の相手ができる」そう言って、まるで何もかもわたしの責任だと言いたげな目でこちらを見たあと、相手がもどるのを待ちながら、ペンでデスクを叩きつづけた。

「やあ、もしもし」メイヴンはようやく言った。「きみのことが心配になっていたところだ……見てきたわけだ。やつはいた。まちがいないな。絶対にまちがいないな。よし、いいだろう。いいとも。助かったよ。どうもありがとう。刑務所での一日を楽しみたまえ。ナイフで背中を刺されたりしないように」メイヴンは受話器を置いた。

「いたんですね」わたしは言った。

「向こうはそう言っている」

「じゃあ、だれがあの手紙を置いたんでしょう」

「こっちこそききたい」

わたしは両手をひろげた。「見当もつきません」

メイヴンはデスクの上の別の紙に目をやった。「ヴィンス・ドーニーという名前には、ほんとうに聞き覚えがないんだな。ビッグ・ヴィンスと呼ばれていた男だ。わたしの知るところでは、ビッグ・ヴィンスは賭け屋はときどきしかやらず、ほかにあれこれと手を出していた。麻薬がらみで、郡の刑務所にいたこともある」

「知らない名前です」

「ひどい死にざまだった。レストランの裏で、ゴミの山のなかに倒れていた。コックが見つけたときは、かなりの見物《みもの》だったろう」

メイヴンは長々とわたしを見つめた。わたしは目をそらさず、それに応じた。

「何か意見はないのか、マクナイト」

「殺しが二件あったようですね」

「デトロイトの警察では、教育が徹底しているはずだが」

「ほかに何を言わせたいんです」

「きみにあの恋文をしたためたのはだれだと思う。ここ十四年間、監獄に閉じこめられている男でないとしたら」

「わかりません」

「新聞が派手に扱うだろうな。三日のうちに殺人が二件。わが親友の市長も大喜びだ」

「ふたりの人間が死んだというのに、あまり気を落としていらっしゃらないようですね」

メイヴンはしばし考えたのち、札入れを取りだした。「この写真を見ろ」札入れを開き、ふたりの幼い少女の写真が見えるようにした。

「娘さんですか」

「片方は娘だ」メイヴンはそう言って、左の少女を指さした。「ずいぶん昔の写真だ。これを撮ったとき、娘は七歳だった。もうひとりは娘がいちばん仲がよかったエミリーだ。やはり、このとき七歳だった。この子は殺された。わたしはこの子の家族に、そのことを自分で伝えなければならなかった」メイヴンは札入れをたたみ、ポケットにもどした。「わたしはいまでもこの写真を持ち歩いている。そんなことはやめろと言う人間はおおぜいいる。仕事と距離を置くべきだと。考えすぎるなと。だがわたしはやめない。これはわたしを原点に立ち返らせてくれるからだ。さて、今回のふたりはどんな連中だ？　トニー・ビングは賭け屋だった。三度しょっぴかれて、そのたびに罰金を払い、すぐに仕事にもどって、市民から金を巻きあげた。人の頭に銃を突きつけるようなことはしなかったが、金を巻きあげていたんだから、大差はない。わたしは去年、やつが食券を交付されているのを知った。表向きは収入がないから、ぬけぬけと食券を受けとっていたわけだ。そういう男だったよ。もうひとりのヴィンス・ドーニーは根っからの悪党だった。賭け屋稼業は暇つぶしみたいなもので、人に毒牙を食いこませる手管《てくだ》のひとつにすぎなかった。金を貸したりドラッグを売りつけたり、ありとあらゆることで相手を手玉にとって、しまいには破滅させた。われわれは二年前から、やつのしっぽをつかみたいと思っていた。そんな男が息の根をとめられたからといって、わたしの眠りが少しでも浅くなると思うか？　それに、ホルスターから銃を抜くことさえできなかった男に嫌味を言われて、だまって聞いていると思うか？」

「なかなかの名演説ですね、メイヴン。特に、少女のくだりはみごとだった。ひょっとしたら、その写真は札入れといっしょに売られていたのかもしれない」

「マクナイト、きみとわたしは、いま大きな問題に立ち向かっている。しかし、この事件が片づいたら、バッジをはずして、表で話したいことがある。いいな？」

わたしはメイヴンを見つめた。醜い男で、わたしよりおそらく十歳は上だろう。だが、肝がすわっているのはまちがいない。「覚えておきます」

「いいだろう。楽しみにしている。まずは、このあたりの賭け屋を皆殺しにしようというやつの正体を突きとめることだ。気分を変えて、少しばかり協力してみないか」

「できるだけ協力するつもりですよ」

「きのうバラの花が置いてあったと言ったな」

「はい」

「そのバラをどこへやった」

わたしはためらった。「水に生けました」

「おもしろい」メイヴンは言った。「デトロイトで、証拠物件をそんなふうに扱うように教わったのか？　銃を見つけても、水に生けたのか？」

もうたくさんだった。デスクを飛び越えて、メイヴンの首を絞めてやりたい。「踏み段に落ちていたのは、ただのバラです。その時点で、疑わしく思う理由なんか何もない。それでも電話しろと言うんですか。〝署長、このバラを見にきてください。だれかがドアの前に置いていったんです。バラと言えば、わたしにはローズという知りあいがいました。むかしわたしを撃ち、相棒を殺した男です。十四年前からずっと監獄にいますけど、ひょっとしたらそいつのしわざかもしれません〟そんなふうに言ったら、なんと答えましたか」

「わかった、もういい。とにかく、装置を取りつける」

「装置？」

「電話の逆探知だよ。そいつがどこからかけてるか、知りたくないのか」

「装置なんかつける必要はないんじゃありませんか。最近は、特別な番号にかければ調べられるはずだ」

「たしかに、＊57を押せば、電話会社に残っている記録を調べられる。しかし、そいつの声をはっきりとテープに録音する必要があるんだ。きみの探偵事務所に、性能のいい電話録音機はないかね」

「事務所なんか持っていません」

「丸太小屋の私立探偵か。エイブ・リンカーンが聞いたら喜ぶだろう」

「メイヴン、いいかげんにしないと――」

「わかった、わかった。落ち着け。とにかく、そのつもりでいてくれ。署の者に録音装置を持たせる。張りこみのついでに」

「張りこみ？」

「車のなかで、きみのロッジを監視する。どんなふうにやるかは、警察学校で教わったろう」

「なぜ張りこみをしなきゃならないんですか」

「マクナイト、きみはチプワ郡で最も鈍感な男だな。ふたりの男を殺した人間が、夜のさなか、きみの家のドアにナイフを刺した。そいつがもどってきたときのために、警察の者が張りこむのは当然じゃないか」

「もどってきたら、わたしひとりでどうにかできます」

「無理だよ。取り押さえるまで、毎晩ひとり送りこむ。近所に車を置ける家はないか。もちろん、一般車を使うが」

「いちばん近いロッジでも、四分の一マイル離れています。少し先の、林道が折れるあたりで張るしかないでしょうね」

「見通しはきくのか」

「どうにか見えます。わたしに無線機を預けてくれたら、うまくいくでしょう」

「いいだろう。夕方までにだれか行かせる」

「フルトン家が納得しないと思います」

「なぜだ」

「ミセス・フルトンがわたしを雇って、屋敷に寝泊まりさせようとしてるんです。何かあったときのために」

「ほかのベビーシッターをさがしてもらうしかない。あの連中なら、いくらでも見つけられるだろう。きみには、問題の男から電話がある場合に備えて、ロッジにいてもらう。そいつが、別の人間に多くを語るとは思えない。なんと言っても、きみは選ばれた人間だからな」

わたしはメイヴンを見てかぶりを振った。「これだけの時間ここにいるのに、コーヒーの一杯も出してもらっていない」

「飲んだら死ぬさ」メイヴンは言った。「聞いたことがあると思うが、わたしの淹れるコーヒーはただものじゃない」

「そろそろ帰ります。ほかに用がないなら」

「また話そう」

「あとひとつ教えてください。死体はどの店で見つかったんですか。そのビッグ・ヴィンスとやらの死体は」

「どうして知りたい」

「単なる好奇心からです」

「好奇心の強い私立探偵は好きじゃない。特に殺人事件の捜査をしているときはな。私立探偵は殺人事件にはかかわらないんだよ。それとも映画の見すぎか？」

「捜査の邪魔をするつもりはありません。ただ知りたいだけです。わたしがこの件の関係者なのはおわかりでしょう」

「いずれにせよ、新聞を読めばわかるだろう。発見したのは〈アンジェロウズ〉の裏だ」

「運河の近くの小さい店ですか」

「そうだ。そこには近づくなよ」

「何が言いたいんですか。わたしがそこへ行くとでも？」

「いいから言うとおりにしろ、マクナイト。絶対に近づくな」

「ボスはあなたですよ、署長。では、また」

わたしは外へ出て、目をこすり、冷たい空気を深く吸いこんだ。トラックに乗りこみ、運転席にすわったまま、しばらくのあいだ、納得のゆく説明を考えた。何も浮かばなかった。わたしはトラックを発進させ、〈アンジェロウズ〉へ向かった。

スーの町には、水力発電用の運河が流れている。〈アンジェロウズ〉は運河の北側、橋のすぐ手前にある小さなピザ専門店だ。入口のドアまで行くと、標示が出ていた――〈お待ちください――まもなく営業！〉。わたしはガラスに鼻を押しつけ、店内の様子をさぐった。テーブルは七つ八つしかなく、遠くの壁に公衆電話がひとつある。謎の男は、ここでビッグ・ヴィンスと会ったのだろうか。謎の男。そうだ。まだローズと呼ぶ気にはなれない。

ローズであるはずがない。絶対に。

わたしは店の裏手にまわった。路地一帯に黄色いテープが張られ、立入禁止になっている。ふたりの巡査がコーヒーを飲んでいるのが見えた。けさコーヒーにありつけなかったのは、わたしだけらしい。

「ご用ですか」巡査のひとりが言った。この男にはモーテルで会った。メイヴンより前に駆けつけたふたり組の一方だ。もうひとりには見覚えがない。新しい相棒だろう。前の相棒は退職したにちがいない。

「アレックス・マクナイトだ」わたしは言った。「この前の夜、モーテルで会った」

「どこかでお会いした気がしました」

「様子を見にきただけだ。死体が発見されたのはここだということだが」

「その缶のすぐ後ろです」巡査は巨大な食用油の金属缶を指さした。あたりの地面が、いまも血に染まっている。「鑑識がまた来るんで、それを待ってるんです」

「コックが発見者だそうだな」

「らしいですね」

「名前は覚えていないだろうね」

「覚えてません。それに、話したら署長のお目玉を食います」

「署長のことは心配しないでいい。昔なじみなんだ」

「ははあ」信じていない口ぶりだ。

「ゆうべ、だれかがレストランで不審な人物を目撃していないだろうか。新顔の客とか」

「刑事課の人にきいてください。じゃなきゃ、昔なじみの署長に」

「まあいい。ちょっと気になっただけさ。で、もうひとつ頼みがあるんだが」

「なんです」

「わたしが来たことはメイヴン署長に言わないでくれ」

軽く首を振りながら微笑む巡査たちを残し、わたしはトラックにもどった。運転席にすわり、つぎに何をすべきかと思案をめぐらせた。結局、運河に架けられた橋をわたり、小道を通ってスリー・マイル・ロードへ出た。リヴァーサイド・モーテルは、昼に来ても外観は少しもよくなっていなかった。そしてもちろん、川に近づいてもいなかった。

六号室のドアにはいまも黄色のテープが張られ、立入禁止になっていた。商売繁盛に結びつくとは思えない。事務所へ行くと、経営者の男が机の奥でテレビを見ていた。

「おはようございます。チェック・インでいらっしゃいますか」あの寒い夜、パジャマに長靴のいでたちで立ちつくしていたこの老人の姿が、頭によみがえってくる。

「いや。アレックス・マクナイトといいます。私立探偵です。例の……土曜の夜にここにいました。警察に通報したのはわたしです」

「ああ、そう」老人はテレビのボリュームをさげた。

「お手間はとらせません。あの夜より前に、妙なことがなかったかをおききしたいだけです。見知らぬ人間が目についたとか」

「ほとんどが見知らぬ人間だよ。ここはモーテルだぞ。たったひとり、前から知っていたのがミスター・ビングだった。一年近く前から、ここに住んでたよ」

「なるほど。しかし、あの日……なんと言うか、目立っていたり、怪しげな行動をとったお客はいませんでしたか」

「ミスター・ビングの部屋には、一日じゅう、つぎからつぎへと客が来た。警察にもそう話したよ。賭け屋だってことは知ってたけど、干渉するつもりはさらさらなかった。部屋代は毎週かならず払ってくれたからね」

「妙な質問と思われるでしょうが、最近、大きなブロンドのかつらをかぶった人を見かけませんでしたか。男です」

「かつらの男？　いったいなんの話だ。なんでまた、そんな質問に答えなきゃならない。知ってることは全部警察に話したよ」

「すみません。たしかにむちゃな質問だと思います。ちょっとばかり個人的なことを調査しているんです」

「かつらの男なんか知らない。かつらの女もだ」老人はテレビのボリュームをもとの大きさまであげた。わたしはその意を汲み、礼を言って外へ出た。

トラックにもどる前に、わたしは六号室のドアの前まで行き、室内で何が起こったかに思いをめぐらせた。ドアに鍵がかかっていなかったと、エドウィンは言っていた。ビングは浴室から出たばかりのようだった。サイレンサーはすでに銃につけられていたのか、またはまさにこの場で取りつけられたのか。ここから歩み入り、相手の顔をめがけて撃つ。ナイフを手にとり、耳から耳まで喉を切り裂く。わたしは地面に目を落とした。血の跡はすっかり消されている。室内はどうなっているのだろう。床一面にひろがった血を、残らずぬぐい去ることができたのか。部屋へはいっても、かつて人が殺されたことに気づかないなどということがありうるだろうか。わたしはドアノブに手をかけた。鍵がかかっている。事務所へもどって、鍵をあけてもらおうかと思った。

だが、そこで思いなおした。こんな部屋は、二度と見たくない。というより、どこであれ、モーテルの部屋など、二度と見たくない。

わたしは町の北側へ引き返し、また〈マリナーズ・タヴァーン〉を訪れた。もう一度バーテンダーに会って、エドウィンがトニー・ビングと落ちあった夜のことを思いださなかったかと尋ねるつもりだった。着いてみると、店は営業中で、バーテンダーはいたものの、もちろん何も思いだしていなかった。今回もわたしは窓際に席をとり、水門の向こうのカナダへと目をやった。ようやく朝のコーヒーにありつけたが、飲んでいるうち、なんとなく神経が張りつめてきた。また長い夜だった。そして、当分は、心安らかな夜を過ごすことができない気がする。

オフィスに着いたとき、レーン・アトリーは電話中だった。アトリーはわたしの姿を見ると、すぐに電話を切った。「もどったか！　大変だったな。さあ、すわってくれ」わたしの両腕をつかみ、客用の椅子にすわらせた。メイヴンのオフィスにあった椅子より、数段柔らかい。「エドウィンから電話があって、事の次第を教えてくれた。メイヴンがきみのロッジから電話してきたってのは、ほんとうかね」

「ああ、ほんとうだ」

「エドウィンはナイフがどうのこうのと言っていた。あいつが知ってるのはそれだけだ」わたしがすべてを話すあいだ、アトリーはデスクの上に腰をおろして聞いていた。ドアについていた手紙の話をすると、アトリーは腹立たしげに言った。「いったいメイヴンはロッジに何をしにいったんだ」

「レストランの裏でドーニーの死体を見つけてすぐ、うちに電話したそうだ。おれがいなかったもので、だいじょうぶかどうか確認するために人をよこしたらしい」

「きみのことが心配だったというのはほんとうだろう。しかし、あいつはきみより先にその手紙を見たことになるな」

「そうだ」

「令状は持ってたのか」

「いや。でも、手紙は封筒にはいってたんじゃない。ナイフでドアに刺してあったから、だれもが見ることができた」

「だとしても、ひどい話だ。そのあと、署まで連行して、尋問したんだろう」

「自分の意志で行ったんだ。ローズのことを調べたかったから」わたしは残りの話をすべて打ち明けた。撃たれたときのこと、ローズの逮捕のいきさつから、メイヴンの電話まで。

「じゃあ、つまり」アトリーは言った。「ロイ・メイヴンじきじきに刑務所へ電話して、ローズがまだいるかどうかを尋ねたのか」

「そのとおりだ」

「で、いたわけだ」

「ああ」

「信じられない話だな」

「同感だ」

「アレックス、どうもメイヴンのやりかたが気になってしかたがない。わたしから抗議したほうがいいか？」

「何をどう抗議する」

「きみにいやがらせをするなと言う。少なくとも、つぎにあいつときみが会うときは、わたしに同席させてほしい」

「メイヴンは恐れるに足らない。ただの傲慢な警察官だ。ああいう手合いは山ほど見てきた」

「それにしても、きみにご執心らしい。目を離さないようにするよ」

「メイヴンのことはいい。気がかりなのはローズのことだ」

「ローズのふりをしているやつだろう」

「ああ、そうだ」

「ローズ自身のはずがない。きみが自分でそう言った。ローズは刑務所にいる」

「それはそうだ。でも……」

「どうした、アレックス」

「わからない」わたしは言った。「ばかげた考えかもしれないが、ほかに手を打てないものだろうか。やつがほんとうに刑務所にいるかをたしかめるために」

「何を言ってる。メイヴンが電話で確認したんじゃないのか」

「したさ。でも、ひょっとしたら、何かの手ちがいがあった可能性もある。ローズだと思っていた人間が、実はローズじゃないのかもしれない」

「ローズが刑務所に替え玉を送りこんだというのか」

「ばかばかしいのはわかってる。ただ、あの手紙……手紙の内容を考えると……」

「で、わたしにどうしてほしい」

「たとえば、身柄提出を要求することはできないか」

「身柄提出令状を発行できるのは、だれかが違法に拘禁されている場合だ。拘禁されているのが本人かどうかをたしかめる目的では、無理だと思う」

「本人と接触することは？　電話で話すことはできないのか」

「できると思う。たぶん、本人も承諾せざるをえないだろう」

「やってみてくれないか」

「できるだけのことはする。きみが本気なら」

「本気だ。念のため、調べたい」

「そろそろ帰ったほうがいいぞ。ひどい顔だ」

「ああ、帰るよ。でも、まずフルトンの家に寄らなきゃならない。エドウィンと話したと言ったな。様子はどうだった」

「きみのことをひどく心配していた。ゆうべメイヴンから電話があったあと、逃げるように出ていったそうだな」

「フルトンの人たちには、しばらくあの家から離れたらどうかと言ったんだ。この件が片づくまで、本家のほうにもどってればいい。あんたが説得したら、うまくいくと思うか」

「わたしも同じことを言ったんだよ」

「それでもだめだったわけだ」

「動く気はまったくない。きみに解決してもらうために、きみの近くにいたいようだ」

「ばかばかしい。そう言えば、たぶんミセス・フルトンは、今夜もおれが泊まりこむと思ってるはずだ。でも、おれはうちにいなきゃならない。だれか代わりの人間はいないだろうか」

「すぐには浮かばない」

「むかし調査員だったリーアン・プルーデルはどうだい」

「やめてくれ。あいつに頼むぐらいなら、自分でやる」

「あんた、銃は持ってるのか」

「実は持ってる。小粋なベレッタだ」

わたしはそれを聞いて驚いた。レーン・アトリーが銃を持っているとは思わなかった。しかし、持っているとしたら、それがイタリア製の高級品だというのはうなずける。「撃てるのかい」

「何回か射撃場へ行ったことがある。腕は悪くない」

「無理に思いこんでるように聞こえるね。まあいい。すばらしい屋敷で、ミセス・フルトンの手料理が食べられるさ。長椅子の上で、耳を半分立てて寝てればいい」

「やつが現われたらどうする」アトリーは言った。「やつが侵入してきたら」

「簡単さ」わたしは言った。「殺せばいい」

9

今夜も穏やかで、十一月の風が不気味なほど勢いをひそめている。悪いことではない。やつがこの家に近づいたとしても、こちらに筒抜けになるだろう。

覆面パトカーに乗った巡査が訪れ、張りこみをはじめることを告げた。ひと晩じゅう車のなかにいなければならないのが、気の毒だった。デトロイトにいたころ、自分が同じ経験をしたのを思いだした。

わたしはメイヴンが用意したという録音装置を電話に取りつけた。電話がかかると、自動的に探知機が作動し、同時に録音機の電源もはいる。こちらは受話器をとって話すだけでいい。電話の主が例の男で、この前の殺しについての感想を聞きたがるようなら、わたしは話を合わせ、相手にその一部始終を話させる。少なくとも、計画ではそうすることになっている。

巡査は携帯用の無線通信機も置いていった。その巡査が林道の折れたあたりにある持ち場につくと、わたしはすぐに呼びだしてみた。「はっきり聞こえますよ、ミスター・マクナイト。だれかが来たら、ここからまちがいなく見えます。でも、物音を聞いたら連絡してください」

「わかった。きみの超過勤務手当が倍になることを祈るよ」わたしはスイッチを切り、無線機と拳銃をベッドの横のテーブルに置いた。あとは待つだけだ。

ベッドに横たわり、静けさに耳を澄ました。時間が長く感じられた。時計を見た。まだ十一時にもなっていない。

そのとき、電話が鳴った。わたしは身を起こし、銃をつかんだ。

落ち着け、アレックス。頼むぞ。

機械がひとりでにカチッと音を立てた。応答する前から、発信者の番号が探知される。何かがまわる小さな音は、テープの録音がはじまったことを物語っている。

わたしは受話器をとった。「もしもし？」

「アレックス、わたしだ。レーンだよ。フルトンの家にいる。夕食をいっしょにできなかったのが残念だ。きみの言ったとおり、ミセス・フルトンの料理は最高だ」

「よろしく伝えてくれ」

「わかった。そっちはどうだい。異常がないかと思って電話した。準備はすんだのか」

「ああ、すんだ」

「そうか。用はそれだけだ。そう言えば、さっき刑務所に電話したよ。いま、厳戒態勢をとっている。ローズのいるブロックで、ちょっとした騒ぎがあったそうだ。電話に出た男の口ぶりでは、週に一度はそういうことがあるらしい。まあ、そんなわけで、ローズとは話せなかった。あしたもう一度かけてみる」

「わかった。どうもありがとう」

「礼には及ばない。何かあったら、こっちに電話してくれ」

「ああ、そうするよ」

「もちろん、警察が先だ。癪《しゃく》にさわるけどな。こっちへはそのあとだ」

「わかってる」

「じゃあ、御殿の警備にもどるよ。またあした話そう」

わたしはベッドにもどり、また身を横たえた。手にはまだ銃を握っている。それを注意深く見つめ、弾がこめてあることを確認した。警察官だったころに持っていた銃とそっくりだ。だからこそ、レーンはこれをわたしに買い与えたのだろう。リボルバーなら扱い慣れていると思ったのだ。だが、これを握っていて思いだすことはひとつしかない。なぜあのとき、即座に銃をホルスターから抜かなかったのか。そうすれば、間に合っていたろうか。わたしが先に撃たれただろうか。それなら、いまごろわたしはこの世になく、かわりにフランクリンが生きている。それも悪くないかもしれない。

また電話が鳴った。機械の電源がはいり、探知と録音がはじまった。わたしは受話器をとった。

「ミスター・マクナイト？　セオドーラ・フルトンよ」

「ミセス・フルトン。そちらは万事順調ですか」

「いまのところはね。あなたがいてくれたほうが、ずっと気が休まったけれど」

「だいじょうぶですよ。レーンは信頼できる男です」

「エドウィンの弁護士なんでしょう」

「ええ、そうです」

「弁護士って銃を持ってもいいの？」

「え……ええ、もちろんです。当然じゃありませんか」

「どうも納得できないわ。弁護士って、銃を持ってなくてもこわいのに。そう思わない？」

「ご冗談でしょう、ミセス・フルトン」

「ごめんなさいね。あなたの声を聞いて、おやすみなさいが言いたかっただけなのよ、アレックス……例の人、今夜は来ないでしょうね」

「ええ、絶対に現われないと思います」

「わかったわ、アレックス。あなたも気をつけてね。おやすみなさい」

わたしはロッジのなかをゆっくりと一周し、ひとつひとつの窓から闇に目を向けた。それから、無線機を手にとって、ボタンを押した。「そっちはだいじょうぶかい」

「異常ありません。これからちょっとばかり車から出て、藪で用を足してきますけど、無線機は肌身離さず持っていますから、ご心配なく」

わたしはスイッチを切り、また無線機をテーブルに置いた。もう一度銃を点検した。アレックス、夜が明けるまでに頭がおかしくなってしまうぞ。

また電話が鳴った。もう十二時近い。わたしは受話器をとった。

「アレックス、ぼくだ。エドウィン」

「何かあったのか」

「いや、何もない。きみの様子を知りたいだけさ」

「エドウィン、頼むよ。アトリーとお母さんから、つづけて電話があった。今度はおまえか」

「冗談だろう。ぜんぜん聞こえなかった。泡風呂にはいってたんだ」

「こっちは変わりない」

「うちの泡風呂に一度はいってみるといい。絶対に心休まるよ」

「いまは心休まる状態なんか想像もつかない」実のところ、わたしはその泡風呂にはいったことがある。シルヴィアとともにまるひと晩過ごしたただ一度の夜のことだ。その夜、エドウィンは慈善事業がらみの表彰式か何かで、デトロイトへ出かけていた。そのとき以外は、昼さがりにあわただしく密会するか、エドウィンがまちがいなくカジノにいる夜をねらって、ひとときの逢瀬《おうせ》を楽しむのが常だった。そのことを思いだすだけで、また気が重くなった。まぎれもない背徳。しかし、機会があればまた繰り返すだろう。それがなんともいまいましかった。自分から機会を作る気がないのが、同じくらいいまいましかった。今夜はそのことだけ考えればいいぞ、アレックス。殺人者のお出ましを待つあいだ。それで完璧だ。

「アレックス、聞いてるのかい」

「ああ。すまない。ちょっと気が滅入っていてね」

「わかるよ。気にしないでくれ。さっきから言いたかったんだけど、みんなきみのことを心配してる」

「一家で、しばらくグロス・ポイントへもどるつもりはないのか」

「ないよ、アレックス。きみの近くから離れる気はない。じゃあ、おやすみ」

わたしは電話を切った。つぎはシルヴィアだろうか。おやすみの挨拶と憎まれ口。そうなれば、家じゅうの全員と話すことになる。

電話は来なかった。わたしは服を着たまま、ようやくベッドにはいり、明かりを消した。室内が明るいほうが落ち着くのはわかっているが、相手からこちらが見えるのと、こちらから相手が見えるのを同じ条件にするためには、暗いほうがいい。

デトロイトでのあの日の記憶がよみがえってきた。あのとき無線機に向かってなんと言ったかは覚えていないが、意思が伝わって、だれかが駆けつけてくれたのだろう。わたしの記憶は、あの部屋の天井から、病院の天井へと飛んでいる。医者が上からのぞきこみ、目をライトで照らす。もう一度、暗闇。今度は、別の医者と看護婦。

そして、唇をかみしめながら見おろす妻の顔。妻に話しかけようとしたが、声が出なかった。わたしは目を閉じた。つぎにあけたとき、妻はいなかった。

それから、記者とおぼしき男が来て、質問を浴びせようとした。看護婦が追い払った。病院のベッドに何日いたのかはわからない。やがて、目の焦点の定まる時間が、ほんの一瞬ではなくなった。ほどなく、頭を起こすことができた。右の肩に包帯が分厚く巻かれているのがわかった。医者が現われ、ベッドの横の椅子に腰かけた。

「ミスター・マクナイト。気分はいかがですか」

「あれからどのくらいたったんでしょうか。わたしの身に何が？」

「六日たちました。あなたは銃弾を三発受けたのです」

「わたしのパートナーは？　フランクリンは？」

「発見されたとき、もう亡くなっていました」

「そうですか」わたしは頭を枕に沈めた。「覚悟はしていました」

「日曜日にお葬式がありました」

「わたしを、いや、わたしたちを撃った男はどうなりましたか。逮捕されましたか」

「いえ、まだだと思います」

わたしはうなずいた。「ヤング市長は見えましたか。フランクリンの葬儀に」

「ええ、いらっしゃいました」

「よかった」わたしは言った。「フランクリンはヤング市長が大好きでした。それで、よくわたしと喧嘩になったものです」

「ミスター・マクナイト、あなたの容態についてご説明しなければなりません。摘出できた弾丸はふたつだけなのです」

「ふたつ？　あとひとつはどうなったんです」

「まだ体内にあります。実を言うと、心臓のすぐ近くです。鎖骨に当たってはね返り、心膜のすぐ外でとまったと思われます」

「つまり、どういうことでしょうか」

「あなたは非常に幸運な人だということです。そう言われても、幸運とはとても思えないでしょうがね」

「思えません」

「弾丸があと四分の一インチ、なかへはいっていたら、心膜を突き破っていたでしょう。そうなれば、心臓は血の海に埋もれていました」

「なぜ取りだせないんです」

「可能かもしれません。ご相談したいのは、そのことです。ここへ運びこまれたとき、あなたからはすでに大量の出血がありましてね。その処置だけでずいぶん時間がかかりましたが、どうにか手術して、弾丸をふたつ摘出できました。ひとつは肺をかすって肩甲骨でとまり、もうひとつは肩の回旋腱板《かいせんけんばん》に食いこんでいました。今後、ピッチングはできないでしょう」

「わたしはキャッチャーです」

医者はカルテから目をあげた。「はい？」

「なんでもありません。つづけてください」

「三番目の弾丸の場所ですが、これが困ったものでして。いわゆる縦隔下方の心臓後部、つまり心臓と脊髄のあいだにはさまっているんです。手術するかどうかは、危険性と利点を秤にかけて決めざるをえません。われわれは、しばらくあなたの容態の変化を見守ることにしました。もちろん、危険な兆候が見られれば、すぐに摘出するつもりでしたが、その必要はありませんでした」

「ということは？」

「信じられないかもしれませんが、いまのところ、その弾丸はあなたの健康状態にまったく支障をきたさないようなのです。弾丸を体内に残した例は、これがはじめてではありません。たとえば、筋肉の奥にとどまっている場合、摘出を試みるほうがよほど大きな損傷を与えるという判断から、あえて何もしないことも多いのです」

「でも、心臓のすぐそばなんでしょう」

「ええ。いささか異例です。さっきも申しあげたとおり、あなたが生きているのは、恐ろしく運がいいことなのです」

恐ろしく運がいい。そういうことなら、しかたがない。

五ヵ月後、右腕はまだ三角巾で吊られていた。わたしはその少し前に警察を退職していた。結婚生活は事実上終わっていた。ある夜、街の反対側にある別の病院で、ローズが逮捕された。以前の上司がうちに来て、わたしを車で署まで連れていった。面通しの部屋に五人の男が並んでいた。目撃者がガラスの前に立って、ひとつひとつの顔に目を向けていくのに付き添ったことは、それまでに何度かあった。だが今回はわたしが目撃者だった。左から二番目の男がローズだった。あの大きなブロンドのかつらをかぶっていなくても見分けられた。

公判のとき、わたしは証人席にすわり、被告人席にいるマクシミリアン・ローズという男を指さして、はい、そこにいる男です、と言った。ローズはあのときと同じ、射るような目でわたしを見た。

ローズは有罪が確定し、収監されることになった。ふたりの廷吏がローズを法廷から連れだすのを、わたしは見守った。今後一生、刑務所から出ることは——

音がした。電話だ。

電話が鳴っている。

わたしは起きあがり、テーブルの上の銃をつかんだ。心臓が早鐘《はやがね》を打っている。時計を見ると、二時五十七分だった。

また鳴った。装置が作動し、探知がはじまっている。ディスプレイに数字が表示されているのが見える。

わたしは受話器をとった。何も聞こえない。

「もしもし」わたしは言った。

沈黙。

「聞こえるか」

沈黙。

「何か言え」

沈黙。

「くそっ。何か言え！」

沈黙。

「おまえが何をしたか教えてくれ。聞きたいんだ。何もかも話してくれ」

沈黙。

「いいかげんにしろ、おまえはだれだ」

切れた。

わたしは受話器を叩きつける寸前で、自制した。すぐに無線機を手にとった。「おい、いるか」

「はい、ミスター・マクナイト。だいじょうぶですか」

「いま、やつから電話があった」わたしは装置に表示された番号を教えた。

「待ってください」巡査が署に連絡する声が聞こえた。調べるのにほんの数秒、その電話がある場所まで行くのに数分しかかからないはずだ。わたしには、公衆電話ではないかという直感があった。ガソリンスタンドかレストランの閑散とした駐車場へ、二台のパトカーが急行することになるにちがいない。その公衆電話はぽつんと孤立した街灯のもとにあり、あたりには人っ子ひとり見あたらないだろう。

わたしは手紙の内容を思い起こそうとした。もちろん、手もとにはない。文面を見て確認することも、熟読して意味を考えることもできない。なんと書いてあったろうか。正確には、どんなことばを使っていたろうか。

ローズであるはずがない。刑務所にいるのだから。ほかの場所にいることは、絶対にありえない。

あの手紙。なんと書いてあったか。マイクロ波のこと、〝選ばれし者〟のこと、偽装のこと。

わたしはその話をだれにもしていない。

妻にも話さなかった。署からあてがわれた精神科医にも話さなかった。どこのだれにも話さなかった。

その話が出たとき、部屋には三人しかいなかった。ローズ、わたし、フランクリン。そして、フランクリンはもう、この世にいない。

10

つぎの日、メイヴンのオフィスを訪ねた。デスクには電話の記録が載っていた。「アシュマン・ストリートの公衆電話だ。二番目の殺人現場から一ブロックしか離れていない」

「なぜひと言もしゃべらなかったのか、わかりません」

メイヴンは顎をさすった。「まるで録音されているのを知っていたようだな」

「どうしてわかったんでしょう」

「こっちこそききたい」

わたしはかぶりを振った。「あなたのほうが上手《うわて》ですよ、署長」

メイヴンは紙を手にし、ふたたびそれに目をやった。「ゆうべきみの家に電話が三本かかっている。おもしろいことに、三つとも同じ番号だ」

「フルトンの家からです」

「そうだな」

「それで？」

「おもしろいと言っただけだ」

「まずアトリー、それからミセス・フルトン、エドウィンの順です」

「いまはミスター・アトリーがベビーシッターなのか」

「選《よ》りどり見どりというわけにいかないんです。わたしはうちにいなきゃならなかった。そして、あなたはフルトン家に警備の人間をまわす気がなさそうだった」

「フルトンの連中は安全だ。まちがいない」

「賛成しかねますね」わたしは胃に鋭い痛みを感じた。あと何日間、この男と朝な朝な顔を合わせなければならないのか。

「これはきみひとりにご執心の異常者のしわざだよ。きみの友達に手を出す理由がどこにある。それに、そいつは以前、フルトンを気に入ったと言っていたそうじゃないか」

わたしはメイヴンをまじまじと見た。「ここでは、永遠にコーヒーを飲ませてもらえないんですか」

「いつか飲めるよ、マクナイト。わたしの機嫌がいいときがきたらな」

メイヴンと一日に話す時間としては、もうじゅうぶんだったので、わたしは退出した。それから、スーの町にいるうちに公衆電話を見ておこうと思い、立ち寄った。そこでは、ひとりの刑事が仕事を終えるところだった。指紋の採取がすんだことは、電話機に粉の跡が残っているところから見てとれた。

近くには、小さな本屋と土産物屋が並んでいた。とはいえ、午前三時にこのあたりに人がいたとは思えなかった。それに、いたとしても、公衆電話をかけている男のことなど覚えていまい。

その男が巨大なブロンドのかつらでもかぶっていれば、話は別だが。やれやれ。

通りのすぐ先が〈アンジェロウズ〉だったので、わたしはそこまで歩いて見にいった。相変わらずひっそりとしていた。裏手の路地へまわって見ると、警察の後片づけはすっかりすまされていた。両手をついてひざまずき、食用油の金属缶の底に目をやったところ、うっすらとした血痕がかろうじて見てとれた。

こんなところで何をしているのか。暗くせまい路地で、犬のように這いつくばったりして。たぶん、ズボンは台なしだろう。いったい何をさがしているのか。自分でもわからない。わかるのは、犯人が何者で、つぎに何をするのかを、自分が狂気に駆られたように考えていることだけだった。

パラダイスへ帰る途中、携帯電話でフルトンの家に連絡した。みな無事だが、長椅子で寝たアトリーは首を痛めたということだった。アトリーは、オフィスへもどったらもう一度刑務所に電話をすると言った。

わたしは家に帰り、二時間ほど眠った。それから〈グラスゴー〉に寄ってみた。ジャッキーしかいなかったが、かえって好都合だった。

くれた。いいやつだ。

「二、三日見なかったな」ジャッキーはそう言いながら、カナダの冷たいビールを出して
「ちょっとばかり立てこんでいてね」

「きょうの新聞を見たか。また町で殺しがあった」

わたしは新聞を受けとった。〝レストランの裏で市民が殺害される。三日間で二件の殺人〟という見出しが躍っている。本文に目を通したが、知らないことはひとつも書かれていなかった。記者がいろいろと聞きだそうとしているが、メイヴンはまだ捜査がはじまったばかりということで、お決まりのコメントしか発していない。第二面にメイヴンの写真が載っている。写真うつりがいいとは言えない。

「ひどいもんだ」ジャッキーが言った。「最初の殺しのとき、エドウィンのことが書いてなかったか？　モーテルでの事件だが」

「あいつは死体を見つけただけだ」わたしは言った。何もかも打ち明けたい気もした。ジャッキーは最高の聞き手だ。だが、話さないことにした。はじめからすべてを説明するには、疲れすぎているし、頭も混乱している。つぎの機会に話せばいい。そのときは、テーブルでじっくり話そう。ジャッキーのほうから、何か手がかりを与えてくれるかもしれない。

わたしはロッジにもどり、アトリーに電話をかけた。「厳戒態勢は解けたそうだ」アト

リーは言った。「だから、さっきメッセージを伝えた」

「ありがとう。それで、どうなった」

「さあ、まだなんとも言えない。ローズにじゅうぶん注意することと、写真を撮ることは頼んでおいた」

「おれが自分で行くべきなんだろうな」

「ほんとうに会いたいのか？　わざわざ刑務所まで行って」

「本人だと確認するには、それしかないかもしれない」だが、やつと同じ部屋でもう一度過ごすことなど、想像もできない。たとえ厚さ四インチの針金入りガラスで隔てられているにしても。

「頼んでみよう」

「ありがとう。今夜もフルトンの家に泊まるのかい」

「ミセス・フルトンは、だれかにいてもらいたいと言ってる。あの一家があそこから離れる気がない以上、わたしが泊まるしかないだろう」

「いい心がけじゃないか」

アトリーは笑った。「請求書を送りつけるのが楽しみだ」

夜がふたたび来て、またひとかたまりの恐怖が訪れた。薬棚の奥にある睡眠薬のことが頭に浮かんだ。けれども、飲む気になれなかった。気を抜くことはできない。

きのうと同じ巡査が、同じ場所でひと晩じゅう張りこむことになった。名前はデイヴという。妻とふたりの子供がいるらしい。夜通し車のなかで過ごさなければならないのが気の毒だった。今夜はデイヴのためにコーヒーとサンドイッチを用意した。せめてそのぐらいのことはしてやりたかった。

アトリーはフルトン家の長椅子で夜を過ごした。わたしは自分のベッドで、五分ごとに電話機に目をやりながら過ごした。ときどき起きあがり、外の様子をうかがった。やつは電話してこなかった。わたしの声を聞くことさえ、沈黙への反応を楽しむことさえしなかった。夜は音もなく過ぎていった。風までも静まっていた。


翌日はメイヴン署長に会いにいく理由がなかった。とるべき道はふたつある。ヒナギクでも摘んでオフィスへご機嫌うかがいに出向くか、それとも一日休むか。きびしい決断ではあるが、ロッジから離れないことにした。

わたしは薪を割り、宿泊者用のロッジへ運んだ。最初にまわったとき、林道の折れたところへ行って、デイヴが夜を明かした場所の様子をうかがった。どうやら、バンクスマツの密生する陰を選んだらしい。そこからは、わたしのロッジのドアがかろうじて見えた。

わたしは薪のもとへ引き返し、残りのぶんを割った。斧を振りおろすのは心地よかったが、悩みごとを忘れさせてはくれなかった。目の端を、一瞬、金髪のようなものがよぎった気がした。鹿が藪を駆け抜けただけだった。わたしはまる一分、薪割り台に両手を突いたまま、微動だにせず立ちつくしていた。

それから、アトリーのオフィスに電話をかけた。「元気がないな、アレックス」

「あんたの声も、ちょっと落ち着きがないようだ。刑務所から何か連絡があったかと思って電話しただけさ」

「たったいま話したよ。係の男が自分で見にいくと言っていた。返事はまだ来ていない」

「おれが行きたいことは伝えてくれたのかい」

「アレックス。そいつはきみを撃ったんだぞ。係の男は、きみが会いにくるのは控えたほうがいいと言っていた」

「心配ないさ。刑務所のなかで、やつに何ができる」

「アレックス、きみは……気味が悪くないのか」

「人をつぎつぎ殺した人間が、おれに恋文を書いてきた。それ以上に気味が悪いことがあると思うか」

「でもアレックス、ローズではありえないんだ。きみだってわかってるだろう。ひとりの人間が同時にふたつの場所にいることはできない」

「双子の弟がいたらどうだ」

「なんだと？　本気でそんなことを言ってるのか」

「たとえばの話だよ。もし双子の弟が刑務所にいて、本物のローズが自由の身だとしたら？」

「双子の弟がいれば、どう考えても……まあいい。なんと答えたらいいかわからないよ」

「すまない。ばかげてることはわかってるけど、どこかからはじめなきゃならない」

「できるかぎり、記録を調べてみる。出生証明書でも、学籍簿でも。それに、刑務所から連絡がはいったら、すぐに電話する」

「わかった。気をつかってくれて、ありがとう」

「今夜かもしれない。やつは今夜現われるかもしれない」

「そう願いたいね。妙に聞こえるかもしれないが、殺人犯にこれほど会いたいと思ったのははじめてだ」


また夜が来た。デイヴは車、わたしはロッジで待った。いつまでこれをつづけなければならないのか。やつがわたしを責めさいなみたいのなら、最高の方法を見つけたことになる。ひと晩じゅう、ここで何もさせず、閉じこめておけばいい。

少し風が強くなってきたが、またおさまった。何時間にもわたって、わたしは過去のことを考えすぎないようにつとめた。フランクリンの息絶える瞬間のことなど、二度と思いだしたくない。ローズの目に宿るあの光も、もうたくさんだ。とはいえ、午前二時にベッドに横たわって、拳銃の冷たい重みを手に感じながら、ほかのだれの目のことを考えればいいのか。

突然、光がひらめいた。壁を照らし、横ざまに動いている。ヘッドライトだ。

わたしは無線機に手を伸ばし、ボタンを押して、かすれた声でささやいた。「デイヴ、車だ」

沈黙。

「デイヴ。聞こえるか」

反応がない。

「おい、デイヴ！　いるのか？」

答がない。外から、車のドアが閉まる音が聞こえた。つづいて、足音。わたしは両手でリボルバーを握った。足音がやんだ。

わたしはドアに一歩だけ歩み寄った。床がきしむ音。これ以上は近づけない。

自分の息差しと心臓の鼓動以外に、何も聞こえない。やつは外で何をしているのか。

バン！　静寂が切り裂かれた。心臓が喉から飛びだしかかった。バン！　ドアを叩く音は、粉々に砕くつもりではないかと思わせる。わたしはドアには近づかず、壁にもたれかかった。つぎの一撃で開いてもおかしくない。バン！　衝撃でロッジ全体が揺れるのを感じた。

つづいて、闇にとどろく声。「マクナイト！」相手はドアのすぐ外にいる。その息の熱さが伝わってくる気がした。「出てこい、マクナイト！」

瞬時の判断が求められている。ここで待ち、相手のつぎの行動を見守るか。こちらからドアをあけ、奇襲するか。相手が銃を持っていたら？　自分は撃つ気になれるだろうか。今度こそ、やつを撃てるだろうか。

わたしは銃を点検した。だいじょうぶ、抜かりはない。さあ、ドアをあけるぞ、変態野郎。おまえの手に銃があったら、眉間に一発ぶちこんでやる。あと三つ数えたら。ひとつ。ふたつ。

「動くな！」別の声がした。外だ。「地面に膝を突け！　手を頭の後ろで組め！　かめ！　早く！　そいつを捨てろ！」

わたしはドアをあけた。踏み段のところで、ひとりの男がひれ伏している。デイヴがその横に立ち、両手で拳銃を握りしめている。「ミスター・マクナイト、銃をおろしてください」

自分の手を見ると、銃が震えていた。わたしは銃口を床に向けた。

「だいじょうぶですか」

「えっ？」

「だいじょうぶですか、ミスター・マクナイト」

「ああ」わたしは地面に伏せている男に目をやった。男は息をはずませている。顔は見えない。「どこにいたんだ。無線で呼んだのに」

デイヴは銃を男に向けたまま言った。「聞こえませんでした」

わたしは男から目を離さなかった。

「もうすぐ、援護の連中が来ます」デイヴは言って、男に目を向けた。「このまま這いつくばってろ。絶対に動くな」

男はうなった。

見覚えがある。この髪の毛。「待ってくれ」わたしはそう言うと、身をかがめて男の顔をのぞきこんだ。

「ミスター・マクナイト、近寄らないでください！」

「だいじょうぶだよ、デイヴ」わたしは男の赤毛の髪をつかみ、顔を戸口の明かりにさらした。「こいつは知りあいだ」

「くそったれ」男は言った。ひどく酔っている。

「デイヴ」わたしは言った。「ミスター・リーアン・プルーデルを紹介しよう」

「ひどいこわがりようじゃねえか、マクナイト」男の口から、ひとすじのよだれが垂れた。「おれが来るのに備えて、おまわりを護衛につけるなんて」

「ああ、こわかったよ、プルーデル。また、あんたの顎がわたしのこぶしに向かって飛んでくるんじゃないかと思ってね」

ろくでなしの酔いどれプルーデルは、署へ連行されてそこで一夜を過ごした。翌朝になっても、わたしは同情する気になれなかった。少なくともあと数時間、メイヴン署長とともに過ごしてほしい。

わたしは十時ごろ、アトリーのオフィスを訪ねた。アトリーは、ちょうど受話器を叩きつけるところだった。記憶にあるかぎりではじめて、髪が乱れていた。

「やってられない」アトリーは言った。「何もかも水の泡だよ。依頼人に逃げられそうなんだ。トレーラー・パークの事件の男を覚えてるだろう。あの男が二、三回電話してきたそうなんだが、わたしが出なかったせいで、ほかの弁護士に鞍替えしたというんだ」

「顔色がよくないようだな」

「きみより悪くないことを祈るよ」

「きょう、警察署に寄ってみるといい。あんたの部下のプルーデルがつかまってる」

「あんなやつは部下でもなんでもない。あいつ、何をやらかしたんだ」

「ゆうべ、うちに来た。先週の話しあいのつづきをやりたかったらしい」

「やれやれ。くびになったのがきみのせいだなんて、本気で思ってるのか」

「向こうは職を失い、こっちは職を得た。あいつにとっては、それでじゅうぶんなんだろう」

「ばかばかしい。じゃあ、メイヴンはあいつが殺人犯だと信じてるのか。ゆうべきみの家へ行ったという理由で」

「五分だけそう思っていた。もう誤解は解けたが」

「なら、どうしてまだ署にいるんだ」

「酔いを覚ましてるんだろう」

「好きにしてくれ。まったく、ばかばかしい」

しばらくのあいだ、わたしたちは苦笑するばかりだった。何日もろくに眠れず、神経が参っているときに出るたぐいの笑いだ。

「ローズのほうはどうなった」わたしはきいた。

アトリーは一枚の法律用箋を手にとり、それを見つめた。「マクシミリアン・ローズ、一九五九年生まれ」目をあげ、わたしを見た。「双子の兄弟はいない。一九八四年十二月に有罪判決。終身刑プラス十二年、仮釈放なし。きのうも言ったとおり、電話で看守と話したんだよ。こちらの状況をわからせるのはひと苦労だった」

「その看守は写真を持ってたのか。警察の顔写真とか、本人かどうかを確実に識別できるものを」

「ああ、持っていた。自分でローズの監房へ行って、入念に確認したと言っている。そいつによると、監房にいるのはまちがいなくマクシミリアン・ローズだそうだ」

「ローズと面会する話のほうは？」

アトリーはわたしを見て、深く息をついた。「その看守が、こちらの要求を伝えてくれた」

「それで？」

「ローズは面会を拒否した。だれとも会わない」

「なんだって？　冗談だろう」

「拒否する権利があるんだ。会いたくなければ、だれにも会わなくていい」

「強制はできないのか」

「いいや、われわれにはできない。たぶん、警察ならできるだろう」

「上等じゃないか。メイヴンが聞いたら、大喜びするにちがいない」

「ほかに手の打ちようがないんだ」

「そいつと話せないか。その看守と」

「ほんとうに話したいなら、好きにすればいい。なかなかいいやつだ。しかし、どこまで辛抱強いかはわからない」

「それもそうだな。たしかに、忘れてしまうべきなのかもしれない。あんたもばかげた考えだと思ってるんだろう？」

アトリーはデスクの後ろにすわり、天井を見あげた。「何がばかげてるのか、もうわからなくなったよ、アレックス」

わたしはもう一度〈アンジェロウズ〉に寄った。営業が再開され、店主が床の掃除をしていた。わたしは店内へはいり、ピザを二枚注文した。店主は殺人の夜にここにいたが、特別なことは何も覚えていないと言った。わたしが席をとった小さなテーブルの、この同じ席に、ローズだか自称ローズだか、名前はどうでもいいが、その殺人者がすわっていたのかもしれない。犯人はヴィンス・ドーニーは、向こうのトイレの近くで電話をかけていたのかもしれない。犯人はドーニーの声を耳にし、マイクロ波の話をしていると思いこんだ。たしか、手紙にそんなことが書かれていなかったか。やつはドーニーが悪人で、排除すべき人間であると考えた。それにしても、どうやって裏の路地まで連れていったのか。店主は見当もつかないと言った。それ以上考えるのも億劫そうだった。

二時間後、わたしはまだ町にいた。ポーティッジ・ストリートにトラックをとめ、ボンネットの上に腰かけて、広大なスペリオル湖をながめた。長時間そこにすわったまま、ゆうべのことを考えた。無線の声がデイヴまで届かなかったのは、こちらの電源が切れていたからだ。わたしは電源がはいっていないことにさえ気づかなかったのか。空電音がしないことにさえ。

そして、プルーデルがドアを叩いたとき、自分はどんな思いで銃をつかんだのか。もしデイヴが来る前にドアをあけたら、何が起こっていたか。引き金を引いただろうか。プルーデルは死んでいたかもしれない。そうなると、わたしはどうなっていたことか。

それにしても、ローズはいったいなぜわたしに会おうとしないのか。まるで説明がつかない。しかし……本物のローズでなければ、話は別だ。わたしと会って、本人ではないことが発覚するのを恐れているわけだ。

いいかげんにしろ、アレックス。自分が何を言ってるか、わかってるのか。

だが、ほかに説明がつくだろうか。ローズ以外の人間に、あの手紙が書けたはずがない。

やめろ。とにかくやめろ。

西の空に暗雲が見えてきた。風が強く吹きはじめた。顔に吹きつけ、目に涙が浮かんだ。

さらに二時間ほど、行くあてもないまま車で流したあと、わたしは食事をしようと思い、〈グラスゴー〉に寄った。まだ帰りたくなかった。また長い夜を過ごすのが恐ろしかった。着いたとき、ジャッキーはカウンターの奥にいた。「いったいどうした。おれよりひどい顔だ。ただごとじゃなさそうだな」

「話が長くなるんだ、ジャッキー。たっぷりビールをついでくれるまでは話さない」

ジャッキーはカナダのビールをついでくれた。「ゆうべ、おまえさんに会いにきたのがふたりいた」

「ひとりはリーアン・プルーデルだな」

「ああ、あとのほうはやつだ。おまえさんへの用がすんでないとかなんとか言ってたよ。ウィスキーをたっぷり二十ドルぶんは飲んでから、やっと出ていった。多めにふんだくってやったんだが、本人は気がつかなかった」

「もうひとりは？」

「名前は忘れたけど、スーの警察署長だ」

「ロイ・メイヴンか」

「そう、そいつだ。おまえさんのことをあれこれきいてきた。どのくらいここに来るかだの、だれとつるんでるかだの」

わたしは瓶を掲げた。「ロイ・メイヴンに乾杯」

「さて、何がどうなってるのかを、話す気があるのか、ないのか」

「すわってゆっくり話したいから、あんたのぼんくら息子を近づけないようにしてくれ。だいぶ時間がかかるんだ」

ジャッキーの息子が厨房から顔を出した。手に受話器を持っている。「ミスター・マクナイトはいらっしゃいますか」

「だれからの電話かによる」わたしは言った。

「セオドーラ・フルトンって女の人を知ってますか。あなたを殺しそうな声です」

わたしはスツールから飛びあがり、受話器をひったくった。「ミセス・フルトン？」

「アレックス！　どこにいたの？　二時間前から電話してるのに」

「落ち着いてください、ミセス・フルトン。どうなさったんですか」

「エドウィンよ！」

冷たく不快な針が内臓に刺さったような気がした。「エドウィン？　エドウィンがどうしたんですか」

「こうなるってわかってたわ。けさ起きたとき、いやな予感でぞっとしたのよ」

「ミセス・フルトン、説明してください！」

「いなくなったのよ。すぐにもどってくるって言って、出ていったの。でも帰らなかった。

アレックス……」動揺を抑えているのか、声が一瞬途切れた。「消えたのよ。エドウィンが消えたの」

11

わたしが着いたとき、ミセス・フルトンは戸口で待ちかまえていた。わたしのコートの襟もとをつかんで、家のなかへ引きずりこみ、長椅子にすわらせて言った。「いったい、どうしてこんなに時間がかかったの？　電話したのは二十分も前よ」そばに腰かけはせず、立ったまま、わたしを見おろした。

「全力で飛ばしてきたんですよ、ミセス・フルトン」まだ十五分しかたっていないことにふれる気はなかった。「何があったのか、くわしく教えてください」

「消えたのよ。わたしの息子が消えたのよ」

「どこへ行ったんです。出かけたのはいつですか」

「お昼ごろよ。ちょっとオフィスで用があるって言ってたわ。夕食までに帰るって」

わたしは腕時計に目をやった。七時前だ。「たいして遅れていません。まだ暗くなったばかりです」

「とんでもない。遅れるわけないわ。エドウィンが夕食に間に合わなかったことなんて、一度もないの。ほんとうなら、二時間前に帰ってるはずよ」

「だいじょうぶですよ。オフィスには電話なさいましたか」

「もちろんよ」ミセス・フルトンは右手でこぶしを作り、左手でなでている。いまにもわたしに殴りかかりそうだ。

「じゃあ、たぶん帰る途中でしょう」

「電話したのは五時半よ。わからないの？　とっくに帰ってなきゃならないのよ！」

わたしはミセス・フルトンの手をとって、長椅子にすわらせた。「落ち着いてください。ちゃんと理由があるはずです」

「家から出ちゃいけなかったのよ。ここにいるべきだった。危なすぎるもの」

「だめですよ、ミセス・フルトン。そんなふうに考えちゃいけません」

「あの子は彼女と喧嘩したの」声が冷たくなった。「あの女に怒鳴りつけられたのよ。ここからでも聞こえたわ。だから出ていったの。ここから逃げだしたい一心で」

「シルヴィアと喧嘩したと？」

「そうよ。あの女が家から叩きだしたのよ」

「なら、帰ってこないのも当然だ。そう思いませんか」

「どういうこと？」

「おそらく、どこかのバーにいるはずです」

「そう思う？」ようやく、声に明るい響きが混じった。

「もちろんです。いまごろ、バーテンダーを相手に、洗いざらいぶちまけていますよ。女という生き物について、納得するために。そういう経験は、だれにでもある」

背後で声がした。「カジノにいるわ」振り向くと、そこにシルヴィアが立っていた。

「どうしてわかるんだ」わたしは言った。

「出かける前に、そう言ってたからよ」顔つきからは、感情をまったく読みとれない。怒っているのか、取り澄ましているのか、あるいはそのほかなのか。「そのせいで喧嘩になったの」

ミセス・フルトンはシルヴィアに目を凝らした。ふたりが積み重ねてきた歴史の一部が、この瞬間、はじめて感じられた。

「エドウィンはギャンブルから足を洗ったと言ってたわ」ミセス・フルトンが言った。

「だれにでもそう言ってたのよ」シルヴィアが言った。「だけど、時間の問題だった。エドウィンには、はけ口が必要だったってわけ。とめてもむだだったの」

「どのカジノにいるんだ」わたしはきいた。

「つきが落ちたと思ったら、ほかのカジノへ移るのよ。知ってるでしょう。あなたはさがしにいったことがあるんだから」

「アレックス」ミセス・フルトンが言った。「さがしかたを知ってるの？　前にも同じことをしたって？」

「ええ」わたしは言って、シルヴィアを見た。この前エドウィンをさがしにいったときのことが、頭に浮かんだ。夏の夜で、このあたりで考えうる最高の暑さだった。シルヴィアはこれを、わたしとともにひとつのベッドで目を覚ます数少ない機会ととらえ、泊まっていかないかと誘った。あの人、帰らないわ。ひと晩じゅう、もどりっこない。それに、もし帰ってきても、ばれるだけ。それはそれで、悪くないかもね。

わたしは、そろそろ関係を清算すべきだと答えた。そのせいで、暑い夜がよけいに暑くなったものだ。

「ねえ」ミセス・フルトンが言った。「エドウィンをさがしにいって。お願いだから」

「わかりました」

そのとき、アトリーが現われた。どうしていつも、こちらがほんとうに必要としているより五分あとに登場するのか。「どうした？　アレックス、帰らなくてもいいのか」

「エドウィンがいなくなったの」ミセス・フルトンが言った。「いまからアレックスがさがしにいってくれます」

「だいじょうぶですって」わたしは言った。「どこかのカジノにいます」

「だけど、あの子は言ったんでしょう？　足を――」

「いや、少しばかり病気がぶり返したんでしょう。いつものことです。連れもどしてきますから、あとでこってり絞ってやりましょう。本人が、専門家の助けが必要だと認めるまで」

「わたしも行ったほうがいいか」アトリーが言った。

「いや、ここにいてくれ。ミセス・フルトンにお茶でも淹れてさしあげてくれないか。すぐに帰るよ。あいつがいそうな場所はそう多くない」

「メイヴンは気に入らないだろうな」

「メイヴンは、おれのすることが何から何まで気に入らないんだ。ほうっておけばいい」

 出かけるとき、わたしはシルヴィアの肘をつかみ、玄関の壁際へ連れていった。「おい」わたしは小声で言った。「何を考えてるんだ」

「離してよ」緑の目は、わたしを七度殺してやまない魔の輝きに満ちている。

「なぜギャンブルに手を出させた」

「さっきも言ったとおり、あたしはとめたのよ。どっちにしろ、あなたの知ったことじゃないわ。あの人に何があろうと、どうでもいいんでしょう」

「どうしてきみはこの家にいる。なぜあいつに、ここを離れたい、グロス・ポイントにもどりたいって言わない」

「あたしにいなくなってほしくないんでしょう？」

「そういうことか。あいつを引きとめているのは、おれたちの関係にまだ脈があると思ってるからなのか。いまでもまだ――」

「哀れっぽい言い方はやめて。それに見え透いてるわ。未練があるのはあなたのほうよ、アレックス。わかりきったことよ」

「なんとでも言ってくれ。さて、用がなければ、きみの旦那をさがしにいく」

背を向けようとしたとき、シルヴィアが腕をつかんだ。「アレックス」低く抑揚のない声で、怒りは影をひそめている。香水のにおいがした。このにおいは忘れられまい。ひと晩じゅう、わたしに付きまとうだろう。「ねえ、何がどうなってるの。エドウィンの姿が見えないくらいで、あの人、どうしてあんなに取り乱してるの？」

「いまはまだ、何も言えない」

「エドウィンは危険な立場にいるの？　ほんとうのところを教えて」

「おれはあいつを連れて帰ると約束した。そして、約束を破るつもりはない」

「あなたの約束なんて、なんの意味もない」シルヴィアは毒づくふうでもなく、そう言った。それがまぎれもない真実であるかのように。「わかってるわ」


わたしはまず、ベイ・ミルズ・カジノへ向かった。エドウィンはそこでブラックジャックをするのが好きだ。途中でメイヴンに電話を入れたが、不在だったので、しばらくロッジにもどれないという伝言を残した。向こうがその気なら、うちの電話機の近くにだれかを待機させることもできる。デイヴは鍵を持っている。ひと晩、わたしのかわりをつとめさせればいい。

わたしが帰らないのを知って、メイヴンが驚きあわてるさまを想像するのは、なかなか楽しかった。エドウィンはブラックジャックのテーブルで猛然と散財しているにちがいない。あいつはゲームの遊び方さえ知らない。あるとき、エドウィンが7を二枚引き、ディーラーの見せ札が6だったことがある。エドウィンは手をふたつに分けようとしなかった。手のまま勝負する気もなかった。14に加えてもう一枚引き、つぶれたのだ。かなり強引なギャンブラーでも、無謀な勝負はたまにしかしないものなのに。

エドウィンはカジノにいるはずだ。あるいは、どこかのバーに。母親に言ったことに嘘はない。棘を含んだ不安の塊が、背中でうごめいている気もしたが、それは過剰な想像力の産物にすぎないだろう。わたしには、思いこむだけの理由がじゅうぶんにある。

カジノは、ブリムリーのすぐ北にひろがるベイ・ミルズのインディアン保留地にある。大きな正面看板も、全面をおおう電飾もない。外装はシーダー材で統一され、館内は高い木の梁と天井扇風機ばかりが目立つ。まったくカジノらしく見えず、ヴェガスやアトランティック・シティのような、あの手この手で中へいざない、とどまらせようとする趣向もない。音だけが唯一同じで、足を踏み入れるや、カジノ独特のあの喧噪に迎えられる。スロットマシンの空疎な電子音、コインが金属のトレーに打ちあたる音、数秒ごとにどこかからあがる払いもどしの声。キーノ（ビンゴに似た数字あわせのゲーム）の数字盤が派手な音を立てて回転し、ゆっくりと、ゆっくりと、動きをとめる。金をチップに換える申し出があるたび、ディーラーが叫び、ピットボス（各テーブルの責任者）が答える。幸運を呼ぶカード、幸運を呼ぶ回転盤の動きを求め、千人からの声が同時に響く。歓喜、罵倒、勝利、敗北。そのただなかに五分もいれば、喧噪の意味が理解できる。自分の名が呼ばれ、いろいろな声が聞こえてくる。今宵はあなたの夜。ここにいるかぎり、何者にも邪魔されません。あなたはだれよりも輝かしく、頭が切れ、運がいい人。勝者となるにふさわしい人。

　エドウィンのような男に、勝ち目はない。

　ここには二十ほどのブラックジャックのテーブルが並び、ベイ・ミルズ族の人間が各テーブルについて、淡々と、正確にカードを配っている。エドウィンの姿はどこにも見あたらなかった。わたしはひとりのピットボスに声をかけ、エドウィン・フルトンがいるかと尋ねた。名前が知られているのはわかっている。

「わたくし、いま来たところでしてね。だれかにきいてみますよ」

　その男が去ってから、わたしはブラックジャックの勝負をしばらく観戦した。そこにいるふたりの客は、州南部人の奇妙な組みあわせだった。ひとりはカジノ以外では絶対にお目にかかれない服装。青のポリエステルのウィンド・ブレーカーに、ロブスター用の前掛けを思わせる幅広のネクタイ、小指に指輪。隣の男は、森から出てきたままのようないでたち。規定のオレンジ色のジャケットとズボンを身につけ、背中に狩猟許可証が貼ってある。ふたりともチップの山をテーブルに重ね、催眠術にかけられたようにカードを見つめている。ここでも、ヴェガスのように、賭け手を疲れさせないため、酸素を館内へ送りこんでいるのだろうか。

ピットボスがもどってきた。「ミスター・フルトンはこちらに寄られましたけれど、二時間ほど前にお帰りになりました。引きあげるときに、ひと騒ぎあったようです」

「そいつは見物《みもの》だったろうな。窓から叩きだしたりはしなかったのか。そうしてくれていっこうにかまわないんだが」

「さあ、どうでしょう。さっきも申しあげたとおり、わたくしはおりませんでしたから」

「ヴィニー・ルブランはいるかい。いや、レッド・スカイか。ここでなんと名乗ってるか知らないんだ。うちのすぐ先に住んでいる男なんだが」

「ああ、レッド・スカイね。伝えておきます。いまは夕食に出かけてると思います。まもなくもどってくるはずですがね」

わたしは礼を言い、立ち去った。外へ出たあと、夜の空気を深く吸いこんだ。カジノの喧噪が、まだ耳に残っている。西のほうから、雨のにおいを含んだ冷たい風が吹きつけてくる。

カジノめぐりをするエドウィンのあとをうまくたどれることを念じながら、わたしはシックス・マイル・ロードをスーの町へ向かって飛ばした。町に着く直前に、携帯電話が鳴った。だれからかはわかりきっていたが、とにかく出てみた。

「マクナイト、いったい何を考えてる」

「メイヴン署長、うれしい驚きですね」

「ロッジにいてくれないと困るな」

「じきにもどります。まずエドウィンをさがさなきゃならないんです」

「なんの真似だ、マクナイト。きみたちふたりは恋仲だとでも言うのか」

「いても立ってもいられませんか、署長。わたしに相手がいると知って」

「ばかを言うな」

「署長もいい夜を過ごしてください」

カジノは目の前だ。わたしは相手にそれ以上言わせずに切った。

ケワディン・カジノはスーセント・マリーの中ほどにあり、一帯をスー族が所有している。スー族はベイ・ミルズ族と同様、チプワ・インディアンに属するが、習俗や血統をあまり重んじない。カジノを運営するにあたっても、慎ましさにかけてはベイ・ミルズ族に遠く及ばない。ケワディン・カジノはとてつもなく大きく、正面には、テント小屋《ティピー》を思わせる巨大な三角形がいくつも飾られている。十マイル離れたところからでも、ここは見分けがつく。四つ星のホテルがあり、毎晩、ライブのショーをはじめ、ありとあらゆる催しがおこなわれている。

わたしは腕時計に目をやった。もうすぐ九時。さあ、エドウィン、そろそろつかまってもいいころだ。もうひとつのカジノから追いだされた以上、残るあてはここしかない。わたしはブラックジャックのテーブルが並ぶ横を歩きだした。五ドル賭けのテーブルまで、ひとつ残らずさがさなければならないのはわかっている。まず最初に、賭けの小さいテーブルでその夜のつきぐあいを見るのが、あいつの習慣だからだ。以前、エドウィンに向かって、行く途中の車の窓から五ドル札をばらまいたらどうだと言ったことがある。どうせ同じことなのだから。

エドウィンはどこにも見あたらない。わたしはルーレットとクラップのテーブルへざっと視線を走らせた。つきがないと見てとると、エドウィンは破れかぶれでそちらに手を出すことがある。だが、きょうはそこにも姿がなかった。

わたしは窮地に陥った。ブラックジャックのテーブルにもう一度隅々まで目をやりつつ、ふたつの大きな部屋のあいだを行きつもどりつした。競馬のゲームのあたりでは足どりをゆるめ、二分ほどじっくり観察した。ゆうに二十人はいる客がそれぞれに腰かけ、機械仕掛けの小さな馬が周回するのを見守っている。馬の高さは二インチもなく、おそらく台の下の磁石で動かされているのだろうが、客たちはケンタッキー・ダービーでも観戦するときのような叫び声をあげている。ほかの夜なら、そんな乱痴気騒ぎも微笑ましく思えたかもしれない。

トラックに乗りこみ、今度こそヴィニーをつかまえようと思いながら、ベイ・ミルズ・カジノへの道をはるばる引き返した。ヴィニーの姿がブラックジャックのテーブルのひとつにあったので、わたしはその前にすわった。隣の女が、五ドルのチップの山を動かしている。その夫が肩の後ろに立ち、見るからに専門家面をして、助言を与えようとしている。「アレックス」ヴィニーはカードからほとんど目を離さずに言った。「どうした。おれたちを破産させにきたのか」

「ここをつぶす気はない。あんたの仕事を取りあげることになるからな。実は、エドウィン・フルトンをさがしてる。ピットボスにきいたら、夕食どきにはいたと言っていた。あんたは見かけたかい」

ヴィニーは微笑み、目をくるりと動かした。「ああ、見たよ」そう言うと、女にカードを二枚配り、相手の出方を待った。夫は身を乗りだし、一枚とるように促した。女は蚊でもあしらうように、手で夫を払いのけた。

「帰ったのは六時ごろかい」

「そんなところだろう。哀れなやつだよ」女が、いらないわ、結構よと言った。夫は両手を天に向けた。ヴィニーが伏せ札を開き、合計15にもう一枚引いて、つぶれた。夫に肩をもまれている女の前に、ヴィニーは同じ高さのチップの山を置いた。「アレックス。しゃべってるあいだに、一回でいいから勝負してくれないか。おれの立場ってものがある」

わたしはヴィニーの前に十ドル札を置いた。「チップを二枚くれ」

「あいにく、そんな大金は扱ってないんだ、アレックス。係を呼んで、もっと買ってくれ」

「妙なインディアンだな、あんたは。何があったか、教えてくれるだけでいいんだ」

「いつもと同じさ」ヴィニーはカードを配りながら言った。「やっこさんは大負けして、山ほど飲んで、みっともない真似をして、つまみだされた」

「そこまでは聞いた」

「あんなに負けてくれる客じゃなきゃ、出入り禁止になってるはずだ」

「どこへ行ったかわかるかい。家に帰るとかなんとか言っていなかったか」

「さあね。運転しなくてもすむように、店でタクシーを呼ぼうとしたんだ。でも、やっこさんは外に運転手を待たしてあると言った」

「運転手なんかいない」

「そう思ったよ。恰好をつけたんだろう」

「わかった。ありがとう、ヴィニー」

「よろしく頼むよ。やっこさんが今度ブラックジャックをやりたいと言ったら、部屋に監禁してくれ。ところで、もう一枚いるのか?」

7と4だったので、わたしは賭けを二倍にし、一枚要求した。10を引いて、ぴったり21。「最高の引きだ。ついてるようだな」ヴィニーは払いもどしながら言った。

わたしはチップをすべてヴィニーに返した。エドウィンがどこにいるにせよ、さがしにいかなければならない。見つけるまでは眠れまい。あの厄介な妻とひとつ屋根の下にいるのを見届けるまでは。「そのとおりだ」わたしはヴィニーに言って、立ちあがった。「今夜はついてる」

12

わたしはベイ・ミルズ・カジノの駐車場でトラックの運転席にすわり、湾に停泊する貨物船の明かりをながめていた。これから、暴風雨になるにちがいない。あの船は嵐が過ぎるのを待って、今季最後の航行をはじめるのだろう。

少なくとも、あの船には、何もせずに待つだけの理由がある。動きだすまでどれだけ待たなければならないかも、知っているはずだ。

わたしは携帯電話を手にとった。闇のなかで、それは不気味な緑の光を発している。フルトンの屋敷に電話をかけて、あいつがいたら、こんなばかなことをやめて、すぐに家へ帰れる。尻を蹴飛ばすのは、あすまで待ってやろう。しかし、電話をして、あいつがいなかったら、ミセス・フルトンをますます興奮させるだけだ。

お願いだ、アトリー、電話に出てくれ。

祈りは通じなかった。

「アレックス、あなたなの？　見つかった？」ミセス・フルトンだ。

「まだです、ミセス・フルトン。でも、ついさっきまでカジノにいたそうです。だいじょうぶですよ」

「あの子、いまどこにいるの？」

「たぶん、帰る途中です。念のため、あと二、三カ所さがしてみます」

「いやな予感がするわ、アレックス。さっきもそう言ったでしょう？　すぐに見つけてくださるといいんだけど」

「心配ありませんよ。ミスター・アトリーに替わってもらえませんか」

「どうしてあの人に替わらなきゃいけないの？　わたしに言えないことでもあるのかしら」

「そうじゃありません」

「何かあったのね」ついに声が抑制を失った。

「ありません。ほんとうです、何も問題はありません。レーンとちょっと話したいだけです」

「アレックス、わたしだ」アトリーの声がした。「どうした」

「レーン」わたしは動揺を抑えるために、しばらく間《ま》をとった。「つぎからは、かならずあんたが出るようにしてくれないか」

「わかってるよ、アレックス。先を越されたんだ」

「携帯電話の番号は知ってるな。あいつが帰ったら電話してくれ。こっちは、あと二、三カ所まわってみる」

気乗りがしないが、ほかにどうしようもなかった。いまごろエドウィンは、どこかのバーで自己憐憫にふけっているのだろう。生まれ変わったとかなんとか言っていたのはいつのことだったか。七日前だったろうか。あんなやつはほうっておけばいい。朝になってのこのこ帰ってきたら、電話帳でギャンブル中毒者自主治療協会の番号を調べさせればいい。だが、そうもいかない。ミセス・フルトンに、さがしだすと約束してしまったのだ。そして、この気分。背中をうごめく不安の塊。消え去ってくれたらどんなにいいか。しかし、消えない。

わたしはブリムリーで二軒のバーに寄った。それからスーへと東進し、〈マリナーズ・タヴァーン〉をのぞいてみた。トニー・ビングと待ちあわせていた店だ。週末の夜なのでかなりこみあっていたが、エドウィンの姿はなかった。

スー・セント・マリーには二十軒ほどのバーがあるはずだ。わたしは知っているかぎりの店に寄り、知らない店にさえはいってみた。どの店でも、駐車場で銀色のメルセデスをさがしたあと、店内を一瞥した。別の場所に車をとめた可能性もなくはない。わたし自身、デトロイトにいたころ、そのような経験がある。警察をやめ、妻に逃げられたあとのことだ。ひとつのバーで飲みはじめ、しばらくすると居心地が悪くなってくる。そこでつぎの店へ行く。夜が明けるころになっても、ひたすらつぎの明かりを求めて歩きまわる。朝が来ると、車を置いた場所をさがさなければならない。

スーのバーを調べつくしたあと、わたしはふたたびケワディン・カジノによって、すべてのテーブルを見てまわった。ふたりのピットボスに、エドウィンを見なかったかときいたが、返事はノーだった。

ふと思い立ち、サン・イーニャスまで足を伸ばして、そこのカジノを見てみることにした。トラックでゆうに一時間かかるが、少なくともそのあいだじゅう動いていられる。わたしはI七五号線を南へくだり、マッキノー郡との境界を越えて、さらに延々と走りつづけた。すでに十二時近く、車は多くなかった。一台の車とすれちがったとき、荷台に縛りつけられた鹿が、生気のない目でこちらを見つめてきた。

サン・イーニャスのカジノも、スー族が運営している。わたしはそこに着くと、突然のまぶしさに目をしばたたきながら歩み入り、ひとつ残らずテーブルをまわった。ばかげた考えを起こして時間をむだにした自分を呪いつつ、トラックにもどり、すぐにスーへと引き返した。それから一時間走っているうちに、風が勢いを増し、湖から嵐を運んできた。

もう、くたくただ。なぜこんなことをしているのか。

目が焼けつくように痛い。砂袋で殴られたような感じだ。それでも、捜索はやめられない。ミセス・フルトンのためだけではなく、自分自身のためにも。なんとしても、エドウィンの無事を確認したい。

電話が鳴った。アトリーだ。

「アレックス。何か手がかりはあったか」

「いや、まだだ。もっとさがしてみる。ミセス・フルトンはどうしてる」

「やっと寝てくれたようだな。いや待てよ、声が聞こえる。切ったほうがいい。幸運を祈るよ、アレックス」

わたしはもう一度、ケワディン・カジノに寄った。なんといっても、ここは終夜営業だ。エドウィンがいつ舞いこんでもおかしくない。今回は、妙な目つきで見てくる者が何人かいた。わたしの姿が、テーブルのあいだを幾度となくさまよう迷い犬のように映ったにちがいない。

どこのバーもまもなく閉店だが、カナダ側にはあいている店が数軒ある。わたしは橋をわたり、通行料金を払って、税関口にはいった。ブースの係員がお決まりの質問をしてきた。いいえ、薬物も銃器も持っていません。カナダには一、二時間しか滞在しません。通過させる前に、係員は今夜酒を飲んだかと尋ねた。わたしは飲んでいないと答えた。係員はわたしの充血した目を見て、何か言いたげだったが、ともあれ、通してくれた。

スー・カナダでは、手あたりしだいにバーをのぞいた。カナダ側にはカジノはひとつもないかわりに、〝エキゾティック・ダンス〟なるものを見せる店がいくつかある。女たちはあまりエキゾティックには見えなかったが、どのみち、いまはそんなものを楽しむ気分ではない。

橋をわたってもどるときは、三時近くになっていた。眼下に見えるアルゴマ・スティールの鋳物工場から、夜のこんな時間だというのに、炎があがっている。風がいよいよ強くなってきた。横ざまに吹きつける突風のせいで、トラックが橋から転落するのではないかと、一瞬思った。

わたしはまたケワディン・カジノに寄った。もう、スーの町ではここしかあいていない。客の数は減ったものの、それでもなお、常識では考えられないほどの人間がギャンブルに興じている。もちろん、ここには時計がない。窓もない。ひと晩じゅう散財していることを思いださせるようなものは、何も置かれていない。

わたしは西へ向かった。トラックを走らせるのがつらくなってきた。目の焦点が定まらない。インディアン保留地にはいり、もう一度ベイ・ミルズ・カジノに寄った。ヴィニーは勤務時間を終え、帰宅していた。

最後の悪あがきとして、わたしは保留地のなかを通ってキングズ・クラブへ向かった。そこは小さなクラブで、ひとつの部屋にスロットマシンが数台あるにすぎない。どん底まで落ちるとは、こういうことをさすのだろう。午前四時に、こんなところで突っ立ったまま、二十五セント硬貨をスロットマシンにつぎこんでいるなんて。

エドウィンはそこにもいなかった。どこにもいない。

ついにわたしは家へ帰ることにした。ミセス・フルトンとは、とても顔を合わせられない。あと数時間、眠っていてもらおう。すでに眠りについていればの話だが。エドウィンが勝手に帰ってくることだってありうる。日がのぼるころには、長椅子の上で毛布にくるまって、ホットココアを飲んでいるかもしれない。そして、その姿を見たら、わたしは今夜の骨折りのことを忘れて、手放しで喜ぶことだろう。

ロッジに着くと、無線でデイヴを呼びだし、夜明けまで帰らなかったことを詫びた。

「かまいませんよ。今夜も静かでした。だれも来た気配がありません。でも、メイヴン署長から電話がかかりました。あなたのことが気に障ったようです」

「いちいち相手にしていたら、きりがないよ。ひどく疲れてるんだ、デイヴ。おやすみ」

わたしはベッドに横たわった。睡魔と闘う間もなく、眠りに落ちた。


電話が鳴った。その音で、心臓が破裂しそうになった。この件が全部片づいたら、電話機を取り去ってしまおう。連絡をとりたい人間は、直接訪ねてもらうほかない。

外が明るい。腕時計を見ると、七時を過ぎたばかりだった。呼びだし音がなおも響くなか、わたしは目をこすって立ちあがり、探知機の発信元表示に目をやった。フルトン家からだ。エドウィンの謝罪の電話であることを心に祈った。

「アレックス？　レーンだ」アトリーはずいぶん長い間をとった。かすかな雑音が聞こえる。グラスが落ちて割れたような音だ。「あいつ、帰らなかったよ」

「そうか。警察に知らせるべきだろうな」

「ゆうべは、その後、足どりをつかめなかったのか」

「だめだった。ベイ・ミルズが最後だ。夕食どきにいたという話だ」

「きょう、かならず帰ってくるさ。どこかで眠りこけているだけだ」

「そう願いたいね。ミセス・フルトンにもそう言ってくれ」

「ああ。警察には、きみが連絡してくれるか。それとも、こっちでしたほうがいいか」

「デイヴがまだいると思う。たいてい、帰る前に無線で声をかけてくるんだ。デイヴに頼んで、連絡してもらうよ。いまはメイヴンと話す気になれない」

「こっちには来るのか」

「ああ、行く。少しばかり、支度をしてからだ。なるべく早く出る」

「ゆっくりしてくれ、アレックス。こっちは逃げないんだから」アトリーが切るとき、電話の奥で怒鳴り声がしたような気がした。

　デイヴを呼びだすと、向こうはちょうど帰ろうとしているところだった。

「すぐに連絡します。この場合、二十四時間待機の原則は適用されないでしょう」

「たぶん、なんでもないと思う。ただ、こんな折だから……」文をどう結べばいいか、わからなかった。

「心配ありませんよ、ミスター・マクナイト。われわれが見つけます」

わたしは無線を切り、すわったまま数分間、窓の外をながめた。それから熱いシャワーを浴び、ひげを剃り、こざっぱりとした服に着替えた。なんとか人間らしい気分にもどれた。もしゆうべエドウィンの身に何かが起こっていたら、もしやつが手を出していたら、やつのほうから電話で伝えてきたはずだ。そのように考えるしかない。そんなふうに望みを託すしかない。

フルトン家へ向かう途中、わたしは〈グラスゴー〉に立ち寄って、コーヒーを一杯飲むことにした。店にはいるとき、見あげると、西の空に雲が立ちこめていた。嵐が来るのは遠くない。

厨房からジャッキーが出てきて、コーヒーをついでくれた。「おはよう、アレックス。ひどい顔だぞ。ところで、ゆうべはどうした。あの電話のあと、気でもふれたみたいに飛びだしていったじゃないか」

「エドウィンがいなくなったんだ。また悪い癖が出て、カジノで金をばらまいたらしい。たぶん、恥ずかしくて顔を出せないんだろう」

ジャッキーはかぶりを振った。「情けないやつだ。あんな大金持ちじゃなけりゃ、哀れんでやるところだが」

「そんなに悪いやつじゃない」

「おまえさんが言うなら、そういうことにしておこう」ジャッキーはコーヒー・ポットを焜炉《こんろ》にもどした。「そう言えば、おまえさん宛ての手紙を置いてったやつがいるぞ」

心臓がとまりかけた。「手紙？」

「けさ来たら、ドアに貼りつけてあったよ」

「どうしておれ宛てだと？」

「封筒に名前が書いてあったからさ。おまえさんがここにちょくちょく出入りしてることは、みんなが知ってる。だから、何も考えなかった」

「ジャッキー」わたしは動揺を抑えつつ言った。「どこにあるんだ」

「待ってくれ」ジャッキーはカウンターの奥を見まわした。「そのあたりに置いたんじゃなかったかな」

「ジャッキー、これは大事な……」

「落ち着け、アレックス。ここにあるはずだ」ジャッキーはレジの横にある紙束を調べはじめた。「おや、ここじゃなかったか」

「ジャッキー、頼むよ」わたしは深く息をついた。

「ああ、そうか」ジャッキーは白いエプロンの前ポケットをさぐった。「ここだった」封筒を取りだし、わたしの前に置いた。

表には四つの大文字がタイプされていた。ＡＬＥＸ。

「ジャッキー」顔が火照ってきた。息が苦しい。「ゴム手袋はあるか」

「たぶんな。厨房にある」

「とってきてくれないか」

封筒を食い入るように見つめるわたしを残し、ジャッキーは厨房で音を立ててさがしはじめた。しばらくして、黄色いゴム手袋を持って出てきた。「これをどうする」

「とにかく、こっちにくれ」わたしはそれを受けとり、手にはめた。「ビニール袋も必要だ」自分の声が、どこか別のところから響いてくる気がした。

「いったいどうした、アレックス」

わたしは何も答えなかった。慎重に封を切り、中にあった一枚の紙をひろげた。

アレックス

おまえがねずみを待つ猫のように藪のなかにおまわりを置いておれの前に壁をめぐらしたのにはひどく傷ついた。なぜこんなことになったのか考えないわけにいかなかった。知ってのとおりおれはおまえの役に立ちたいだけだ。まだこちらの気づいていないところであと何個ねずみとりの罠を仕掛けているのか。二日間さびしい思いをしながら考えた結果おまえがおれを恨むように仕向けられているのだとわかった。最初からあいつがおまえのためにならない人間だということに気づくべきだった。あいつは死の接吻をもっておまえを裏切り敵に売りわたすユダのような男だ。おれはもう一度勇敢なねずみになって裏切り者を排除すると心に決めた。あいつはおれが何者かを知っていてしかも闇を味方につけようとしたので実行はたやすくなかったけれども結局おれのほうが強くあいつには機会がなかった。もうおまえはあいつから自由になったしおれはあまり血を残さずにやつらを排除する新しい方法を考えだした。血が放射するのは信号だ。マイクロ波ではない。それがおれの新たな発見だ。いまあいつは大量の冷たい水の下にいる。二度と姿を現わすことはない。冷たい水の塊だよアレックス。冷たい水の塊のことを考えてくれ。気に入ってもらえたらうれしい。いまおまえが幸せなのはおれのおかげだ。そう思わないか。ようやくおまえとひとつになれるときが来た気がする。

永遠の友
ローズ

わたしはどうにか手紙をビニール袋に入れた。そして、どうにかカウンターの奥へ行き、受話器をつかんだ。メイヴンが出たとき、わたしはふたつのことを言った。「また手紙が見つかりました。すぐに〈グラスゴー・イン〉に来てください」ほかに何も言えなかった。エドウィンのことは話せなかった。名前さえ口に出せなかった。

わたしは表へ出た。手紙から離れるためか、新鮮な空気を吸うためか、自分でもわからない。大粒の雨が降りだし、顔に当たった。迫りくる嵐が荒波を立てる音が、遠くから聞こえてきた。

木々の隙間から、湖は見えなかった。だが、そこにあるのはわかっていた。冷たい水の塊。

13

　メイヴンが到着したとき、わたしはまだ駐車場にいた。雨はいったんやんでまた降りだし、北西からの風で横殴りになっている。わたしはそこに立ちつくしたまま、鹿弾《しかだま》に打たれるように身をまかせていた。

「手紙はどこだ」車のドアを激しく閉めるなり、メイヴンが言った。

「中です」

「封をあけたのか」

「はい」他人の声のように思えた。

「証拠物件だってことはわかってるな。なのに、どうしてあけた」

　わたしはメイヴンを見つめた。「わたし宛てでした」わたしは言った。「読みたかった」

「とにかく、こんな雨のなかで突っ立ってるのはばかばかしい」

　メイヴンは入口へと歩きだした。

「いっしょに来るのか、来ないのか」

「わたしがいる必要はないでしょう」

メイヴンはかぶりを振り、店内へはいっていった。わたしは駐車場にひとりたたずみ、虚空を見つめていた。寒さが全身を貫く。胸のなかの銃弾が、心臓の鼓動に合わせて震えている気がした。

かなりたって、メイヴンが出てきた。手紙のはいったビニール袋を手にしている。わたしを見て、手紙に目をやり、もう一度わたしを見た。「マクナイト、きみは日に日に低能になってるな」

わたしは答えなかった。

「なぜもっと早く言わなかった」

わたしは相手を見据えた。何が言いたいのか、理解できなかった。

「三十分前に、総動員して捜索をはじめることもできたんだぞ」

背後から、店のドアが開き、閉まる音が聞こえた。メイヴンは動きもせず、わたしに目を凝らしている。下唇に小さな唾の塊が浮かんでいる。

「友達が湖の底に沈んでいるというのに、きみは雨のなかで突っ立ってるわけだ」

わたしは動かなかった。

「気でも変になったのか？　親友が魚の餌になっても平気なのか？」メイヴンはわたしの

肩を強く突いた。その瞬間、唾が顔にかかった。

その瞬間、すべてが崩れた。わたしはメイヴンの襟を両手でつかんだ。残された気力を振り絞り、満身の力で締めつけた。できることなら、首をねじ切りたかった。

メイヴンはわたしの二の腕をつかみ、膝で股間を蹴りあげた。わたしは地面に倒れこみ、のたうちまわった。そのとき、ジャッキーが飛びかかってきた。

「アレックス、やめろ！」ジャッキーはわたしにまたがって叫んだ。白いエプロンをつけたままだ。

「おりろ」

「フルトンをさがしにいくんだろ。いま逮捕されちゃまずい」

「もう手遅れだ」メイヴンが首をさすりながら言った。「こいつが飛びついてくる前に言ってやるんだったな」

ジャッキーは立ちあがり、わたしの身を引きずり起こした。「メイヴン、おれはいま起こったことの目撃者だ。あんたが先に小突いて、こいつがやり返した。おれだって同じことをしたと思う。さあ、ふたりともお遊びはやめて、さっさとフルトンをさがしにいったらどうだ。そんなこともわからないのか」

メイヴンは車にもどり、無線機を手にとった。わたしはトラックに向かって歩きだした。

「マクナイト」メイヴンの声がした。「どこへ行くつもりだ」

「エドウィンをさがしにいく」

「ばかを言うな。こっちへ来い」

わたしは振り返りもせずにトラックに乗りこみ、砂利を蹴散らして発進した。バックミラーに、メイヴンが両手を掲げる姿が映った。

わたしは本道を全速力で飛ばし、ハイウェイへ向かった。保留地にもどって、ベイ・ミルズ・カジノへ行かなければならない。エドウィンの姿が最後に目撃された場所だ。わたしは携帯電話をとり、フルトン家を呼びだした。頼む、出てくれ、アトリー。絶対にエドウィンの母親を出すな。

アトリーが出た。「アレックス。いまロッジに電話したところだ」

「レーン、落ち着いて聞いてくれ。また来たんだ……手紙が。やつだ。ローズだ。どっちでもいい」

「ほんとうか」

「やつはエドウィンに手を出した。少なくとも、手紙にはそう書いてある」

「信じられない」

「ミセス・フルトンに感づかれないようにしてほしい。事がはっきりするまでは」

「いまどこにいる」

「カジノへ行く途中だ」

「警察には連絡したのか」

わたしはバックミラーを見た。メイヴンの車が後ろから猛追しているのではないかと半分思っていた。「ああ、話した」

「すぐそっちへ行くよ」

「レーン、だめだ。ミセス・フルトンとシルヴィアのそばから離れないほうがいい」

「そんなわけにいかんよ、アレックス。きみひとりにはさせられない。それに、わたしがここにいたら、何かあったんじゃないかとミセス・フルトンが勘ぐる。人の心が読めるらしいからな」

「わかった、わかった。じゃあ、カジノで会おう。急いで来てくれ」

わたしは電話を切り、トラックを駆りつづけた。メイヴンが言ったことを思い起こした。なぜ通報したとき、エドウィンのことを話さなかったのか。メイヴンの言ったとおり、そうすればすぐに捜索をはじめられた。なぜ外に突っ立って、風と波の音に耳を傾けていたのか。

あのアパートにいたときと同じだ。ローズが銃を抜いた。わたしは動けなかった。なんと哀れな人間か。

わたしは指の関節が白くなるまで、ハンドルを強く握りしめた。どういうわけか、シルヴィアのことが頭に浮かんだ。最後に肌を重ねたときのぬくもり。ローブが床に滑り落ちるのを見たとき、返してきたまなざし。

助けてくれ。どうしてこんなことを考えるのか。頭がおかしくなりそうだ。

カジノに着くと、スー市警の車が何台か目にはいった。メイヴンが自分の車から連絡したにちがいない。部族の警察の人間もいる。保留地でスー市警が何をしているのかと警戒しているのだろう。わたしはほんの数時間前にここにいたが、そのときはエドウィンがブラックジャックのテーブルで金をばらまいているものと思いこんでいた。いま、朝の光を受け、雨で音が掻き消されるなかでながめてみると、カジノは醜悪で場にそぐわず、病院か何かのように見えた。

わたしは入口の横に車をとめ、館内をのぞきこんだ。こんなに天気の悪い朝なのに、五分の入りだ。ドアをあけてはいろうとした瞬間、スー市警の巡査に呼びとめられた。「ミスター・マクナイト、ここにお入れするわけにはいきません」

巡査の顔に見覚えがあった。モーテルで会い、レストランの裏にもいた男だ。「捜査に協力しているだけだ。エドウィンを見つけなきゃならない」

「あなたを見かけたら逮捕するように、署長から言われています」

わたしは相手の両肩をつかんだ。「なら、見なかったことにしてくれないか。頼むよ」

「お帰りになったほうがいいと思います。われわれは、いたるところであなたをさがしていますから」

「あいつは銀色のメルセデスに乗っていた。知ってるか」

「はい。プレート・ナンバーもわかります」

「そうか。ここで何か見つかったのか。あいつはきのうの六時ごろ、ここにいた。ほかに何かわかったのか」

「ミスター・マクナイト……」

「教えてくれ。ほかにわかったことは？」

「ありません。ゆうべここにいた人間は、全員帰宅しています。いま、何人かに電話をかけているところです」

「なるほど。がんばってくれ。こっちはいろいろまわってみる」

「あなたはむかし警察官だったんですか」

「そうだ」

「行ってください。会わなかったことにします」

「ありがとう」

わたしは外へ出て、駐車場をさがしまわった。エドウィンの車はどこにも見あたらない。建物の裏手まで行き、従業員用の駐車場をさぐってみた。

トラックのもとにもどると、ちょうどアトリーの赤のBMWが着いたところだった。車からおりたとき、アトリーはここまで突っ走ってきたかのように、息を切らしていた。

「アレックス、これは悪い夢だと言ってくれ」

「あいつの車をさがしにいこうと思う。あんたもさがしてくれないか。ふた手にわかれよう」

「いや、いっしょに行く。くわしい地図があるんだ。それを見たほうが、漏れなく調べられる」

「わかった。乗ってくれ」

アトリーは地図をつかみ、わたしのトラックに飛び乗った。駐車場を出るとき、アトリーの顔を見た。目を閉じてかぶりを振っている。

「ミセス・フルトンはだいじょうぶか」

「そうでもない。何か変だと感づいているようだ」

「シルヴィアはどうだ」

「わからない。出てくるとき、顔を合わせなかったからな。たぶん、自分の部屋にこもっていたんだろう」

わたしは息苦しかった。考えろ、アレックス。これからどうすべきか。「湖だ。湖岸道路へ出て、あいつの車をさがそう」

「保留地を突っ切っていこう」アトリーは言って、地図をひろげた。「まずはレイクショア・ドライブからだ」

湖岸へ出ると、スー市警の車だけではなく、州警察の車や、郡の車さえ何台か見られた。メイヴンは全員に招集をかけたらしい。

空が薄暗くなる。雨が勢いを増す。

トラックはレイクショア・ドライブを走り、イロコイ岬まで達した。そこで小さな駐車場に車をとめ、灯台を見やった。エドウィンが車のなかで湖水をながめているさまを、わたしは思い描こうとした。つとめて思い描こうとした。だが、車はなかった。

「もっと先へ行ったほうがいいと思う」わたしは言った。

「町から離れろっていうのか」

「なんとなくそう思うだけだ。このあたりは人が多すぎる。真夜中でさえ、けっこういる。エドウィンはもっと静かなところに行きたかったんじゃないだろうか」

「なるほど」アトリーは言って、地図の位置を変えた。「なら、このまま進もう。湾のまわりを徹底的に調べよう」

わたしたちは西へ向かった。かなりの数のコテージや別荘が、湖に臨んで建てられている。州警察の車が、また一台通り過ぎた。

「全員でさがしまわってるらしいな」アトリーが言った。

エドウィンの車が木の間《こま》隠れに見えることを願いつつ、わたしたちは松林のなかの長い車道を進んだ。息差しと、雨と、フロントガラスのワイパーの規則的な動き以外は、まったく音が聞こえない。

「おれのせいだ」わたしが沈黙を破った。

「なんの話だ」

「全部だ。何もかも、このおれのせいだ」

「そんなふうに考えるな」

「原因を作ったのはおれだ」

「そんなことはない」アトリーが言った。やがて、ふたたび沈黙に落ちた。

わたしたちは走りつづけ、さがしつづけた。林の奥へと進むにつれ、木々はますます鬱蒼としてくる。「このあたりにとめたはずだ」アトリーが言った。

「何かありそうなのは、パラダイスに向かう道へ出てからだ。まずそこまで行って、それから――」

「待て、何か見えたぞ。さっきの横道までもどってくれ」わたしはトラックをとめ、バックさせた。小さなコテージが目にはいった。その横に銀色の車がとまっているが、メルセデスではない。

「すまん、勘ちがいだった」アトリーは言った。

「絶望的だな。あいつの車は永遠に見つからない。たとえ見つかっても……」先がつづけられない。

「考えてもしかたがない」アトリーはわたしの目を見た。「行こう」

わたしたちはなおも前進した。ここまで木深い場所になると、枝道は数少ない。枝道が見えるたびに速度をゆるめ、何もないとつぎまで疾走した。

何本の枝道を調べたかわからない。時間の感覚を失ってしまった。雨が激しさをいや増す。

そのとき、アトリーが言った。「アレックス、見ろ」冬に向けて閉鎖しているコテージが見えた。横に州警察の車がとめられている。

そして、その隣に、銀色のメルセデス。

「あったぞ、アレックス」

枝道にトラックを入れ、パトカーの後ろにつけた。ふたりともトラックからおり、メルセデスに近づいた。

「エドウィンの車だ」アトリーが言った。窓から中をのぞいたが、特に異常はない。

「ロックしてない」わたしは言った。

「手をふれてはまずい。わかってるな」

わたしはうなずいた。全身の感覚が鈍っている。

「警察の連中はどこだ」アトリーが言った。あたりに人影はない。

「見にいこう」

わたしたちは小道をくだり、岸辺へと向かった。湖が見えると同時に、ふたりの巡査の姿が目にはいった。ボートのなかに立っている。ひとりはさがしものでもするように湖水に身を乗りだし、もうひとりは片手に無線機を持って、反対の手で顔を覆いながら、雨空を見あげている。かすかな空電音につづいて、金属質の声が響いた。

わたしは小石を踏みつけながら、岸辺へと駆けおりた。アトリーもすぐ後ろについてきた。ボートに近づくと、巡査たちがこちらに目を向けた。「どちらさま?」ひとりが言った。

「何が見つかった?」

「お名前をうかがえますか」

「アレックス・マクナイト。わたしは……」なんと言えばいいのか。「エドウィン・フルトンの友人だ。何が見つかった?」わたしはボートのなかをのぞきこんだ。

「お願いです。手をふれないでください」

「わかってる。ただ――」

血が見えた。ボートの内側に。雨に洗われて、薄紅色の水たまりができている。

そして、血だまりのなかに一輪の赤いバラが浮かび、風を受けてゆっくりと回転している。

ボートから身を乗りだしていたほうの巡査が、もうひとりに向かって言った。「もういっぺん連絡してみろ。この雨で、何もかも台なしだ」

「こっちへ向かってるってことでした」

「しょうがないな」

わたしはボートに近づいた。大きく身を乗りだし、血だまりを見つめた。アトリーはわたしの横で、コートが風に飛ばされないように、しっかりと両腕で押さえている。

「困ります。もっと離れていただかないと」

わたしはそれを黙殺し、オール受けに目をやった。ひざまずき、それに目を凝らした。何か言おうとしたが、声にならなかった。

巡査たちに、これをどうにかさせなければならない。風でめちゃくちゃになる前に、証拠を保管させなければならない。

オール受けに、数束の長いブロンドの毛がからみついている。

その毛は太く、ざらついている。巨大なかつらから抜け落ちた毛髪だろう。

14

アトリーとわたしがフルトン家に着くと、警察官がふたりいた。一度も会ったことがないスー市警の巡査で、台所をうろつくその姿を見るかぎり、どこかほかの場所へ移りたげだった。アトリーとわたしがはいっていくと、ひとりがわたしたちを頭から爪先まで観察するように見て、言った。「どちらがミスター・マクナイトですか」

「わたしだ」

「ここで待っていてほしいと、メイヴン署長がおっしゃっています」

「くそ食らえだ」わたしは疲れ果て、寒風で顔がひりついていた。けれども、自分の精神状態にも、メイヴンが来てどんな仕打ちに及ぶかにも、興味がなかった。何もかも、どうでもよかった。

「みんなはどこにいる」アトリーが言った。巡査たち以外、だれも見あたらなかった。台所のカウンターにほうきが立てかけられ、砕けたガラスの山がその横にある。

「ミセス・フルトンは寝室です」巡査が言った。「年配のかたのことですが。若いほうのミセス・フルトンはお出かけです」

「出かけた？」アトリーが言った。「何を言ってる」

「つまり……」巡査は相棒を見た。「ふたりのミセス・フルトンのあいだに、ちょっとしたいざこざがあったようで……ええ、ミスター・フルトンのことがわかったときです」

「どこへ行ったんだ。出かけるのをほうっておいたのか」アトリーはそう言って、はめ殺しの窓から湖を見やった。雨はわたしたちを傷つけようとでもするように、窓を激しく叩いている。

「話を聞いてくれる雰囲気じゃありませんでした。どうしようもなかったんです」巡査はベルトを引きあげた。「ところで、そちらさんの名前は？」声が警察官のものに変わった。いま、この場にはまったくふさわしくない。

「こちらはレーン・アトリー」わたしは言った。「一家の弁護士だ。さっさとミセス・フルトンをさがしにいかないなら、おまえのバッジを取りあげることだってできる」

「ミスター・マクナイト、そういう言い方は愉快じゃありません」

「尻を蹴飛ばされるよりましだろう。夫の死を知らされた女が、凍えそうな雨のなかへ駆けだしていったのを、おまえたちはほうっておいたわけだ。コートぐらいは着てたんだろうな」

巡査は何も答えなかった。

「いますぐさがしにいかないなら、おまえの顔を、自分でも見分けがつかなくしてやる」

「アレックス、よせ」アトリーが割ってはいった。

「じきに署長が着きます」巡査が言った。「直接掛けあえばいい」

「エドウィンの母親の様子を見てこよう」アトリーが言って、わたしを台所から出そうとした。背後でドアが閉まり、巡査たちが出ていった。

わたしたちは家のなかを客用寝室へ向かって突き進み、ミセス・フルトンの部屋の前でとまった。すすり泣く声がかすかに聞こえてくる。アトリーがドアをノックした。「ミセス・フルトン？　レーンとアレックスです」

長い沈黙があった。それから、ドアが開いた。ミセス・フルトンは十歳老けて見えた。

「なんの用？」声はとげとげしい。

「ミセス・フルトン」アトリーが言った。「なんと申しあげたらいいか。ほんとうに申しわけありません」

ミセス・フルトンはわたしを見た。「あなたはどうなの？　あなたも申しわけないですませるつもり？」

「ミセス・フルトン……」

平手が顔に飛んだ。わたしはとめる気もなかった。「あなたはあの子を守ることになっていたのよ。それが仕事だったのよ」

わたしは何も言わなかった。

「あなたなんか最低よ」声がかすれている。「この家も最低。いつだって大きらいだった。寒くて、暗くて、田舎者やインディアンばっかりで……ああ、エドウィン。お願い。こんなことがあってはならないわ」

アトリーが両手でミセス・フルトンの肩を抱いた。わたしはふたりを残し、廊下へ出た。

窓を見ると、雨がかなり小降りになっていた。だが風は相変わらずうなりをあげ、湖面をあおり立てている。建物の下の岩肌に、波が激しく打ちつけているのが見える。きょうのような日になると、これはもはや湖ではない。船を難破させ、人を死の淵へ引きずりこむ大海なのだ。そしてエドウィンはいま、冷たい水の塊の底に沈んでいる。州警察はボートが発見されたあたりの湖水をさらうだろうが、むだなことだ。この波で、エドウィンはスペリオル湖の最も深い、最も冷たい奥底へと引きこまれている。そこにはエドマンド・フィッツジェラルド号の乗組員たちが眠っている。二十九人全員が大歓迎してくれることだろう。

ローズのしわざだ。ローズがエドウィンを殺し、死体を湖に沈めたのだ。ゆうべは、嵐が来る前は、湖も穏やかだった。オールの使い方を知っていれば、一マイルぐらいは楽にこげる。そこでエドウィンの死体をかついでボートから投げ落とし、沈んでゆくのを見守ったあと、岸辺にもどったのだろう。真っ暗だったにちがいない。すでに雨が降りだしていたかもしれない。湖水が醜く変わりはじめていたかもしれない。岸までこいで帰るのは骨が折れたかもしれない。

しかし、まちがいなく帰ってきた。手紙がその証拠だ。そして、ボートと、血だまりと、長いブロンドの毛髪を、わたしはこの目で見た。ローズだ。何がどうあろうと、ローズなのだ。

そして、いまもどこかにいる。

わたしはミセス・フルトンに叩かれたところをなでつけ、外にいる巡査たちを目で追った。ふたりは家の裏手にまわって、小道を湖岸へと歩いている。岸辺に着くと、ふた手にわかれた。

しばらくすると、建物の反対側をシルヴィアが歩いているのが目にはいった。シルヴィアは巡査たちの通った小道をおりはじめた。が、立ちどまった。そこで振り返り、こちらに素早く目を向けた。わたしが窓際で見守っていることに気づいたらしい。セーターだけで、コートは着ていない。濡れたセーターが肌に密着している。髪が風でもつれ、体が震えている。

外へ出てコートをわたそう、中へ連れもどそうと、わたしは思った。だが踏みとどまった。なぜやめたのか、自分でもわからない。そのまま見つめていると、シルヴィアはこちらに背を向け、湖への小道をおりていった。

助けてくれ。わたしはいまも彼女を求めている。あれだけのことがあったのに、まだ求めている。

「マクナイト」背後から声がした。この世で最も聞きたくない声だ。すぐさま、肩に手がかけられた。

振り向くと、メイヴンがいた。髪が濡れ、顔が風で薄赤くなっている。首の、わたしがつかんだあたりに、みみず腫れがふたつある。隣には、同じカタログから出てきたような男が立っている。メイヴンより少し若く見え、髪の量が多く、口ひげの形が整っている。だが、警察官特有の冷たい光を目にたたえているところや、ガムを噛み、誇らしげに顎を突きだしているところは、メイヴンそっくりだ。そして、同じように雨風を身に受けてきたらしい。わたしはこの場で二連発銃で撃たれるかと思ったが、メイヴンは意表を突いた。

「アレックス、元気か」

わたしはふたりの顔を交互に見た。なんと言っていいかわからなかった。

「聞いてくれ、アレックス」メイヴンは言った。「だれにとってもつらいことだ。まず、謝りたいんだ。さっきの……もめごとについて。それから、きみが親友を失ったことに、心底同情する。こちらはミシガン州警察のアレン刑事だ」

「ミスター・マクナイト」その男が手を差しだした。「こういう状況で会わなければならないのが残念です」

わたしは握手に応じた。まだ、なんと言っていいかわからない。メイヴンはなぜわたしを人間扱いするのだろうか。きっと、州警察の人間がいるので、体裁ぶっているのだろう。それにしても、メイヴンがだれにでも媚びを売るとは思えない。

「アレン刑事が湖にボートを二隻出して、事件現場の付近を底までさらってくれたんだが、この天気ではなかなかうまくいかない」

「仮に雨があがったとしても」刑事が言った。「当然ながら、見通しは明るくありません。こんな大きな湖ですから」

わたしはうなずいた。

「いずれにせよ、本件の捜査には両方の当局がかかわることをお知らせしておきます」

「毛髪は採取しましたか」わたしは言った。「ボートから」

「ええ、オール受けから。血液も採取しました。しかし、だれの血液かは、疑うまでもないでしょう」

「署長からローズの話をお聞きになりましたか」

「ええ、うかがいました」

「やつと話さなければならない。だれであれ、刑務所にいる人間とです。手続きをとってくださいますね」

アレンはメイヴンを素早く見た。

「どうしたんです」わたしは言った。「隠しごとがあるようだな」

「ミスター・マクナイト……」

「ローズについて、何か知ってるんですね」

「アレックス」メイヴンが言った。「いっしょに署まで来てくれないか。この件について、徹底的に話しあう必要があると思う」

「事実を教えてもらいたい。それだけです」

「ここではだめだ。頼むよ、アレックス」メイヴンはあたりを見まわした。「ほかの人たちに迷惑をかけたくない。ミセス・フルトンはどこだ」

「寝こんでますよ」アトリーが現われ、口をはさんだ。「ここで何をやってるんです」

「こちらはレーン・アトリー」メイヴンがアレンに言った。「フルトン家の弁護士だ」

「州警察のアレン刑事です」アレンはアトリーの手を握って言った。「ミスター・マクナイトといくつかご相談していたところです」

アトリーはふたりを交互にながめ、それからわたしを見た。「何を相談してたんだ」

「ローズに関する情報が手にはいったらしい」わたしは言った。「それについて話すために、署まで来てほしいそうだ」

「わたしもいっしょに行く」

「だめだ。レーン、あんたはここにいなきゃならない。ミセス・フルトンの面倒を見てやってくれ。それにシルヴィア——」わたしは窓の外へ顔を向けた。「シルヴィアは外にいる」

アトリーは窓に近寄って、外を見やった。「どこだ」

「岸辺だ。コートを着ていない」

並んで見ていると、スー市警のふたりの巡査が目にはいった。小道をこちらへ歩いてきたが、わたしたち四人が窓際で見守っているのに気づき、立ちどまった。わたしは胃に重いものを感じた。青ざめた顔のシルヴィアが、震えながら冷たい湖水のなかを突き進んでいるさまが頭に浮かんだ。だが、そのとき、彼女が岸辺を歩いているのが見えた。巡査たちのすぐ後ろにいるが、ふたりは気づかず、そこでこちらに目を向けたままだ。

「お願いだ、レーン。彼女をつかまえてきてくれ」

「いっしょに行けばいいじゃないか」

「ひとりで行ってくれ。おれは署へ行く」

アトリーはメイヴンとアレンに目をやった。ふたりはもうドアへと向かっている。「アレックス、どうもいやな予感がする」

「ローズの話をするだけだ。だいじょうぶさ」

アトリーはうなずいた。「終わったら電話してくれ」

わたしはふたりといっしょに外へ出た。「トラックであとを追います」

ふたりは顔を見あわせた。それに感づくべきだった。「いっしょに乗ってください」アレンが言った。

「でも、そうするとトラックをここに残していかなきゃならない。ついていきますから、先に出てください」

「ミスター・アトリーが何とかしてくれるだろう」メイヴンが言った。「彼の車はカジノにあるんだろう。ミスター・アトリーがトラックでスーまで来て、きみがカジノまで彼を乗せていけばいい」

言いあいをしたくなかったので、わたしはキーをトラックの運転席に投げ入れ、メイヴンの車の後ろに乗りこんだ。

パトカーの後部座席を見るのは久しぶりだ。署へ向かう途中、わたしは身を起こし、鉄格子に指をかけて、前のふたりに話しかけた。「それで、ローズはどうなったんですか」

メイヴンは鼻を鳴らしただけで、運転をつづけた。

「どうしたんですか、教えてください」

「署についたら話す」メイヴンは言った。わたしの重い頭でも、ようやく事態が理解できた。監禁するつもりなのだ。

「メイヴン、自分が何をやってるか、わかってるのか」

「お願いです、ミスター・マクナイト」アレンが振り向いて言った。「落ち着いてください。署のほうが話しやすい」

わたしは座席にすわりなおした。この二十四時間にあったことのせいで、何も判断できなくなっている。この連中は、いくらなんでも、エドウィンの身に起こったことにわたしが関係しているとは考えていないだろう。逮捕されることはあるまい。権利を読みあげられることはあるまい。

わたしは窓から松林を見やった。エドウィンはもういない。座席の小さな穴に指を突っこんだ。だれかがここで煙草を吸い、焦がしたのだろう。

署に着いたので、わたしはドアをあけようとした。もちろん、あかなかった。パトカーの後部座席のドアが内側からあかないことを、すっかり忘れていた。わたしはメイヴンが外からあけるのを待った。

「さあ、アレックス、来てくれ。こっちだ」メイヴンは言った。

「道はわかってる」わたしは言った。ところが、連れられていったのはメイヴンのオフィスではなく、取調室だった。部屋の中央にテーブルがひとつあり、椅子が四つ置かれている。壁際にテーブルがもうひとつあり、コーヒー・ポットと小さな冷蔵庫が載っている。壁に貼られた地図には、湖に棲息するさまざまな魚の絵が描かれている。

「ここのほうが広い」メイヴンは言った。「すわってくれ」

「これから何がおこなわれるか、教えてくれる人間はいないのか」

「だいじょうぶです、アレックス。掛けてください」アレンが言い、わたしに向けて椅子を引いた。

「さて、コーヒーの好みはどうだったかね」メイヴンが言った。「砂糖を一杯で、クリームを入れないんだったか」

「そのとおり」わたしは腰をおろして言った。とうとうコーヒーを出すつもりだ。刻一刻と、事態は悪化している。

メイヴンはコーヒーをカップにつぎ、わたしの前に置いた。それから、わたしの真向かい、アレンの隣に腰かけた。湯気の立ちのぼるコーヒーを前にして、わたしはふたりの顔に交互に目をやった。

「ミスター・マクナイト」アレンが言った。「ローズという男の話をしてください」

「メイヴンから全部聞いたんじゃありませんか」

「あなたの口から聞きたいんです。メイヴン署長が言い漏らされたことがあるかもしれない」

わたしは一部始終を話した。デトロイトの病院、ローズの部屋、銃、そして発砲。ローズが終身刑になり、ふたたびその声を聞くとは思いもしなかったにもかかわらず、電話と手紙が相次いだこと。

「その手紙ですが、どれも同じタイプライターで打たれたようですね」

「当然でしょう」

「どうしてそう思うんです」

「同じ人間が書いたからですよ」

「なるほど。それはそうだ」

「何が言いたいんですか」

「考えを整理しているだけです。死んだふたりの男の話をしましょう。最初のふたりのことです」アレンが言った。メイヴンは無言のまま、こちらから目を離さない。

「どちらとも知りあいではありませんでした」

「トニー・ビング、地元の賭け屋。あなたの友達のエドウィンがモーテルの部屋で発見したんですね」

「はい」

「エドウィンは警察より前にあなたに知らせたと聞いていますが」

「そうです」

「あなたは警察が着く前に現場にいたわけですね」

「そうです」

「奇妙な感じがしますね」

「奇妙でしたよ。エドウィンが奇妙なことをしたからです」

「奇妙きわまりない。奇妙だと思いませんか、メイヴン署長」

「奇妙だった」メイヴンが言った。「そして、いまなお奇妙だ」

「二番目の男の名前はなんでしたっけ」

ふたりはわたしを見つめた。

「ドーニー」わたしは言った。「ヴィンス・ドーニー。少なくとも、署長はそう言っていました」

「そうそう。ヴィンス・ドーニー。その男も地元の人間だと聞いています。たしか、ミスター・ドーニーも賭け屋稼業に手を出していたと言われているそうですね」

「その男のことも何も知りません」

ふたりはわたしを見つめた。

「それも奇妙な話です。賭け屋がふたりつづけて殺された」

「それも奇妙だな」メイヴンが言った。

「あなたのミスター・ローズは賭け屋を格別きらっているようですね。しかし、おかしなことに、手紙にそんなことはひと言も書かれていない」

汗がひとすじ、背中をしたたり落ちるのを感じた。メイヴンとアレンはテーブルの上で腕を組んでいる。ふたりが体の重みを前にかけたので、コーヒーがカップからこぼれだした。

「こういうやりかたは不愉快です。わたしはここ一週間、殺人狂に脅迫されている。三人の男が殺され、うちひとりはわたしの知るかぎり最も犯罪と縁遠い人間だ。それなのに、あんたらは犯人を挙げようともせず、ここにすわりこんで、わたしを重要容疑者みたいになぶりものにしている」

「話しあっているだけだよ」メイヴンが言った。「もちろん、きみが望むなら、アトリーに電話してやってもいい。弁護士を呼びたければ、という意味だ」

「弁護士なんか呼ばなくていい。さっさと自分の仕事をしろと言ってるんだ」

「ミスター・マクナイト」アレンが言った。「そういう口のききかたをする必要がありますかね」

「あんたらはまともな尋問のしかたさえ知らない。〝いい警官、悪い警官〟のはずが〝くそったれ警官、屁《へ》っこき警官〟じゃないか」

「なんとでも言え、マクナイト」メイヴンが言った。「好きなだけこきおろすがいい」

「メイヴン、いますぐ出ていって、犯人をさがすつもりがないなら、あんたを――」

「わたしを？　わたしをどうするって？　また絞め殺しにかかるのか？」

わたしはカップをつかみ、壁に投げつけた。それは地図に当たって割れ、茶色の液体が太いすじとなって郡の真ん中をしたたり落ちた。メイヴンとアレンは、まじろぎもせずにこちらを見ていた。

「おやおや」アレンがようやく言った。「逆上したようですな」

「むかし、野球の選手だったそうだ」メイヴンが言った。「その話はしたかね」

「いえ、聞いていません」

「そのころは、もっと強肩だったんだろう」

「だといいんですがね。いまのは弱々しかった」

「結局、メジャー・リーガーにはなれなかった」

「残念でした」

「だから警察官になった」

「そうでしょうね」

「しかし、刑事にはなれなかった。ローズのことがあって、退職せざるをえなくなった」

「失敗の連続というわけだ。気の毒に」

「アレン刑事、もしよければ、わたしの考えていることを話したいんだが」

「ぜひ聞きたいですね、メイヴン署長。お願いします」

「エドウィン・フルトンがギャンブルの問題をかかえていたのは明らかだ。保留地から無理やり連れだされたことも何度かある。おそらく、その賭け屋たちとも、いざこざがあったと思われる」

「でも、フルトンは大金持ちだったんでしょう」

「それはそうだ。しかし、知ってのとおり、ああいう連中はいったん客の弱みを握るとたちが悪い。いいカモだと思われていたんだろう」

「なるほど」

「そこで、ミスター・フルトンは友人のミスター・マクナイトに、この問題を解決できないかと話を持ちかけた。ミスター・マクナイト自身もこの連中に借りがあったのかもしれない」

「じゅうぶんありえますね」

「ミスター・マクナイトは考えた。この問題を片づける方法はただひとつ。ふたりの賭け屋そのものを片づけることだと」

「ずいぶん大胆ですね」

「大胆だとも。だが、これも知ってのとおり、殺しというものは、もっと些細な問題が原因でも起こる。それに、今回の場合、ミスター・マクナイトは周到に計画を練っていた。自分宛てに手紙を書いて、ローズという男に付きまとわれているように細工したわけだ」

「独創的ですね。でも、ふたりの賭け屋を消すだけのために、そこまでする必要があったんでしょうか」

「目的はほかにもある。ローズの件を蒸し返すことで、ある種の願望を満たせたんだろう。ある種の病をいやせたんだろう。長年ひとりきりで生きてゆくのはきびしいものだ。ここぞという場面でびくついて、相棒を死なせてしまった人間にとっては」

「生き地獄だったにちがいない」

「もちろん、これは単なる仮定だ。しかし、それで多くのことの説明がつく。たとえば、われわれが探知をはじめたとたんに、かかってくるはずの電話がかからなくなった理由も」

「では、ミスター・フルトンは？　何があったんでしょうか」

「そこは興味深い部分だ。ふたりの賭け屋を殺したあとで、実行を思いついたのだろう。急に浮かんだのか、前から腹案があったのかはわからないが」

「ミスター・マクナイトがミスター・フルトンを殺害したということですか」

「ゆうべ、この男はロッジにいなかった。本人の説明では、フルトンをさがしていたことになっている。これまで幾晩もつづけて警備の人間を置いたが、何も起こらなかった。そして、本人が外出した夜に、フルトンが殺された。今回は湖に沈められた。おそらく、すでに銃を始末していたので、死体が発見されるのを望まなかったのだろう。発見されなければ、ほかの凶器で殺していても、これまでとのちがいを取りざたされないからな」

「ボートに置いたバラの花は、なかなか気がきいていましたね。ブロンドの毛髪も」

「それは評価してやるべきだ」

「それにしても、なぜ親友を殺したりしたんでしょう」

「おや、アレン刑事。そんな質問をするとは驚きだな。人が親友を殺すのはどういう場合だね」

「もちろん、決まっています。親友を殺すのは、親友の妻をわがものにしたい場合です」

わたしは限界に達した。「話がすんだのなら、帰らせてもらう。わたしを拘束するだけのじゅうぶんな根拠があれば別だが」

「拘束はできない」メイヴンが言った。「まだ告発できる段階じゃない」

「じゃあ、どうしてわたしに全部話した」

「長年警察勤めをしていたくせに、どうやって容疑者に口を割らせるかも知らないのか」

「彼は刑事になれなかったんですよ」アレンが言った。「その手のことは教わっていません」

「なるほど。覚えたのは駐車違反のチケットの切り方だけか」

「教えてやったらどうですか、署長」

「容疑者がまちがいなくクロなのに、じゅうぶんな証拠がないとき、そいつを呼びつけて、こちらの手の内を全部さらす場合がある」

「こちらが何もかもお見通しで、いずれそいつが自白するのもわかっていると言ってやる」

「さきざきずっと監視をつづけるとも言ってやる」

「時間の問題にすぎないと言ってやる」

「しかし、そいつを落とせると確信するまでは、手荒な真似はしない」

「そこをまちがえると、時間のむだになる」

「われわれは時間のむだにはしないつもりだよ、マクナイト」

「彼の目に恐怖の色がありますよ」アレンが言った。ふたりは身を乗りだし、わたしの顔をのぞきこんだ。ひどく近づいてきたので、葉巻とアフターシェーブ・ローションのにおいが鼻についた。「見えますか、メイヴン署長。恐怖の色です」

「もちろんだよ、アレン刑事。全身に浮かんでいる」

「フクロウがどうやって獲物をつかまえるか知ってるかね、ミスター・マクナイト」アレンがきいた。

ふたりは腰をおろし、答を待った。わたしは何も言わなかった。

「フクロウは耳を澄まし、待ちつづける」アレンが言った。

「獲物からすれば、動かないかぎり安全だ」

「けれど、動いたとたん、その音がフクロウの耳にはいる」

「マクナイト、きみはじっと身をひそめていたいだろうが、そうはいかない」

「フクロウがすぐそこに待ちかまえているのを知っているわけだから」

「きみは逃げるしかない。どうしようもない」

「恐怖のあまり、逃げずにいられない」

「その瞬間、フクロウはきみに飛びかかる」メイヴンは手を突きだし、目に見えぬフクロウを飛びかからせた。「そして、きみを食べる」

「それが夕食だ」

「話しているだけで腹が減ってきたよ」

わたしは立ちあがった。

「会えてよかったよ、ミスター・マクナイト」アレンが言った。「そのうちまた会えるだろう」

「すぐにだ」メイヴンが言った。「ケチャップを用意しておく」

15

メイヴンとアレンから解放されたあと、わたしはアトリーに電話をかけた。相手の質問にはいっさい答えず、ただ迎えにきてくれとだけ伝えた。庁舎の前でアトリーを待ちながら、わたしは裁判所のかなたの水門と、その先にあるカナダへの橋に目を向けていた。嵐は過ぎたものの、漂う雲で日差しが翳り、空はこの世のものと思えない輝きを帯びている。何もかも異様に見え、腹の底までむかつきを覚えた。

この橋は、全米で最も長いハイウェイのひとつ、I七五号線の北端にある。I七五号線は南へ千マイル以上にわたって伸び、ミシガンを出ると、オハイオを抜け、ケンタッキー、テネシー、ジョージアを通って、フロリダに達する。メイヴンは逃げられないと言ったが、そんなことはない。ひたすらそこを走って、もどってこなければいい。

ローズは追ってくるだろうか。ふたたびわたしを見つけるまでに、どれくらいかかるのか。

しばらくすると、アトリーがトラックに乗って現われた。わたしが運転席のドアをあけると、アトリーは言った。「どうした、アレックス。何があった」

「とにかく交替だ」

わたしは運転席につき、駐車場から町なかへ走りだした。アトリーはわたしの顔をじっと見つめていたが、やがて言った。「どこへ行く」

「あんたのオフィスだ」

「ミセス・フルトンに、もどると言ってしまったよ。それに、車のこともある。カジノに置きっぱなしだ」

「あとでとりにいけばいい」

赤信号にぶつかったので、まる一分待たされた。わたしは目を閉じ、深々と息をついた。

「ふたりはどうしてる」

「ミセス・フルトンはめちゃくちゃだ。その気持ちもわからなくはない。シルヴィアはやっと家のなかにもどったけれど、着替えるのをいやがって、濡れた服のままでいる。わたしが出たときは、窓際に呆然と立って、湖をながめていた」

わたしは何も言わなかった。

「署で何があったか、教えてくれないか」

「連中はエドウィンを殺したのはおれだと思ってる。ほかのふたりについてもだ」

「なんだと？　冗談だろう」

「冗談を言ってどうする」わたしは一切合財を話した。

アトリーは話に耳を傾けたあと、かぶりを振って言った。「告発されてはいないんだな」

「まだだ。でも、町を離れるなと言われた」

「ちくしょう。やはりわたしがついていくべきだった」

「ついてきたところで、どうにもならなかったんじゃないか」

「アレックス、きみには弁護士が必要だ。こんなことは許せない」

「まあ、たしかにあんたの助けは必要だ。それにしても、いまはふたりのまぬけのことを考える暇がない」わたしはアトリーのオフィスの前にトラックをとめた。

「どうするつもりだ、アレックス。ここで何をする」

「もう一度刑務所に電話をかける」わたしはトラックから出て、アトリーを待った。アトリーは助手席で額をもんでいたが、しばらくしておりてきた。

オフィスへはいると、アトリーはデスクの後ろに腰かけ、腕時計を見た。まだ正午にさえなっていない。わたしは客用の椅子に身を沈め、思わず身震いした。全身が痛い。百歳になった気がする。

「電話番号はどこだ」アトリーはデスクの上の紙束を引っかきまわし、ようやく番号の書かれた紙を見つけた。番号を押したあと、スピーカーフォンのスイッチを入れ、受話器を置いた。

　声が響いた。「ブラウニング刑務官です」「スーセント・マリーのレーン・アトリーです。二、三日前にも電話しました」アトリーは言った。

「在監者のことを質問なさったかたですね」

「マクシミリアン・ローズのことです」アトリーはわたしを見あげた。「いま、ミスター・マクナイトといっしょにオフィスにいます。たびたびご面倒をかけて恐縮ですが、こちらの状況がさらに悪くなりましてね。つまり、また――」

　わたしは受話器を取りあげた。「マクナイトです。よく聞いてください。マクシミリアン・ローズが最近このあたりに出没して、三人を殺害した可能性がかなり高いんです」

「それはありえません」ブラウニングの声がした。「その男は監房にいます。すでに確認しました」

「確認したかどうかは問題じゃない。わたしを信じてください。なんらかの手ちがいがあったんです。いきさつはわかりませんが、そこにいる男はローズではないはずです」

「ミスター・マクナイト。ミスター・アトリーに申しあげたことを繰り返します。わたしはその男の顔写真を持って、自分で監房の前まで行きました。顎ひげがかなり生えていますが、まちがいなく――」

「なんだって？　顎ひげ？　顎ひげのことなんか聞いていない」アトリーを見たが、肩をすくめただけだった。

「ええ、顎ひげがあります。しかし、同一人物です」

「どうして断言できるんですか。いまは別人のように見えるに決まっています。だれだってそうなる。写真とは似ても似つかないはずだ」

「ミスター・マクナイト」相手が怒りを抑えているのがわかった。刑務官は子供に話しかけるようにゆっくりとつづけた。「もしわたしがひげを剃るのをやめたら、一ヵ月後には顎ひげが目立ちます。一年後には、そうとうな量になります。それでもわたしはわたしのままです」

「やつはなぜわたしに会おうとしないんですか。説明してください」

「理由はわかりません。この場合、理由は問題じゃない。強制はできないんです」

「資料の顔写真をファックスで送ってもらえますか。それから、監房にいる男のポラロイド写真を撮って、それもファックスで送ってください。アトリーのファックスの番号を言います」

「そういう要請が警察からあれば、したがいます」

「警察はそんなことをしないでしょう。どうして頼みを聞いてくださらないんですか」

「殺人の捜査がはじまっていて、あなたのおっしゃるとおり、ローズがかかわっている可能性があるなら、警察が連絡してくるのがすじというものです。ご自分でもおかしいと思われませんか」

なんと答えたらいいかわからなかった。警察が連絡しないのは、わたしが犯人だと思っているからだ、とでも言えばいいのか。そんなことをして、どうなるのか。

「説明する時間がありません。とにかく、わたしを信じてください。三人殺されたんです」

「警察からの要請を待ちます」

「お願いです」

「申しわけありません」

「なら、地獄に落ちろ」わたしは受話器を下に叩きつけた。

わたしは椅子の上で床に目を落としたまま、動かなかった。しばらくのあいだ、アトリーは沈黙を守った。やがて口を開いた。「で、どうする？」

「あんたの車のあるところまで行こう。それから、フルトンの家へもどってくれ」

「きみはいっしょに来ないのか」

「ああ。まだ行かないほうがいいだろう」

「それで、どうするつもりだ」

「やつをさがしにいく」

「どこへ？」

「わからない。そこいらじゅうだ」

「警察がさがすはずだ」

「さがさないさ」

「きみのロッジの外には、引きつづき警備の人間を置いてくれるんだろうな」

「いや。なぜその必要がある」

「冗談じゃない」アトリーは受話器をとった。「あの野郎に電話する」

「やめてくれ」

「なんだと？」

「もう警備の人間はいらない」

「どうして？」

「ローズの手紙のなかに、張りこみの人間がいるのを知っていると書いてあった。どうやって知ったのかは見当もつかないが、知っているのはたしかだ」

「だから？」

「わからないのか。ローズに知られたまま、巡査がひとりで車のなかにいるのは危険だ」

「しかし、いなくなったあと、ローズが現われたらどうする」

「おれが相手をする」

「アレックス、むちゃだ。そんなことはさせられない。少なくとも、わたしにいっしょにいさせろ」

「いや、これはやつとおれの問題だ」

「落ち着け、アレックス。ひと晩だけでもいっしょにいさせてくれ。きみに少しは眠ってもらいたいんだ」

「眠る必要はない。眠るのは、これが全部片づいたあとだ」

アトリーはさらに言い立てたが、むだだと悟ったようだ。結局、いっしょにベイ・ミルズ・カジノへ行ったあと、自分の車に乗りこんだ。ローズをさがすのを手伝うと訴えたのに対し、わたしはミセス・フルトンとシルヴィアのほうが助けを必要としていると言い張った。納得したかどうかは疑問だが、アトリーはわたしを残してフルトンの家へ向かった。

わたしはヴィニーがいないかと、カジノのなかを見まわした。まずヴィニーと話すべきだと思った。ゆうべエドウィンの姿を見かけているからだ。ほかの人間といっしょにいるところを目撃したかもしれない。あるいは、少なくとも、エドウィンを叩きだした従業員たちに引きあわせてくれるかもしれない。その連中が見た可能性もある。

やつを。

やつはどうやってわたしをさがしだしたのか。いつからこの付近にいるのか。わたしをいつも監視しているのか。ここ数日のあいだ、もしこちらがバックミラーに目をやっていたら、やつの姿が後ろの車のなかにあったのだろうか。よくアトリーのオフィスに寄ったあとで、わたしが朝食をとるレストランが近くにあるが、やつは店の奥のボックス席で、わたしが食べるのを見つめていたのだろうか。わたしが新聞をおろして目を向けたら、正体を見破れただろうか。

どこのブラックジャックのテーブルにもヴィニーの姿が見あたらなかったので、わたしはその場で数分間ゲームを観戦した。ヴィニーが現われるのを待っているのだ、と自分に言い聞かせた。だが、それは嘘だ。立ちつくしていたのは、つぎに何をすればいいかわからなかったからにすぎない。

ようやくカジノを出ると、わたしはトラックに乗って湖岸を西へと走り、ボートが発見された場所へ向かった。それ以上の場所は考えられない。まず終末に取りかかり、そこからさかのぼれ。運転しながら、事の顚末に思いをめぐらせた。エドウィンの車はコテージの近くで見つかったわけだから、まさにこの道を走ってきたにちがいない。そのとき、ひとりきりだったのだろうか。こんなところまで来たのはなぜだろう。車にはローズもいっしょに乗っていたのだろうか。エドウィンが運転し、助手席のローズが脇腹に銃を突きつけていたのか。あるいは、ローズが運転していたのか。エドウィンはすでに殺され、後部座席に横たわっていたのかもしれない。しかし、アトリーとわたしが車のなかをのぞきこんだとき、血痕はどこにも見られなかった。

トランクだ。トランクのなかにいたのだ。いまごろ警察署では、メルセデスのトランクがあけられている。エドウィンの血液がどれだけ発見されるだろうか。

わたしはその考えを追い払おうとしたが、なかなかうまくいかなかった。エドウィンの血のことが頭から離れなかった。ボートのあったあたりに着くと、長い枝道へトラックを入れ、コテージの横にとめた。あたりは閑散としている。来年の夏まで、だれも訪れないのだろう。この前来たときは気づかなかったが、屋根の上に風向計がついている。風を受け、狂乱したようにまわっている。

わたしはトラックから出て、ゆっくりと岸辺へおりていった。もうボートはない。車といっしょに片づけられたのだろう。痕跡はまったく見あたらず、ここで何があったかはだれにも想像がつかない。

わたしは湖水に目をやった。雨はやんでいる。空高くを、雲が急速に動いている。風が顔に当たり、肌が痛い。この世からいっさいのぬくもりが失われたように思える。二度と暖をとることができないように思える。

できれば、苦しまずに死んでいてくれ。ここに着く前に絶命し、死体として湖に投げこまれたのであってくれ。ローズがオールを漕ぐのを、血を流しながら見あげていたのではないように。命の灯《ともしび》が消えかかっていること、まもなく凍てつくような湖水の衝撃を身に受けること、全力の抵抗むなしく息絶えることを知っていたのではないように。

やつはなぜ、よりによってエドウィンを選んだのか。世界じゅうの富を手にしてはいるが、だれよりも無力な人間を。シルヴィアと結婚したとき、恨みに思おうとしたが、わたしにはできなかった。ある夜、バーで、エドウィンから唯一の親友だと言われたことを思いだした。ほかの連中は、みな金が目当てだということだった。

エドウィンにとっての、唯一の親友。なのに、わたしはその妻と寝た。そしてエドウィンは、わたしの遠い過去から現われた男に殺された。

ローズを見つけろ。残された道はそれしかない。いまの自分には、それしかできない。

ローズを見つけろ。

このあたりのどこかにいるのは、まちがいない。電話と手紙の内容から察するに、昼のあいだはあまり姿を現わさないだろう。だが、何も食べないわけにもいくまい。わたしは湖岸をぐるりと見まわした。いまいる場所から、ほかのコテージはひとつも見えないが、林のなかに点在しているのは知っている。そのひとつに潜入した可能性はじゅうぶんある。食べ物があるかもしれないし、この季節ではだれにも見とがめられまい。とはいえ、湖岸には数百のコテージがある。全部を調べたら、何週間もかかるだろう。

いや、待て。コテージに潜入するはずがない。なんとなく読めた気がした。やつと同じように考え、やつの目で世界を見てみよう。まわりはみな、邪悪な敵ばかりだ。だれひとり信用できない。昼のあいだは、隠れていなければならない。どこに隠れるか。安全な場所。しっかりと鍵がかかる頑丈なドアの陰。やつのアパートで、向こうが部屋の鍵をあけるまで待たされたときのことが思い浮かんだ。やつのいる場所に踏みこむには、ドアか窓を破壊しなければならない。そして、踏みこんだ人間は鍵をかけられない。

わたしはトラックにもどった。やつはモーテルにいる。フロントの人間やメイドが鍵を持っているから、ドアの施錠は万全とはいえない。だが、本締めのボルトがあるので、内側からしか解錠できない。

わたしは枝道から出て、スーへ引き返した。やつはスーのバーでビングの姿を見かけ、殺害した。ドーニーを殺したレストランは、そのバーから数ブロックしか離れていない。おそらくその区域、橋のあたりのどこかに宿泊していたのだろう。それならつじつまが合う。これまでも、これから先も。

わたしはスーの町にはいり、思いつくかぎりのモーテルの名をあげてみた。夏の人だかりはとうに消え、いまはほとんどが狩猟者にちがいない。ローズはそのなかで目立った存在だろうか。受付係の記憶に残っているだろうか。最初の殺しは、たしか、たった七日前だった。その何日前からこのあたりにいるのか。いつからわたしを監視しているのか。

わたしは町じゅうを走りまわり、手あたりしだいにモーテルを訪ねた。手ぶらに近かった。バッジはない。見せるべき写真すらない。手がかりは、あいまいな説明だけだ。忘れられない目つきをした奇妙な男。大きなブロンドのかつらをかぶっているかもしれない。

もちろん、かぶっていれば、絶対に忘れるはずがない。町には、一週間かそれ以上前からいるだろう。聞き手には、わたし自身がひどく奇妙な男に見えたにちがいない。眠っていないし、ひげも剃っていない。きのうの服を着たままで、シャツは一度雨に濡れて乾き、皺だらけになっている。

ほとんどの受付係は思いがけず親切で、許可証を見せなくても、わたしが私立探偵だと信じてくれたようだった。しかし、ブロンドのかつらの男も、忘れられない目つきの男も、見た者はいなかった。

わたしは一日じゅうそれをつづけて町の西側へと進み、ハイウェイに達した。何軒のモーテルを訪ねたかは覚えていない。思いにふける暇があれば落胆したろうが、少なくとも、すべきことがあった。待つだけではなかった。わたしは、すべての発端であるリヴァーサイド・モーテルへ向かった。ローズがいまもそこにいるとは思えない。たぶん、町のバーでビングを見かけたあと、モーテルまで尾行してきたのだろう。いまもいるとしたら偶然が過ぎる。そうだとしても、もう一度行ってたしかめる必要がある。到着すると、モーテルは閉業していて、事務所の窓に〈売出中〉と書かれた大きな紙が貼られていた。

わたしは人気《ひとけ》のない駐車場にトラックを入れ、しばし考えた。一日のほとんどを捜索に費やしてきたが、もはや策が尽きてしまった。

待て。殺しがあったのがスーだから、わたしはそこから出発して、西へ向かった。逆なのかもしれない。ローズはなんらかの方法でわたしを見つけだし、わたしがパラダイスに住んでいることも知っている。とすれば、ローズもパラダイスにいると考えたらどうか。試す価値はあるはずだ。

わたしは湾岸をパラダイスへと走った。途中でカジノに寄ってみた。ヴィニーがいたが、役に立つ情報は与えてくれなかった。疑わしい人間など目撃していないという。また、エドウィンを入口まで連れだした警備員たちに引きあわせてくれたが、やはりなんの役にも立たなかった。

パラダイスは小さな町だが、観光客相手に、十軒ほどのモーテルが営まれている。どれも家族経営のささやかな宿で、部屋数は八から十しかなく、湖の美景を堪能できる。ロビーに置かれたパンフレットには、難破船博物館やタークアメノン・フォールズ州立公園が紹介され、夏はハイキング、秋は狩猟、冬はスノーモービルを楽しめると書かれている。経営者のほとんどはわたしの知りあいで、郵便局で顔を合わせると会釈を交わすほどには親しい。しかし、だれひとり有益な情報を授けてくれなかった。もしローズがパラダイスにいるなら、実に巧妙に身を隠していることになる。

日が沈みはじめた。わたしは〈グラスゴー〉に立ち寄った。夕食を軽くとり、考えをまとめ、もうひと晩敵を待ち受けるのに備えようと思った。常連客が何人か集まっていたが、だれも話しかけてこなかった。連中はみな、ここに手紙が残されていたことや、わたしとメイヴンが駐車場でやりあったことをすでに聞かされているにちがいない。それに、エドウィンのことも。ジャッキーがわたしの前に皿を置き、素早く肩をもんで、すぐにもどっていった。

帰宅したときは、真っ暗になっていた。わたしはロッジへ足を踏み入れる前に、歩いてひとまわりした。何かを見つける当てがあったわけではない。ただ、そうすべきだと思った。中にはいると、電話機に録音装置がまだついているのが見えた。無線機を手にとり、電源を入れ、空電音を確認し、電源を切った。もう、こんなものに用はない。メイヴンが返せと言ってこなかったのが驚きだ。忘れたにちがいない。いまごろ自宅のテレビの前でくつろぎながら、頭を叩き、妻に話しかけていることだろう。しまった、マクナイトに録音装置と無線機を返させるのを忘れたよ。あれは警察のものなのに。

銃はベッドの横のテーブルに置いたままになっていた。わたしはそれを手にとり、握りしめた。このロッジですわって待つしかない。あとはすべてローズしだいだ。

わたしは少しのあいだベッドに腰かけたが、それがまちがいだと気づいた。これではすぐに眠りに落ちてしまう。そこで起きあがり、台所のテーブルと組になった木製の硬い椅子に腰をおろした。時がゆっくりと過ぎていく。わたしは腕時計を見た。まだ十一時にもなっていない。立ちあがり、窓をながめたが、ガラスに映る自分の姿しか目にはいらなかった。室内の明かりをすべて消し、もう一度同じことをした。入口の上の電灯は、あまり役に立っていない。林道と、トラックと、積み薪と、近くの松の木数本の輪郭が見えるだけだ。あとは、林が八方に際限なくひろがるばかり。月は雲におおわれ、姿を見せない。静かだ。コオロギはかなり前に姿を消し、蛙は冬眠している。まったく風がない。木々はそよともしない。

わたしは椅子にもどった。しばらくして、頭が重くなってきた。アトリーの言ったとおりだ。眠る必要がある。ひと晩、ここにいっしょにいてもらえばよかった。

いまから電話をかけることもできる。アトリーに電話をすることもできる。電話機。電話機のところへ行け。受話器をとって、番号を押せ。さあ、電話しろ。

自分が受話器をつかむのが見えた。血がついている。手を見ると、やはりついている。床に血だまりができている。そこいらじゅう、血だらけだ。

夢だ。目を覚ませ。いま眠ることはできない。眠るなんて、とんでもない。

テーブルから頭を起こす。自分の家ではない。目の前に窓がある。立ちあがり、窓際へ寄る。大きな中庭が見える。四方が巨大な壁で囲まれ、無数の窓がついている。庭の中央に男がいる。あまりに広い庭で、その姿はよく見えない。男は背を向けている。何かの上にかがんでいる。

男が振り返り、こちらに目を向ける。無数の窓を通して、こちらの存在が見透かされている。男はまっすぐわたしを見据える。古めかしい回転式の砥石でナイフを研いでいたらしい。わたしを見つめたまま、ナイフを愛撫している。

わたしは走る。廊下を。デトロイトの、あのアパートの廊下を。百枚のドアを通り抜け、最後の一枚をあける。フランクリンが床に倒れている。血まみれになって、わたしを見あげている。行かないでくれ、とわたしに言う。壁がアルミホイルでおおわれている。

わたしはドアを閉める。どんなに走っても、フランクリンの呼ぶ声が聞こえてくる。脚が動かない。速く走れない。廊下は果てしなくつづく。

ようやくもう一枚のドアをあける。白いテーブルの上に、エドウィンが横たわっている。ずぶ濡れで、体に水草が巻きついている。わたしは身を乗りだし、すまなかったと言う。エドウィンが目をあけようとする。しかし、目がない。魚に食いつくされている。

ドアに音が響く。エドウィンがつかみかかる。目が見えないのに、こちらの腕の位置がわかっている。わたしはドアから離れようとするが、エドウィンに引きもどされる。

また音が響く。ドアが叩き破られそうだ。まもなく、やつが来る。もう隠れられない。

目が覚めた。

わたしは台所のテーブルの前にすわっていた。自分の息差しと時計のかすかな音以外、何も聞こえない。

そのとき、ドアが叩かれた。

わたしは椅子から飛びあがった。銃は？　銃はどこだ？

ドシン。

くそっ、銃はどこだ。思いだせない。テーブルの上にもベッドの横にも見あたらない。銃はどこだ？

ドシン、ドシン。

あった。テーブルの下だ。手に持ったまま、眠ってしまったのだ。膝を突き、腹ばいになって、銃を拾った。調べろ。準備しろ。ドアまで歩け。

音がやんだ。

わたしはドアに体を寄せ、耳を澄ました。

静寂。

わたしは待った。何も起こらない。

銃を掲げ、解錠した。ドアをほんの少しあけ、闇に目を向けた。

シルヴィアがこちらを見あげている。「アレックス」

さっきのいでたちのままだ。窓から見たときに濡れていた、あのセーター。もう乾いているが、いまもコートは着ていない。肩をつかみ、中へ引き入れたとき、震えているのがわかった。「こんなところで何をやってるんだ」

シルヴィアは何も言わず、その場でロッジのなかを見まわした。これまで何度も逢瀬を重ねたが、ここへ来たことは一度もない。

わたしは毛布を持ってきて、体をくるんでやった。「すわれよ。お茶でも淹れる」

シルヴィアはテーブルにつき、わたしがさっきまで眠っていた椅子にすわった。

「こんなところに来てはまずい」わたしは水を入れた鍋を火にかけた。「エドウィンの母親といっしょにいなきゃだめだ」

「いなくなったわ」シルヴィアはうつむき、何を見るでもなく言った。

「なんだって？」

「グロス・ポイントに帰ったの。こんなところにはもう一分もいられないって言って」

「でも、どうするんだ……つまり、エドウィンが……見つかったら」

「そうなったら、向こうへ運ぶでしょうよ。お葬式はあっちでやるんだから」

わたしはなんと答えていいかわからず、鍋のなかを見つめつづけた。部屋じゅうが静まり返った。やがて湯が沸いた。

「アトリーはどうした」

「あたしがうちまで送った。あの人、どうも苦手だわ。どうしてあんな人といっしょに仕事ができるの？　中古車のセールスマンみたいじゃない」

「シルヴィア、勘弁してくれ」

「何よ、アレックス」シルヴィアはようやく顔をあげた。「どうしたのよ」

「わからない」わたしは言った。「すまない」

「何を謝ってるの」

「全部だよ。何もかもおれのせいだ」

シルヴィアは何か言おうとしたが、かぶりを振ってふたたび床に目を落とした。わたしは紅茶をつぎ、カップをシルヴィアの前に置いた。

「死んだのね。ほんとうに死んだのね」

「ああ」

「あたしの望みどおりになったわ。毎晩それを願ってたの」

「シルヴィア、そんな言い方はやめてくれ」

「ほんとうよ、アレックス。永遠にいなくなってほしいと思ってた。そしてそのとおりになった」

「きみのせいじゃない」

「あたしのせいだわ。一生懸命念じつづけてたら、とうとう現実になったのよ。何がいちばん変だか、わかる？ あたし、何も感じないのよ。悪人なら、いい気分になる。善人なら、罪悪感にさいなまれる。でも、あたし、どっちも感じないの。ただ……何がなんだか、自分でもわからない。とにかく、何も感じないの」

「まだショックが残ってるんだよ。しばらく時間が必要だ」

「それで、あなたが面倒を見ようってわけ？ そういうこと？ あの人が死んだいま。あたしが友人の妻じゃなくなったいま」

「そんなつもりじゃない」

「ええ、そうでしょうよ」シルヴィアは肩の毛布を投げ捨てて立ちあがった。「どうしてこんなところに来たのかしら。あたし、ここで何してるの?」ぐるりと見まわした。「ずいぶんちっぽけなロッジね、アレックス。たぶん、あたしのバスルームのほうが大きいわ」

「シルヴィア、やめてくれ」

「こんなに小さいなんて、はじめて知った。あなた、自分で建てたんだったわね。よくも倒れずに立ってるものだわ。信じられない」

「やめろというのが聞こえないのか」わたしはシルヴィアに近寄り、また肩をつかんだ。今度はさっきよりも、少しだけ強く。

「離してよ」

わたしは無言で見つめた。

「離してよ」シルヴィアは繰り返したが、抗わなかった。出ていこうとしなかった。

わたしはその目を、その髪を、その口を見つめつづけた。体のぬくもりが伝わってくる。たまらない。これまでにもまして、彼女がほしい。

シルヴィアは動かない。何を考えているのか、見当もつかない。目は何も物語っていない。

「こんなところにいちゃだめだ」ようやくわたしは言った。「危険だよ」

「危険って、どういうこと？　警察の人が見張ってるのに」

「見張ってなんかいない」

「いるわよ、林のなかの覆面パトカーで」

「いないんだ、シルヴィア。もう引きあげたんだよ」

「いるったら。だって、見たもの」

「何を言ってるんだ？　いつ見たって？」

「今夜よ。たったいま。ここに来るとき。すぐそこにいたわ」

16

恐怖が襲ってきた。どうすることもできない。腹のなかで、冷たい恐怖が掻き立てられるのを感じた。「シルヴィア、頼むよ。何を見たか、正確に教えてくれ。車のなかにいるやつを見たのか？」

「いいえ、見たのは車だけよ。種類はわからない。ふつうの車だったわ。あまり上手に隠れたとはいえないわね。車体の半分が藪から出てたもの」

「どこだ。車はどこにあった」

「すぐそこよ」シルヴィアは窓際へ歩きかけた。

「やめろ！」わたしはその肩を押さえつけた。「窓に近づいちゃだめだ」

「いったいどうしたの？」

「警察官じゃないんだ」わたしはシルヴィアの正面にまわり、目を見据えた。「外にいるやつは警察官じゃない」

シルヴィアのなかで何かが変わったらしい。身中の怒りが消えつつあるように見えた。

「だれなの？」

「ローズだと思う」

「あなたを撃った人？」

「そうだ」

「ということは、あの人を……」シルヴィアは最後まで言わなかった。

「たぶん、そうだ」

「どうしてここにいるの」

「わからない」

シルヴィアは窓に目をやった。「これからどうするつもり？」

「警察を呼ぶ。さあ、床に伏せるんだ」

「どうして伏せなきゃならないの」シルヴィアは恐怖に押しつぶされかかっている。声の響きから、それが感じとれる。

わたしはシルヴィアを長椅子の後ろにかがませた。「ここから動いちゃだめだ」

「アレックス、こわいわ」

「いま警察に電話する」わたしは受話器をとった。

音がしない。わたしは棒立ちになった。「信じられない」

「どうしたの」

「切られた。やつに電話線を切られた」

「アレックス、こわいわ。たまらない」

わたしは答えなかった。

「アレックス……」

わたしはテーブルから銃をとり、台所の明かりを消した。つぎに、壁にかかった懐中電灯をつかみ、ベッドの横のランプも消した。ロッジのなかは真っ暗になり、入口の頭上の明かりが窓から漏れ入る微光だけになった。

「アレックス、どうするの」

わたしはひざまずいた。「このまましばらく待って、闇に目を慣らす」

シルヴィアは膝をかかえた。

「よし」わたしは言った。「すぐにもどる」

「どこへ行くの」シルヴィアはわたしの腕をつかんだ。

「窓から外を見るだけだ」

わたしは腹這いで入口の横の窓まで進み、枠の下側から顔を出した。外の電灯がロッジの前の空き地を照らし、松林の最前列を浮かびあがらせている。空き地の右手に目をやると、小道からわずかに離れたところに、車が見えた。シルヴィアの言ったとおり、隠れているというにはほど遠い。だれが見ても気がつく。だが、車のなかに人間がいるかどうかはわからない。空き地の左手には、積み薪の横に、わたしのトラックとシルヴィアの黒いジャガーが並んでいる。

二台ともボンネットがあがっている。

わたしはシルヴィアのもとへ這ってもどった。「ここへ来たとき、トラックのボンネットはあがってたか」

「覚えてないわ。たぶん、あがってなかったと思う」

「自分の車はロックしなかったんだな」

「しなかった。アレックス、なぜそんなことをきくの」

「両方とも、やつがボンネットをあげてる。ディストリビューターのキャップでもはずしたにちがいない。おれたちを逃がさないつもりなんだ」

「それじゃ、どうするの」

わたしは考えた。やつはすぐそこにいる。シルヴィアとわたしがいっしょだと知っている。電話は使えない。車も使えない。ほかのロッジへ行くには、林道を四分の一マイル走る必要がある。が、そこに着いても、電話がないことに変わりはない。電話がある最も近い場所は、ヴィニーのロッジだ。そこまでは、本道を逆方向へ進んでゆうに半マイル。こっそり抜けだせばたどり着けなくもないが、シルヴィアをひとりで残しておくことはできない。いっしょに連れていくのもまずい。「しばらくじっとしていよう。向こうの出方を見るんだ」

「はいってこようとしたら？」

「撃つ」

「いやよ、そんなの」

「こっちだって、撃ちたくてうずうずしてるわけじゃない」

シルヴィアは頭を粗木《あらき》の壁にもたせかけた。長い一分が過ぎ、また一分たち、それから時間の感覚が失われた。ふたりで長椅子の後ろにすわりこみ、ただただ沈黙に耳を澄ました。

ついに音がした。車が動きだす、ひどい轟音。マフラーが役立たずだ。つづいて、車が林道を走る音が聞こえた。音はどんどん小さくなり、やがて消えた。

「行ったようだ。何もしないで」

「なぜいなくなったの」

「わかるもんか。やつはいかれてる」

「だけど、どうして何もせずに？」

「シルヴィア、やつは正真正銘の狂人なんだ。することに理由なんかない」

「ほんとうにそいつなの？」

「そうだ。ほかにいないじゃないか」

「で、これからどうするのよ」

「このままだ」わたしはふたたび窓に近寄り、外をながめた。車はなくなっている。わたしは外の明かりを消した。とうとう真っ暗になった。

「アレックス、どうして消したのよ」

「やつがおれたちの車に何をしたか、見てきたいんだ。でも、明かりがついていては困る。懐中電灯を使う」

「行かないで！」

「もしどっちかの車を動かせたら、ドアに横づけする。車が来たらすぐ、ここから出て乗りこんでくれ。いっしょに逃げよう」

わたしはドアをほんの少しあけ、隙間から外を見た。冷たい空気が流れこんでくる。片手に拳銃、片手に懐中電灯を持ち、外へ出て車とトラックのところまで歩いた。ほんとうに必要になるまでは、懐中電灯を使いたくない。月明かりだけでじゅうぶん見える。

トラックのもとへ着くと、中を一瞥した。携帯電話がない。ボンネットの下をのぞきこみ、ほんの一瞬懐中電灯をつけて、エンジンをひと目見わたした。ディストリビューターのキャップははずれていないが、点火プラグのコードがひとつ残らずゆるめられている。わたしは拳銃と懐中電灯を置き、闇のなかで接続を試みた。落ち着け、と自分に言い聞かせた。落ち着いて考えろ。右側には四つ。一番目、二番目、三番目……待て。これでいいのか？　ちくしょう。手もとが見えさえすれば……。懐中電灯をつけてざっと見まわし、すぐに消した。映像を脳裏に焼きつけられたかどうか。四番目はたしかにここだ。ひとすじの汗が頬をつたって落ちていくのがわかった。これはここでいいのか。よし、五番目はどこだ。五番目は？　ほんの一瞬、懐中電灯をつけた。

音がした！　わたしは懐中電灯を持ったまま、地面に伏せた。なんとかスイッチを切り、地面に置いて耳を澄ました。心臓の高鳴りが聞こえる。

音の主はコウモリで、頭上を突っ切って飛んでいった。人騒がせなコウモリだ。

わたしは起きあがり、コードをさぐる作業にもどった。両手が震えている。

よし、五番目はここだ。六番目、七番目。これでいいのか。ほんとうにこれでまちがってないな？　ほんとうに動いてくれるな？　つぎは八番目。あとひとつ。どこだ。八番目はどこだ？　もう一度明かりをつけ、すぐ消した。ここだ。ここをつなげ。終わった。終わりであってくれ。

わたしはボンネットをおろしたが、あえて完全には閉めきらなかった。運転の邪魔にならない程度でいい。ここから抜けだして、本道を突っ走り、〈グラスゴー〉があいていれば飛びこんで、警察に連絡しよう。それから一杯やる。二杯でも五杯でもいい。さあ行け、さあ行け、さあ行け。

わたしはドアをあけ、運転席に滑りこんだ。キーは？　キーはどこだ？　懐中電灯と拳銃を横に置き、ポケットをまさぐった。くそっ、キーはどこだ？　あった。鍵束を取りだし、トラックのキーを手でさぐった。なんだって、こんなにたくさん鍵がくっついてるんだ？　トラックのキーとロッジの鍵だけでじゅうぶんじゃないか。ほかのはなんの意味もないじゃないか。

　そのとき、窓が割れた。銃撃の突風、砕け散るガラス、思わずあがる叫び声。すべてが同時だと思えた。わたしはドアを突き飛ばして開き、地面に突っ伏した。撃たれたのか？　血は出ているのか？　それさえわからない。

　いや、撃たれていないぞ、アレックス。まだ生きている。いまのところ。落ち着け。息をしろ。できない。おい、息をしろ！　銃をとれ。銃はどこだ？　頭を起こして見ると、拳銃と懐中電灯は、運転席の上でガラスの破片に埋もれていた。わたしは手を伸ばし、両方をつかんだ。ガラスで手が切れるのを感じた。よし、銃を持った。懐中電灯も持った。さあ、あとは息をするだけだ。息をつけ。

　やつはどこだ？　助手席の窓が割れたのだから、トラックを隔てた反対側にいるはずだ。林のなかだろうか。距離は二十ヤードか、三十ヤードか。積み薪のあたりか。それとも、トラックに張りついて、こちらが姿を見せるのを待ち構えているのか。

　さあ、どうする。待つか。逃げるか。話せ。やつに話しかけろ。声を出せ。

「ローズ！」わたしは声を振り絞った。「ローズ、そこにいるのか？」

反応がない。

変わらない。わたしは首を振った。銃撃の音が、まだ耳に残っている。

「ローズ、おまえなのか？」

「ローズ、返事をしろ！」

笑い声が聞こえた。どこからだ？　たぶん、林からだろう。わたしはトラックの後方へまわり、荷台の上に顔を出した。真っ暗だ。首をすくめ、懐中電灯をつけ、手に持って掲げ、つぎの銃撃を待った。

沈黙。

わたしはふたたび荷台の上に顔を出し、懐中電灯をできるだけ高く掲げた。もし撃ってくるつもりなら、懐中電灯をねらわせればいい。

やつの姿は見えない。わたしは明かりを松林へ向けた。人の気配はない。

「ローズ、どこにいる？」かならずいる。林のなかに。「出てこい！」

また笑い声がした。林からだ。まちがいない。

「ローズ、警察に通報したぞ！　もうすぐここへ来る！　銃を捨てて出てこい！」

「やるじゃないか、アレックス！」やつの声だろうか。声を聞いたのはずいぶん昔だ。あんな声音《こわね》だったろうか。電話では小声だった。聞き分けられるほどではなかった。

「おまえが電話線を切ったのは知ってる！　でも、無線を使ったんだ！」はったりだが、言ってみる価値はあるだろう。「警察はこっちへ向かってるぞ！」

長い沈黙のあと、声が響いた。「嘘をつくな、アレックス。あきらめろ」

「何が望みだ？」どうやったら説得できるか。狂人に何を言えばいいのか。「わたしにどうしてほしい？」

「恐怖を感じてほしい。それだけだ。いま、こわいか？」

「ああ」わたしは懐中電灯を動かし、木々のあいだを照らしつづけた。声はどこから来るのか。どの木の陰にいるのか。「こわい」

「そいつはいい」

「なら、用はすんだろう」

笑い声がした。「おれはここにいさえしないんだよ、アレックス。いるはずがない。刑務所にいるんだから」

「わかった。もうたくさんだ」怒れ。怒れ、アレックス。立ちあがって、一世一代の大勝負に出ろ。動かずに、また撃たれるのを待っていてはだめだ。「銃をおろせ、ローズ。銃をおろして、顔をさらせ」

「どうするつもりだ」

「おまえをひっつかまえる。出てこないなら、そっちへ行ってつかまえる」

「銃を持ってないんだろう?」

ちょっと待て。やつはこっちが銃を持っていないと思ってるのか? ということは、相手に合わせたほうがいいのか? 驚かせてみるか? いや、それはまずい。「持ってるぞ、ローズ。さあ、出てこい」

「その銃は本物じゃない」笑い声。「本物じゃないことはわかってる。さあ、どうする?」

なんだと? どういうことだ。なんだって、やつは――

忘れろ。相手は狂人だ。心のなかをさぐっても意味はない。さあ、動け。

わたしは立ちあがった。左手に懐中電灯、右手に拳銃。警察学校で百万年前に教わったとおり、両手でふたつを合わせて構えた。光のすじと銃の照準がひとつになる。視界にはいるものを撃てばいい。「行くぞ、ローズ。銃をおろせ」

また笑い声。どの木だ?

「銃をおろせ」わたしは林に近づいた。もう一度笑ってくれ。さらに迫った。

何か聞こえる。足音。葉が擦れる。小枝が揺れる。

「銃をおろせ、ローズ!」

あそこだ。あの木の陰にいる。

「銃をおろせ!」

ブロンドのかつらが見えた。銃を持っているのが見えた。相手が銃を掲げた。わたしは撃った。四発撃った。胸、胸、頭、胸。

わたしはその場に立ちつくした。銃声が夜に溶けこんでいく。だが、いつまでも頭のなかで響いている。衝撃で手の震えがとまらない。火薬のにおいが漂う。わたしは動けなかった。

そのとき、車が来た。わたしは目を向けなかった。車が空き地へ乗り入れ、タイヤが草をこする音がした。ドアが開き、閉まる。足音がつづく。

「アレックス、どうした」

わたしは目をあげた。アトリーだ。

「銃声が聞こえたような気がしたんだがね」アトリーは言った。「フルトンの屋敷から来たんだ。ここへ電話したけれど、つながらなかった。だから、出向いたほうが――」その瞬間、林から突き出た二本の脚がアトリーの目にとまった。残りの部分は奥に隠れている。

別の足音がした。シルヴィアだ。ロッジから出て、わたしに近づき、地面を見おろした。

「やつなのか」アトリーがきいた。シルヴィアがいることにさえ気づいていないようだ。

「ローズなのか」

わたしは前へ進み、懐中電灯でその男の顔を照らした。頭への一撃で、かつらが飛ばされ、頭皮の一部が消失している。

「ちがう」わたしは言った。

「なんだと？」

「こんなやつは知らない。見たこともない」

17

わたしは前と同じ取調室にすわっていた。魚の絵の載った地図が、まだ壁に貼られている。だれかがコーヒーの跡をおざなりにぬぐったようだが、ニコレイ湖からポタガニッシング湾にかけて、薄茶色のすじが残っている。

アトリーが携帯電話で警察に連絡した。数人の警察官が到着したあと、かなりたってからメイヴンが現われ、わたしをここへ連れてきて、事件の説明を二度求めた。アレン刑事がやってきて、もう二回同じ話をさせた。さらに、同じことをふたりで八回か九回繰り返させた。アトリーとシルヴィアは、それぞれ別の部屋で供述をさせられたのだろう。ふたりともとっくに解放され、いまごろ自宅のベッドで休んでいるのであってほしい。朝食をとっているのでもいい。わたしはどれだけここにいるのか、見当もつかなかった。夜か昼かさえわからない。この部屋には時計がない。腕時計はどうなったのだろう。ゆうべ身につけていたかどうかさえ覚えていない。立ちあがってブラインドをあけたい気がしたが、テーブルに両腕を載せて腰かけたまま、地図をながめていた。

何度目かの話が終わったとき、ひとりの制服警官がドアから顔を出し、メイヴンとアレンに重要な話があると言った。ふたりが立ちあがって部屋から出ていくさまは、いかにも中年の警察官らしく、動きが硬かった。帽子をかぶせれば、ジョー・フライデーとビル・ギャノン（ともに警察ドラマ《ドラグネット》の登場人物）のように見えるだろう。身も心も疲れ果てると、そんなことを思いついてしまう。

ゆうべ起こったことについては、何も考えなかった。その意味についても、相手がだれであれ、自分が人を殺したことについても、何も考えなかった。いずれそのことと向きあうだけの強さを取りもどしたら、否応なく考えさせられることになるのだろう。

やがて、ドアがふたたびあいた。メイヴンとアレンがはいってきて、わたしの前に並んですわった。アレンは深く息をついて、わたしの目を見つめた。メイヴンはわたしと目を合わせず、すぐ横の壁を見ている。いまにも腎臓の結石を手わたしそうな顔つきだ。

「ミスター・マクナイト」アレンが言った。「レイモンド・ジュリアスという名前に心あたりはありますか」

「いいえ」

「それがあの男の名前です」

「わたしが撃った男ですか」

「ええ。一度も会ったことがないんですね」

「ありません」

「その男のことについては、何も知らない」

「そうです」

「しかし」アレンは言った。「レイモンド・ジュリアスのほうは、あなたのことをかなり知っているようです」メイヴンは相変わらず壁を見つめている。わたしに目を向けようとしない。

「どういうことですか」

「どうやら、ミスター・ジュリアスはあなたのことばかり考えて過ごしていたらしい。尾行したり、監視したり。あなたのことを書きつけたり」

「どうしてわかったんです」

「自宅でいろいろなものが発見されました」

「まだ腑に落ちません。手紙を書いたのはあの男なんですか。ビングとドーニーを殺したのも？　それに、エドウィンも？」

「まちがいないようです。物的証拠がありますから」アレンは横目で隣を見たが、メイヴンは何も言わなかった。ようやくこの場の状況が把握できた。メイヴンはわたしが犯人だと説き、アレンはふたりでわたしを落とすことに同意した。真相がわかったいま、アレンは困惑している。そしてメイヴンに協力したこと自体を後悔しているのだ。

「どんな物的証拠があるんですか」

アレンはポケットから手帳を取りだし、めくった。

「まず血液。あとで血液型を調べます。九ミリ口径のサイレンサー。ミスター・ジュリアスが所持していた銃と一致します。もちろん、これから弾道分析をして、ビングとドーニーから摘出した弾丸と比較する予定です」

「ゆうべはサイレンサーを使わなかったはずですが」

「ええ。銃のケースのなかに残っていました」

「どう考えればいいんでしょう」

「さあ。あなたは林のなかに住んでいる。だから必要ないと考えたんでしょうね」

わたしは無言でかぶりを振った。

「机の上にタイプライターがありました」アレンがつづけた。「紙が何枚かあって、ここ数カ月の本人の行動が記録されていました。日記のたぐいです。見たところ、例の手紙と同じタイプライターで打たれたものと思われます」

「あなたがそこへ行ったんですか。実際に見たんですか」

「ええ。あなたがここに閉じこめられていたこの数時間のうちに、見てきました」アレンは横目でメイヴンを見た。メイヴンは何も言わなかった。

「日記にはなんと書いてあったんです」

「現時点では、くわしいことは申しあげられません。ただ、はっきり言えるのは、ミスター・ジュリアスはひどく精神が錯乱していたということです。机の上には、新聞の切り抜きもありました。《デトロイト・ニューズ》と《デトロイト・フリー・プレス》の記事で、一九八四年の夏のものです」

「一九八四年の夏？　ということは……」

「ええ、ローズの記事です。銃撃事件のときの。それに、もうひとつ。あなたの回復を伝えるものもありました」

「覚えています。《デトロイト・ニューズ》の記者が病院に押しかけてきました」

「その記事が部屋の壁に貼ってありました。ベッドのすぐ横です」

「待ってください。さっぱりわけがわからない」

「いま申しあげたとおり、ミスター・ジュリアスはひどい精神錯乱者でした。どうも、あなたが何か……特別な力を持っているように思っていたらしい。あなたのことを、救世主か何かだと思っていたらしい」

「選ばれし者。手紙にはそう書いてありました」

「そのとおりです」

「でも、手紙のほかの内容はどうなんです。むかしローズがわたしに言ったことを、どうしてあの男が知っていたんですか。わかるはずがない」

「どうやら連絡をとっていたらしい。日記のなかに、ミスター・ローズとなんらかの方法で接触したと思わせることが書いてあります」

「向こうが刑務所にいるのに？　どうやって接触したんです。手紙ですか？　電話ですか？」

「まだわかりません。はっきりとは書いていないんです。書いてあるのは、ローズになるつもりだとか、ローズの人格を受け継ぐつもりだとか」

「なんとしてもその日記を見たい。いま署にあるんですか」

「ありませんよ、ミスター・マクナイト。こういうときの手順はご存じでしょう。いまはまだ全部ミスター・ジュリアスの家にあります。徹底的に調べる必要がありますから」

「まちがいないと、ご自分でおっしゃったでしょう」

「たしかに言いました。しかし手続きを踏まないわけにはいきません」

「わたしがその家へ見にいくのは？」

「困ります。ミスター・マクナイト、われわれにまかせてください。すべて片づいたらお知らせしますから」

「まだわけがわからないんですよ。わたしはあの男を知らない。それなのに、どうして向こうはローズのことまで知っていたのか」

「たまたまあなたを選んだ。それだけです。理由など、だれにもわかりません。わたし自身、似たような事件を二、三扱いました。ひとつはよく覚えています。ある男性が車に乗っていて、交差点で別の車の進路をさえぎった。さえぎられたほうの男は、相手を家までつけていって、名前を調べ、電話を何度もかけ、手紙を送りつづけた。しまいには、相手は引っ越さざるをえなくなった。それでも男は転居先を見つけだし、あげくの果てに相手を殺そうとした。さいわい、大事には至らずに逮捕できました。あなたをねらったのはそういうたぐいの人間です。たいていの場合、きっかけはほんのささいなことです。相手を見つける。頭のなかで何かがひらめく。突然、相手のことをひとつ残らず知らずにはいられなくなる。今回の場合、ミスター・ジュリアスはあなたがかつて撃たれたことを知り、昔の新聞記事を調べあげた。そして、自分のちっぽけな世界の中心にあなたを据え、頭がいっぱいになったんでしょう」

「いつですか。いつそんなことをはじめたんです」

「日記を読んだところでは、三、四カ月前と思われます」

わたしはかぶりを振った。「どうしてわたしを？」

メイヴンが咳払いをした。「それはだな」ようやく口を開いた。「おそらく、きみが強烈な個性の持ち主だからだ。たぐいまれなる人間的魅力を備えているからだ。はいってきただけで部屋じゅうを光で満たす人間だからだ」

アレンはメイヴンを冷たい目で見据えたあと、わたしに視線をもどした。「ミスター・

マクナイト。アレックス。あなたは今回の件で正式に告発されていたわけじゃない。しかし、個人的に言わせてもらえば、ただでさえつらい毎日を送っていたあなたに対し、われわれがこの部屋で与えた仕打ちはあまりにひどいものだった。わたしも一枚嚙んでいました。そのことについて、心からお詫びします」

「わかりました」わたしは言った。つぎにメイヴンに目を向けた。「何か付けくわえることはないんですか、署長」

メイヴンは無言のまま、口のなかで舌を動かしていたが、ようやく言った。「ひとつだけある」

「どうぞ」

「あってはならないことだった」

「そのとおりです」

「ちがう。わたしが言ってるのはミスター・フルトンのことだ。死なせてはならなかった。もしきみが一分でもわれわれに協力していれば、そんなことになる前にジュリアスの野郎をぶちこめた。もちろん、そうなれば、ゆうべのきみのカウボーイごっこはなかった。シルヴィア・フルトンだって、夫を殺した男に戸口に迫られるなどという恐ろしい経験をせずにすんだ。もっとも、こっちがまだ湖の底をさらって夫の死体をさがしているさなかに、彼女がきみのロッジで何をしていたかは別問題だがね」

「メイヴン署長」アレンが言った。「そんなことを言う必要があるんですか」

「いや、ないさ。相棒を殺された元警察官がこんな土地に引っこんできて、わたしの人生を掻き乱したりしなければ、こんなことを言う必要はまったくなかった」

「すじちがいもはなはだしいですよ、署長」

「出ていってくれ。州の連中のもとにもどるがいい。きみの協力は大いに役立った」

アレンは立ちあがり、わたしの手を握った。「アレックス、今後わたしが力になれることがあったら、なんでも言ってください」つづけて、メイヴンを見おろして言った。「署長、いずれ連絡します」

「まだいるのか」

アレンが出ていくと、わたしたちはテーブルをはさんで顔を見合わせた。

わたしは言った。「帰ってもいいのか」

「この皺だらけの尻の穴にキスしてもかまわないぞ」

わたしは立ちあがった。「楽しい話ができなくなって残念だ。そのうち、いっしょに釣りにでも行こう」

署の建物から出ると、明るかった。もう昼に近い。日差しが少し強くなりかけていたが、ぬくもりを与えてはくれなかった。

駐車場をしばらく歩きまわったあと、トラックがロッジの前にあることを思いだした。助手席の窓ガラスは残っていないが。笑う気力が残っていたら、笑ったかもしれない。署へもどって車で送ってもらう気にはなれなかったので、わたしは歩きだした。どこへ向かうでもなかったが、動いているのは気分がよかった。

裁判所をまわって川へ向かい、川べりの歩道を延々と歩いた。公園に突きあたったところで引き返し、水門のあたりへもどった。一隻の大きな貨物船がゆっくりと進んでいる。寒さで耳が痛くなってきたので、わたしは階段をのぼって観覧用通路へ出た。だれもいなかった。

船の長さは七百フィートぐらいだろう。いちばん南の水門へ向かっている。こちらからあまりに近いので、ゆっくりと大きな建物が動いているように見える。旗は赤と白と黒の横縞で、中央に金色の鳥が描かれている。たぶんエジプトの船だろう。船の上では、十人ほどの肌の黒い男たちが、コートの襟をしっかりと搔きあわせ、こちらを見おろしながら歩いている。故郷を遠く離れた男たちの目に、ここは新しく奇妙な世界として映っていることだろう。そして鉄鉱石をいっぱいに積み終えると、五大湖からセント・ローレンス水路を経て、大西洋へと出ていくのだ。

この船に飛び乗ろうかと思った。それほど近い。そうすれば、エジプトへ連れていってくれる。

「アレックス、ずいぶんさがしたぞ」アトリーが隣に現われた。「署できいたら、きみが出たばかりということだった」

「船を見てたんだ」

アトリーは船に目をやった。「どこから来た船だ。あの旗はどこの国のものだ」

「エジプトだと思う」

アトリーはうなずいた。「アレン刑事から電話があった。全部話してくれた」

わたしは何も言わなかった。

「レイモンド・ジュリアスというやつのこと、ほんとうに知らないのか」

「ああ」

アトリーは長い息をついた。「あの船はかなりの長旅をするんだろうな。ここからエジプトまでどれくらいかかるか知ってるか」

「さあね」

「水門がはじめてできたのは一七九七年だったな。一八一二年の戦争で壊されて、造りなおさなきゃならなくなった」

わたしは船をじっと見つめた。水門はすでに閉じられ、水位がさがりはじめている。二十一フィートさがると、反対側が開き、船はヒューロン湖へ向かうことになる。

「第二次大戦のとき、このあたりは国じゅうでいちばん防御が固かった。爆弾が投下されるとしたらまずここがねらわれると、政府が考えたからだ。鉄の供給がとまれば、戦車を製造できなくなるからな。だから、国の真ん中の何もないところに、空軍基地がふたつもできた」

「どうしてそんな話をする」

「ほかの話を思いつかないからだ」

しばしの沈黙が流れた。水が減り、船がさがっていくのを、わたしたちは見守った。

「これで少しは気楽になったろう」アトリーが言った。

「どうして」

「きみはローズのしわざだと思っていた。やつが刑務所にいるとだれに言われても、信じようとしなかった。そのせいでまいっていた」

「でも、実は得体の知れない男のしわざだった。そしてそいつは人生のすべてを賭けて、おれを付けまわし、見張り、過去をほじくり返した。おれの過去になろうとした。わけがわからない。むちゃくちゃだ」

「たしかにむちゃくちゃだ」

「そいつはローズと接触していたらしい。ということは手紙だろう。囚人に電話をかけることはありえない」

アトリーは一考した。「会いにいったのかもしれない」

「そうだな。しかし、どちらにせよ、記録が残っているはずだ。刑務所では手紙の内容をチェックするんだろう？」

「そのとおりだ。きっとアレン刑事が調べるだろう。あるいは、メイヴンが頭を冷やしたら、自分でたしかめるかもしれない。アレンはくわしく話してくれなかったが、きみとメイヴンは抱きあって和解したわけじゃないようだな」

「もう一度ブラウニングに電話したらどうなるだろうか」

「あの看守にか？　またことわられて、きみが癇癪を起こすのが落ちだ。そもそも、なぜ電話なんかしたいんだ。何が知りたい。アレックス、終わったんだよ。やつは死んだ」

「まだすっきりしない」

「きみには時間が必要だ。休みをとるといい。二、三日、あたたかいところへ行ってきたらどうだ」

貨物船はすでに反対側の水門から出ていた。こちらから船尾が見える。アラビア文字の横に、アルファベットで〝カイロ〟と書かれている。

「きみの言ったとおりだ。あれはエジプトの旗だった。さあ、いっしょに帰ろう」

わたしたちはアトリーのBMWで出発した。わたしは窓の外の松林を見つめた。松、松、松。うんざりしてきた。道中ひと言もことばを交わすことなく、車はわたしのロッジに着いた。あれだけのことがあったあとでふたたびこの風景を見るのは、奇妙に感じられた。

同じ場所。林のなかの小さなロッジ。しかし、何もかも以前とはちがう。

「しばらくいっしょにいようか?」アトリーがきいた。「掃除を手伝ってもいいんだが」

「いや、いい。しばらくひとりになりたいんだ」

「そうか。用があったら電話してくれ」

「わかった」わたしは車からおりた。

「なあ、アレックス」

わたしは車のなかをのぞきこんだ。

「終わったんだ」アトリーは言った。「ほんとうに終わったんだよ」

「わかってる」

わたしは車が走り去るのを見守ったあと、向きなおった。目の前に自分のトラックがある。ボンネットが半開きのままで、シートにガラスの破片が散らばっている。シルヴィアの車があったところには、草にタイヤの跡が残るだけだ。

そして、死体が倒れていた場所。積み薪の向こうの、林のなかだ。もちろん何も残っていないはずだが、やつを殺したところを見る気にはなれなかった。

くつろいだ気持ちになれるかといぶかりながら、わたしはロッジに足を踏み入れた。デトロイトの警察官だったころのことを思いだした。どんなに正当な理由があっても、人を殺したときは、いつかつけがまわってくるという話を聞いたことがある。一時間後か、一日後か、一週間後かはわからないが、ほかの人間を殺したという事実が、突然身に襲いかかってくるのだという。わたしはその瞬間が来るのを待った。しかし何も感じなかった。受話器をとった。音がしない。電話線を切られたことを忘れていた。電話をかけるには〈グラスゴー〉まで行くしかない。だが、そのためには、トラックのガラスを取り払わなくてはならない。あるいは、歩いていくか。どちらも気乗りがしなかった。眠りたい。まず、少しだけでも眠らせてほしい。できることなら。もしふたたび眠りにつくことができるのなら。

睡眠薬を飲みたい。もう一度だけ。これだけのことがあったあとだから、飲んだとしてだれが咎めるものか。

でも、薬なしでも眠れるかもしれない。やってみよう。

わたしはベッドに横たわった。頭を枕に載せ、粗木の天井を見あげた。しばらくすると、意識がなくなった。

三時間ほどして、夢のない眠りから覚めた。眠りを超え、全身の機能が一時的にとまっていたのではないかと思った。もう夕方に近い。これほど空腹感を覚えたことは、いまだかつてない。

ほうきを持って外へ出て、トラックからガラスの破片をほとんど掃きだし、窓枠に残ったわずかな断片も払い落とした。それから発進させようとした。動かなかった。

わたしはボンネットをあげて、配線を確認した。立っているだけで、すべてがよみがえってくる。あとどれだけ生きられるかと思いながら、コードをつないでいたときのことが。あわてていたので、二本のコードが混線している。それをつなぎなおし、もう一度エンジンをかけた。今度は反応があった。

トラックをそのままにし、携帯電話をさがして近くを歩きまわった。やつが林のなかに捨てたのかもしれない。わたしはやつが倒れたあたりで立ちどまり、地面を見おろした。松葉が散り、松かさがいくつか落ちている。ひざまずいて血痕をさがそうかと思ったが、結局やめ、そこに立ったまま、ゆうべのことを思い返した。やつはこちらの銃が本物だと思っていなかった。それでも撃ったのは卑怯なことだろうか。林へ向けて威嚇射撃をすべきだったのか。だが、そんなことをして意味があったかどうか。やつは銃を捨てただろうか。そして、わたしはこのことを一生考えつづけることになるのか。

公判は開かれないだろうから、法廷で説明を聞く機会はない。自分が選ばれた理由は永遠にわからない。
三、四カ月前。すべてはそのころはじまったらしい。わたしが何をしたというのか。やつはなぜわたしに夢中になったのか。
ふたたびトラックに乗りこんだ瞬間、ガラスの細い破片が指に刺さるのを感じた。抜きとると、うっすらと血がにじんだ。血ほど赤く単純なものはない。わたしはこれを、一生涯で目にするにはじゅうぶんすぎるほど見てきた。

わたしは〈グラスゴー〉でステーキを注文した。これまで見たこともないような大きさのやつを、ミディアムレアで。それに、グリルド・オニオンと、マッシュルームと、氷のように冷たいカナダのビールを四本。ジャッキーは素早い微笑を投げかけてきた。息を吹き返しつつあるのを知っているのだろう。まだ本調子ではないにせよ、あとは時間の問題だと思っているのだろう。わたしはジャッキーに電話を借り、電話会社の番号を押したが、その瞬間、閉業時刻をとっくに過ぎていることに気づいた。電話線の工事は、あす依頼しよう。ガラス屋に頼んで、トラックのガラスを直してもらうのも、あすでいい。

わたしはビール瓶を何回か軽く叩いたあと、もう一度電話を手にとった。三つ目の呼びだし音で、相手が出た。

「シルヴィア」わたしは言った。「だいじょうぶかと思って電話した」

「どうしてだいじょうぶじゃないの？　だいじょうぶよ。ぴんぴんしてるわ」

声が変だ。「酔ってるのか」

「酔ってるなんてものじゃないわ。世界の片隅で、こんなばかでかいぼろ屋敷にひとりでいたら、当然でしょう」

「行ったほうがいいか」

「どうして来たほうがいいの」

「きみひとりじゃまずいからだ」

「どうしてひとりじゃまずいの」

「まずいものはまずい。ところでシルヴィア、きみはゆうべわざわざおれのロッジまで来た。なぜだ」

「あら、いい質問ね。どうして出かけたかなんて、わからない。だけど、最高だったわ。人生のわかれ道になったすてきな夜。夫を殺した男に会ったんだもの。いや、正確には会ったとはいえないわね。頭の半分を吹っ飛ばされて、地面に転がってるところを見ただけだから」

「きみはひとりになりたくなかった。だからロッジまで来たんだろう？　かまわないさ。それまでに起こったことを考えれば、だれにも責められない」

「いいえ、アレックス。責められるわ。だって、よくわからないけど、考えてみると――ねえ、ボトルはどこ？」

「いまから行くよ」

「本気？」そこで突然、声がはっきりした。「来たら殺す。あなたを殺すか、自殺するか。両方かもしれない。いまならできるわ。人殺しをふたりも見たんだもの」

「わかったよ、シルヴィア。落ち着け」

「知ったふうな口をきかないで。ほっといてよ。わかった？　ほっといてったら」

何と答えていいかわからなかった。目を閉じて、シルヴィアの息差しを聞き澄ました。

「あたしたち、何をしたの、アレックス？」ようやくシルヴィアの声がした。感情がまったくこもっていない。「何をしたの？」

答える前に、電話が切れた。わたしは手に電話機を持ったまま、しばし呆然としていた。それから、ジャッキーにビールをもう一本持ってこさせた。

二時間後、わたしはロッジへもどった。あたりは真っ暗だ。まずロッジのまわりを二周歩いた。だれも見張っていない、だれも自分を殺そうとしていないとは、なかなか信じられなかった。

銃は？　銃はない。警察署に残してきた。しかし、かまわない。もう必要ないじゃないか。

ロッジにはいり、電話帳を見た。レイモンド・ジュリアスという名をさがした。載っていなかった。

三、四カ月前。三、四カ月前に何があったのか。

きょうはもう何も考えるな、アレックス。ゆっくり休め。あすは薪を割って、掃除をする。そして、食料を手に入れる。人間にもどらなければならない。

わたしは眠った。二時間か、三時間か。それから、ベッドの上で身を起こし、明かりをつけた。十二時を過ぎたところだ。
三、四カ月前。
電話帳はまだ、台所のテーブルの上にある。わたしはページをめくり、リーアン・プルーデルという名を見つけた。住所はキンロス。スーよりやや南、空港の近くの小さな町だ。わたしは服を着てトラックに乗った。ガラスのない窓から吹きこむ冷たい風を身に受けながら、キンロスへと急いだ。もう遅い時間だが、プルーデルと話さなくてはならない。

　キンロスはパラダイスと同じくらい小さな町で、一本の大通りに数本の横道があるだけだ。プルーデルの家はすぐに見つかった。わたしのロッジよりほんの少し大きい程度の、羽目板張りの家だ。死んだ魚のにおいがかすかに漂っている。前庭の木で、吊されたタイヤが揺れている。

　わたしはドアをノックし、しばらく待ち、もう一度ノックした。ようやく玄関の明かりがつき、ドアから女が顔を出した。「はい？」

「ご主人はいらっしゃいますか」

「いま、いないわ。どなた？」

　わたしは一瞬考えた。「仕事を依頼したいんです。ご主人は私立探偵ですね」

「探偵だったわ。でも、廃業した」

「優秀な探偵だと聞いています。ほんとうにもう引き受けていただけないんですか。一日に五百ドルお払いするつもりですが」

それを聞いて、女はドアを大きくあけた。巨大な赤のバスローブに身を包んだ、巨大な女だ。あの晩〈グラスゴー〉へ来たのが、この女ではなくリーアンだったことに、わたしは心から感謝した。「今夜はI七五号線のトラックのサービスエリアにいるわ。そこのレストランで働いてるの」

「二八号線の出口のところですか」

「そう、そこ」

「ありがとうございます」

「いつも夜勤なのよ。探偵の仕事をしなくなってからずっと」

「そうですか」

「アレックス・マクナイトって男、知ってる？」

「さあ」

「そいつのせいで主人は仕事をやめさせられたの。そいつに会ったら、くそ食らえって言っといて」

「わかりました。こんな時間にお邪魔してすみませんでした」

「一日五百ドルだったら、いつだって歓迎よ」

「ありがとうございます。おやすみなさい」

わたしはその家を出て、ハイウェイへもどった。トラックのサービスエリアはI七五号線を北へ数マイル行ったところにあり、ひと晩じゅう明かりがついているのが通りからも見える。百台からのトラックが集まり、給油などをするあいだに、運転手たちはアップルパイやコーヒーを手にひと息つく。

プルーデルは大きな白のエプロンで太鼓腹をおおい、テーブルの後片づけをしていた。わたしの姿を見ると、割れるような音を立てて皿の山を置いた。

「だれかと思ったら」プルーデルは言った。「また仕事を取りあげにきたのか」

「プルーデル、すわれ」

「エプロンを脱いで、おまえにくれてやる。必需品だ」カウンターに運転手がふたりと担当のウェイトレスがいて、ボックス席にもひとりいる。みなこちらに目を向けている。

「いいから、すわれ」

「テーブルの上を片づけるだけでいい。あとは、一時間に一回、トイレの掃除だ。おまえならできる」

「プルーデル」わたしはどうにか自制した。懸命だった。「だまってすわらなきゃ、痛い目にあうことになる。わかったな？　この場で張り倒してやる」

「マクナイト、いますぐ出ていかないと――」

わたしはプルーデルの左手をつかみ、思いきり手首の裏側へ反らせた。パトカーの後ろに乗りこもうとしない連中をしたがわせるとき、よくこの手を使ったものだ。腕を後ろ手に締めあげるほど見映えはしないものの、効果は同じだけある。プルーデルは小さな悲鳴をあげて、ボックス席にすわりこんだ。一同がこちらを見守っているが、口出しするふうでもない。

「何が気に入らないんだ。おれの手首をへし折るつもりか」

わたしはプルーデルの横に腰をおろした。ひどく窮屈だ。「耳を立ててよく聞け。あんたがはじめて〈グラスゴー〉に来て、わたしに難癖をつけた夜のことを覚えてるか。酔っぱらっていたのはわかるが、あのとき言ったことを思いだしてくれ」

「何を言ってる」

「あのときあんたは、わたしのせいで仕事をくびになっただの、家族の面倒を見なきゃならないだのとぼやいた。子供たちをディズニー・ワールドへ連れてってやれないとか、女房に新車を買ってやれないとか、泣き言を並べた。そのつぎに、もうひとつ別のことを言ったはずだ。たしか、あんたの手伝いをしていた男の話だ。何か大事な仕事があって、その男に手伝いをさせていたのに、わたしが台なしにしたとかなんとか。覚えてるか」

「ああ、覚えてるさ。全部そのとおりだ。おまえはおおぜいの人間を不幸せにした。おれだけじゃねえ」

わたしがプルーデルのかわりに仕事についたのは三カ月あまり前だ。それ以来、プルーデルはずっと恨みをつのらせつづけ、最近になってわたしの前に出る度胸をつけたわけだ。

「いいだろう」わたしは言った。「なんとでも言ってくれ。わたしはあんたたちの人生をぶち壊した。ところで、その男の名前を教えてくれないか」

「おれの手伝いをしてた男か？」

「そうだ。名前を教えてくれ」

「ジュリアスだ」プルーデルは言った。「レイモンド・ジュリアス」

18

長い沈黙が流れ、沈んでいった。プルーデルはわたしの脇腹を肘で小突いたが、それでボックス席から脱出できたわけではなく、わたしをよけいに苛立たせるばかりだった。

「もういっぺんやったら、首を叩き折ってやる」

「厚かましすぎるぞ、マクナイト。ここから出してくれ」

「やつはどこに住んでる」

「知らねえよ」

「知らないはずがない。あんたのために働いてたんだろう」

「一度だけ家へ行ったことがある。ずいぶん前だ。まだおまえが――」

「わかった、わかった。あんたらふたりの人生をぶち壊す前だろう。その話はもういい。家へ行ったのに、どうして場所を知らないんだ。目隠しでもされてたのか」

「スーの市内だった。西側のどこかだ。はっきり覚えてねえんだよ」

「その後、やつと話したのか」

「いや、話してない」

わたしは思案をめぐらせた。しばらくしてボックス席から出て、プルーデルに言った。

「さあ、行くぞ」

「なんだと？　おれはどこへも行かねえよ」

「行くんだ。いっしょにその家をさがす」

「ばか言うな。勤務時間中だ」

「店長のところへ行って、休みをもらってこい。家族が病気だと言って」

プルーデルは立ちあがって、白いエプロンの乱れを直し、皿を手に持った。「ひとりで勝手に行きゃいい」

プルーデルがテーブルの上を片づけているあいだ、わたしは心のなかで十まで数えた。

「プルーデル、あんたにはふたつの道がある。ひとつは、店じゅうの壁に叩きつけられて、仕上げに窓からほうりだされること。わたしは逮捕されるだろうが、いっこうにかまわない。もうひとつは、いっしょにジュリアスの家をさがすこと。そうすれば、報酬として五百ドルやる」

プルーデルはわたしを見あげた。「そんな言い草を信じると思うのか。おまえがおれに報酬を払うなんて」

「あんたは私立探偵じゃないか。これは仕事の依頼だ」

「私立探偵だったのはむかしだ。いまはレストランの下働きだよ」

「どっちを選ぶんだ、プルーデル」

「どうかしてるんじゃねえか。まったく腹黒い野郎だ」

「どっちだ」

プルーデルは皿をテーブルに投げつけると、自在戸をつぎつぎ押しあけて、厨房へ向かった。警察に通報するのか、大きなナイフを持ってくるのか、裏口から抜けだすのか。やがて、エプロンのひもをほどきながら、勢いよくドアをあけてもどってきた。店長と思われる小男が、いぶかしげな顔で追ってきた。

わたしたちはひと言も交わさずに駐車場まで歩いた。プルーデルはトラックの窓がないことに不満げで、とりわけ、助手席に腰かけて、残っていたガラスの破片を尻で踏みつけたときは、露骨にいやな顔をした。

わたしはトラックを発進させ、駐車場から出た。「さっきの話にもどる。レイモンド・ジュリアスのことを教えてくれ」

「くそっ、凍えそうだ」外の温度は氷点下に近い。時速六十マイルで走る、助手席の窓がないトラックに乗ったときの体感温度がどのくらいかは、想像もつかない。しかもこの男はコートを着ていない。

「レイモンド」わたしはゆっくりと言った。「ジュリアス」

「何を話せって？　妙ちきりんな野郎だったよ。州軍に入れこんで、政府を毛嫌いしてた」

「州軍に所属してたのか」

「いや。はいろうとして、うまくいかなかったらしい。あいつはむしろ、軍隊より警察に興味があるみたいだったよ。愛国者とかなんとかいうのともちがった」

「銃は持ってたか」

「ああ。持ってたさ。許可証はなかったけど、たしかに持ってた」

「九ミリ口径の拳銃は？」

「わからん。けど、あったとしてもおかしくない」

「サイレンサーを手に入れることはできたか」

「できたはずだ。なぜそんなことをきく」

「どっちへ行けばいい。スリー・マイル・ロードか？　さっき町の西側と言ったな。もっとくわしく教えてくれ」

「知らねえよ。あのへんを出た覚えがある。あいつの車が壊れたとき、迎えにいって乗せてやったんだよ」

「車というのは？　マフラーのないおんぼろか」

「ああ、たしかそうだった」

わたしたちはハイウェイを出て、西へ向かった。「さあ、どっちだ」

「言ったろう？　覚えてないんだって」プルーデルは指で髪をすきながら通りに目をやった。「工業団地のそばだった気がする」

「どういういきさつで雇ったんだ」

「職業別電話帳に広告を出しておいたら、あいつが電話をかけてきて、仕事を手伝わせてくれって言ったんだ。ことわったけど、何度も何度も電話してきた。毎日だ。使い走りでも電話番でも、なんでもやるって。どうしても私立探偵になりたい、ただ働きでもいいって」

「なに、やつは私立探偵になろうとしてたのか」

「本人はそのつもりだったようだな。おれはそのへんの仕組みを説明してやった。州の発行する免許と、銃の許可証が必要だって。やつはそれを聞いて向かっ腹を立ててたよ。さっきも言ったけど、政府を毛嫌いしてたからな。あいつの場合は、探偵になるための唯一の障害はミシガン州当局だった」

「で、あんたは雇ったわけだ」

「泣きついてきたんだ。生きるか死ぬかの問題だと言って。だからある日あいつを呼んで、昼めしを作らせたり、トイレに行ってるあいだの見張りをさせたりした。そのころおれは水難救助員たちを見張って、どうでもいいことをあれこれ書きつけてた。それを見たら、どんなに退屈な仕事かがわかって、やめるって言いだすと思ったんだ」

「ドラモンド島の保養地の件だな」

「そうだ。あそこで三日つづけて救助員の監視をして、くわしい報告書を書いたんだ。アトリーのためによかれと思ってやったことだ。でも、お気に召さなかったようだな」

わたしはプルーデルを見つめた。プルーデルは夜の冷たい闇をながめている。風で赤毛が逆立ち、四方八方に揺れている。

「ジュリアスは死んだ」わたしは言った。

プルーデルは何も言わなかった。外を見たままだった。

「聞こえたのか。やつは死んだよ」

「そうじゃないかと思った」プルーデルは一瞬わたしを見たあと、ダッシュボードに目をやった。「おまえの話しぶりを聞いて、そう思ったよ」

「やつは何カ月もわたしを付けまわしていた。エドウィン・フルトンを含めて、三人を殺した。わたしも殺されそうになった」

プルーデルはだまってうなずいた。

「驚かないのか」

プルーデルは肩をすくめた。「そこまでやるとは予想しなかったがな。だけど……まあ、だれにも予想できるわけないさ。ときどき、あいつは異様な目つきをしてた。なんでこんなやつを雇っちまったんだと思ったよ」

「やつを殺したのはわたしだ」

プルーデルはわたしに顔を向けた。無言だった。

「ほかにどうしようもなかった」

プルーデルはうなずいた。

トラックは十四丁目通りへ出た。「ここを曲がるのか」

「たぶんそうだ。こっちへ行ったと思う。ここから、どの通りかとさがしながら走った覚えがある」

走っていくと、交差点が見えた。十四丁目通りをこのまま北へ走りつづけるか、八番街を東へ向かうか。「どっちだ」

「いま考えてる」わたしはトラックをとめた。頭上に灯る信号以外、何もない。不気味な静寂があたりを支配し、ガラスのない窓から風が吹きこむ音だけが聞こえる。「まっすぐだ」ようやくプルーデルが言った。「この先だと思う」

わたしたちは小さな煉瓦造りの家屋がひしめく一角を過ぎた。どの建物も五十年以上の歴史を持っている。このあたりはスーで最も古い居住地区のひとつで、カジノと旅行者の町になるよりはるか前、ハイウェイをはさんだ向こうに空軍基地があったころにできたものだ。十四丁目通りをまっすぐ進み、七丁目通り、六丁目通りとやり過ごしたあと、道は行きどまりになった。「思いだしたぞ」プルーデルは言った。「あのときも、行きどまりになったんで、引き返した。六丁目通りへもどってくれ」

わたしはそれにしたがった。道の名前のわかりにくさで、頭が混乱してきた。ここはニューヨークとちがって、〝丁目通り《ストリート》〟と〝番街《アヴェニュー》〟が規則正しく交差しているわけではない。プルーデルは言った。「よし、十三丁目通りにはいって、突きあたりまで行ってくれ」五丁目通りを過ぎ、四丁目通りに突きあたった。「これを左だ」

「同じところをまわってるだけのような気がする」

「案内役がいらないなら、勝手にしろ」

四丁目通りを西へ進むと、家がだんだん小さくなっていった。たいていの家は、窓や戸にビニールのシートが張られている。これほどきびしい気候のなか、湾から一マイルも離れていないことを考えると、立っているのさえ不思議な家もある。

「だんだん思いだしてきたぞ」プルーデルは言った。カーブを曲がると、オーク通りという標識が見えた。「木の名前だ。木の名前のついた通りがいくつかあるはずだ。あいつの家はそのなかのどれかだった」

トラックはアッシュ通りからウォルナット通り、チェストナット通りへと抜けていった。プルーデルはガラスのない窓から外を見つめ、つぎにわたしのいる側に目を移した。「もうすぐだ。この近くなのはまちがいない」

「もう全部の通りを見たぞ」プルーデルが思いのほか協力的になってきたのはわかったが、それでもわたしは忍耐の限界に達しつつあった。

「まだ全部じゃない。その家を見たら、おれにはすぐにわかる。とんでもない羽目板がついてたんだ。目に焼きついてるよ。皮膚病にかかった犬みたいな羽目板だった。全部毛が抜けちまったようなやつだ。ひどいあばら屋だった。借家だって言ってたよ。何もかもぶっ壊れてるって、家主のことを愚痴ってた。冬になると、水道管が毎晩凍りつくらしい。機会があったら、家主に焼きを入れてやると言ってたよ。すごい剣幕で」

「実行はしなかったんだな」

「たぶんな。家主と話をするのさえこわがったと思う」

プルーデルが通りに目を配っているあいだ、わたしは考えつづけた。この近所には一度も来たことがない。スーはおおむね友好的な町と言えるが、見知らぬトラックが家の前をうろついたら、激昂する人間もいるかもしれない。そして、言うまでもなく、銃を持っている家は多い。鹿撃ち用の、照準器がついた強力なライフルやショットガンだ。

「どこまで行くんだ」わたしはきいた。

「ちょっと待て。いま思いだしたんだが、最初に来たときも、なかなかその通りに出られなかったんだ。引き返してみて、やっと見つかった。たしかそれも木の名前だったよ」

わたしはトラックをUターンさせ、チェストナット通りを逆もどりした。それから右折してアッシュ通りにはいり、ウォルナット通りへと進んだ。プルーデルは言った。「今度は、ずっとまっすぐ行ってくれ」

「行きどまりになるだけじゃないか」

「いや、突きあたりにもう一本あるはずだ」

そのとおりだった。突きあたる直前までわからなかったが、ヒッコリー通りという横道が走っている。

それを左に曲がると、すぐにパトカーが目にはいった。わたしはハンドルをつかんだまま身をかがめ、強引に折り返した。「どこへ行く」プルーデルは言った。「家はすぐそこだぞ」

「家の前にパトカーがいる。見つかりたくないんだ」

「ほかのところへ行くふりをして、通り過ぎればいいじゃねえか」

「いや、向こうはこのトラックをさがしてるかもしれない。メイヴンならやりかねない」

わたしはウォルナット通りを家数軒ぶんもどったところでトラックをとめた。

「で、これからどうする」プルーデルがきいた。

いい質問だ。心の奥底で気づいているとおり、すべての質問に答えるには、とるべき道はひとつしかない。新聞の切り抜きであれ、日記であれ、メイヴンが自分から見せてくれることはありえない。見せるように仕向ける方法も思いつかない。だが、三つの殺人事件に決着をつけるための証拠は、事実上それだけだと言っていい。

「忍びこむ」

「冗談だろう」

「本気だ。はいらなければ、この件に一生悩まされることになる」

「検証中の建物に侵入するつもりか。証拠物件を毀損するつもりか。重罪だぞ」

「かまわない」

「玄関の前におまわりがいるぞ」

「わかってる」ディヴかもしれない。わたしの家の見張りをつづけていた巡査。また夜勤につかされた可能性はある。しかし、たしかめるには、パトカーの窓をノックして尋ねるしかない。ディヴはいるかい？ ちょっとだけ家のなかへ入れてくれないか？

「どうやってもぐりこむつもりだ」プルーデルは言った。

「前に来たとき、中まではいったのか」

「ああ。ほんの一瞬だがな」

「裏口はあったか」

プルーデルは長々とわたしを見つめた。「あったと思う」

「よし」

「ほんとに忍びこむ気なんだな」

「そうだ」

「なら、おれも行く」

「ばか言うな」

「おまえが忍びこんでるってときに、トラックのなかでくすぶってるつもりはない。どのみち、もう従犯なんだ。いっしょに行くほうがましだ」

「どうしてわたしに手を貸す。憎んでるんじゃないのか」

「だれが手を貸すと言った？　おまえが何をするか、見たいだけだよ。お手並み拝見ってところだ」

「ここで待ってるほうがいい」

「レストランにいたとき、おまえはおれにふたつの道があると言った。覚えてるな。今度は、おれが言う番だ。おまえにはふたつの道がある。いっしょに出るか、おれがあのおまわりを叩き起こすか」

いっしょに出た。わたしたちはトラックをその場に残し、木立を抜けて家の裏手へまわった。トラックから、作業用の手袋と、やむをえない場合にだけ使うつもりの懐中電灯と、解錠用の道具一式を持ちだした。探偵の免許を取得した週に取りそろえたものだが、実際に使うことになるとは思ってもいなかった。わかっていれば、練習しておいたのに。

木立から裏口までは三十フィートぐらいだろう。闇は濃く、だれに見られることもなさそうだ。両隣の家には人気《ひとけ》がない。わたしたちは身をかがめて裏口まで進み、地面にひざまずいた。わたしは懐中電灯を一瞬つけ、状況を見てとった。ゴミの缶がふたつと、古びた芝刈り機がある。羽目板はプルーデルの言ったとおり、毛の抜けた犬のように、粗く毛羽立っている。ドアには封印用のテープが貼ってある。

「このテープを破いてくれるなよ」プルーデルがささやいた。

「必要なら破く」

「待て、ちょっとだけ明かりをつけろ」わたしがつけると、プルーデルは立ちあがり、テープの上に手を滑らせて、端をさぐりあてた。そこを引っ張ると、テープは簡単にとれた。

「ひどい手抜きだよ。羽目板からあっさりはずれちまった。ほんとなら、家全体に巻きつけなきゃならないのに」

「メイヴンに伝えておくよ」わたしは手袋をはずし、ポケットから解錠用のピックを取りだして、作業をはじめた。テンション・レンチで固定し、ピックを差しこんで幸運を祈った。あかない。タンブラーを一枚一枚さぐってみた。プルーデルが苛立たしげに体を動かすのが聞こえる。冷たい風が吹きつける。北極付近で発生し、湖の湿気を大量に拾ってきたと思われる風が、凍りついたヤマアラシのように顔を殴りつける。テンション・レンチがはずれ、一からやりなおさなくてはならなくなった。一枚。二枚。三枚。また失敗。ドアの上半分が窓になっているので、わたしは右手を手袋に突っこんで、殴りつける構えをした。

プルーデルがわたしの手を押さえた。「何をやってる。そいつをよこせ」プルーデルは道具をつかみとると、テンション・レンチを差し、ピックで三枚のタンブラーをいともたやすく動かした。「おまえ、どうして私立探偵なんかになったんだ」プルーデルはドアをあけながら言った。

まずわたしが中に踏みこんだ。プルーデルがつづき、腰を使ってそっとドアを閉めた。指紋を残したくないのだろう。いい考えだ。わたしは作業用手袋をはめなおした。

「手術用の手袋はないのか」

「聴診器といっしょに置いてきた」

「こんな手袋じゃ、分厚くて何もつかめねえ」

「いくら分厚くても、あんたがだまらなきゃ、その口に一発見舞える」

わたしは玄関わきの窓に近寄り、ブラインドの隙間から外を見た。パトカーはまだ路肩にとまっている。車内は暗い。わたしは懐中電灯をコートから取りだし、光が漏れないように手でおおいながら点灯した。

「赤のフィルターはないのか」

「プルーデル、いいかげんにだまらないと……」

「もう何も言わねえ。さっさと用をすませろ。なんてったって、おまえは円熟のプロフェッショナルだからな」

一瞬、懐中電灯で頭を殴りつけてやろうかと思った。落ち着け、アレックス。こいつの言うとおりだ。用をすませて、さっさとここから出ろ。

家は小さかった。家と呼べるかどうかさえ疑問だった。ひとつの部屋が台所と食堂と居間の兼用になっている。ベッドは部屋の残りと隔てられているが、仕切り板はいかにも安っぽく、天井に達してさえいない。バスルームも小さく、ひとりはいるのがやっとだろう。まぎれもないひとり者のにおいが充満している。洗濯していないシーツ、こげついた食べ物、たばこの煙。

台所のカウンターに雑誌が積みあげられ、実話雑誌がいちばん上に載っている――〝男はチアリーダーたちの手足を切断し、地下室に埋める〟。銃の専門誌と、安っぽいプロパガンダのパンフレットも見える――〝銃器の一掃のために、FBIが中国の軍隊と手を組む〟。政府を嫌う狂人の部屋にありそうなものばかりだ。

わたしは部屋を歩きまわり、銃器棚をのぞきこんだ。ほかがどうであれ、やつは銃の保管のしかただけは知っていた。ガラスの奥に、五、六挺のライフルが整然と並んでいる。銃の油のにおいがする。棚の横に置かれたガラスのケースに、拳銃が三挺見える。わたしのものと似た旧来のリボルバーと、三五七口径のマグナム銃と、もうひとつはよくわからない。四番目の拳銃があったと思われる空間があり、その横にサイレンサーが置かれている。ケースをあけたい気がしたが、自制した。無意味だ。サイレンサーがどの銃に合うかは考えるまでもない。

まだ警察の連中はいっさい手をふれていない。こういうときの手順は知っている。あす、担当の班が来るはずだ。山ほど写真を撮影して、ひとつひとつ取り除く。指紋を採取する。急ぐ必要はない。なにしろ被疑者は死んでいるのだ。三つの殺人事件はまもなく片づく。新人教育の一環として、若手の巡査に見学させることさえありうる。

レイモンド・ジュリアスがバスルームのドアから出てきそうな気がして、わたしは落ち着かなかった。プルーデルは両手をポケットに突っこんだまま、裏口の近くに立っている。

「何をさがしてるか、自分でわかってるのか」

「ああ」わたしは言った。あそこだ。部屋の向こう側の小さな机の上にある、あのタイプライター。

わたしは近くへ寄った。アレンの言ったとおり、恐ろしく古いアンダーウッド社製のものだ。その横にマニラフォルダーがふたつある。わたしは深く息をつき、ひとつを手にとった。手袋をしたままでは何もできなかったので、脱いで机に置き、フォルダーのなかを順々にさぐった。一九八四年七月付の新聞の切り抜きがいくつもある。《デトロイト・ニューズ》と《デトロイト・フリー・プレス》。見出しは記憶にあるものばかりだった。〝狂人が警察官ひとりを殺害、もうひとりは一命を取りとめる〟。〝ヤング市長が殉職警察官の葬儀に参列。犯人の精神鑑定を要求〟。〝警察官殺しの犯人、訴因すべてについて有罪〟。

わたしはそのフォルダーを閉じ、もうひとつを開いた。その瞬間、見覚えのあるタイプの文字が目にはいった。やつの日記だ。一ページにつき一項目書きこまれている。わたしは光の細いすじでページを照らし、死んだ男の秘密の記録を読みはじめた。

19

八月二日

アレックスマクナイト。その名を最初に記したい。書いているうちに怒りが百万ボルトの電流のように体を駆け抜ける。実物を見たことはないが夜に目を閉じると顔が浮かんでくる。あいつにちがいない。その顔もその名前も何もかも憎らしい。ここまでされると一日じゅうあいつのことを考えながらいずれ機会が来るときに備えて計画を練るほかない。少なくともいまはすることに事欠かない。今後のおれの人生の目的はアレックスマクナイトにまつわるあらゆることを知りその知識を使ってあいつを破滅させることだ。そのうちやあレイモンドジュリアスだと名乗るつもりだ。おれのことを知らないだろうがさんざん痛い目にあわせたんだからお返しすると言ってやる。

そのときのあいつの顔が目に浮かぶ。

八月十一日

アレックスマクナイトのことが前よりもよくわかった。あいつより優位に立てるのは爽快だ。手のひらの上に載せたような気がする。あとは手を閉じて握りつぶすだけでいい。あいつは一九五〇年デトロイト生まれ。むかし野球の選手でそのあとデトロイトの警察官になった。マクシミリアンローズという男に撃たれ相棒は死んだ。いまも体のなかに銃弾がひとつ残っている。少なくとも集めた新聞記事のなかで記者が書いていることによればそうだ。新聞には病院のベッドにいるあいつの写真が載っていた。マクシミリアンローズが法廷へ連れられていく写真も載っていた。おれのなかで妙なことが起こっている。夜に目を閉じてもアレックスマクナイトの姿が浮かばなくなったのだ。いまはマクシミリアンローズが見える。アレックスマクナイトのことばかり考えていたのになぜそんなことになったのかわからない。おれはあいつのロッジやほとんど毎日行くバーでずっと見張っていた。マクシミリアンローズの写真は一枚だけでしかも新聞の切り抜きだから画質がよくない。なのにどうして毎晩その顔が見えるのか。たぶんアレックスマクナイトを殺そうとした男だからだろう。たぶんいまのおれの守護神なのだろう。たぶんいずれおれに話しかけてきてそこにいる理由を説明してくれるのだろう。

八月二十二日

物を書くのは苦手だ。あまりにたくさんのことがあった。おれはマクシミリアンローズと接触した。いまではローズと呼んでいる。すばらしい響きだ。人生のなかではじめてすべてのことが意味を持った。心のなかの憎しみはローズがしてくれた話によって完全にくつがえされた。いまのおれには力があふれている。自分より大きなもののなかに組みこまれたからだ。ローズが目を見開かせてくれた。アレックスの秘密を教えてくれた。この上なく重要で特別なことだ。まだその意味は自分でもわからないけれどローズはいずれもっと教えると約束してくれた。つぎに接触する機会が待ち遠しい。ローズローズローズ。ローズはバラ。

```
         R
R    OSE  RO
OSE  ROSE  SE
ROSE ROSE ROSE
ROSEROSEROSE
  ROSE ROSE
   ROSEROSE
   ROSEROSE
       ROSE
         RO
         SE  E
         ROS
         RO
     R   SE
       OSE
         RO
         SE
         RO
         SE
```

九月十三日

毎日新たなものが見えてくる。蛇が脱皮するようにおれは古い自分の殻から抜けだしていく。その理由も大いなる全体図に組みこまれていく経過もよくわかる。外へ出て人を見ると顔つきをながめ話しぶりを聞くだけで善人か悪人か判断できる。どこへ行っても悪人だらけだ。アレックスがいる以上それは当然だとローズは言う。何か大きなことが起こる気がする。それが感じられる。まもなくローズがおれにとてつもなく大きな力を与えてくれるだろう。

十月九日

おれはローズだ。何度でも繰り返して言う。おれはローズだ。それがローズのくれた贈り物だ。ローズの魂が飛んできて天界からの鳩のように肩にとまっている。いまやおれはローズでローズはおれだ。おれにはすべてが見える。アレックスは選ばれし者だ。あえてそう断言する。選ばれし者になったのは三度撃たれたからだ。これは三位一体の神が体を通過したことを意味する。三発目の弾丸はいまも体内に残っている。そこに宿る魂がおれの魂と同じ波長で共鳴している。いますぐ実行しなければならない。最後のことばが書きつけられる前に実行すべき重要な仕事を。

読んでいるうちに、胃がむかついてきた。その瞬間、急に音が響き、我に返った。裏口にだれかがいる。プルーデルは目を見開き、床に伏せた。わたしはそこに凍りついたまま、ドアがあくのを、警察官がはいってきて懐中電灯でわたしの顔を照らすのを、待った。だが、ドアはあかなかった。

わたしは裏口まで這い歩き、窓の外を見た。大きなアライグマがいる。ゴミ缶をひっくり返したらしい。「あっちへ行け！　さあ！」

アライグマはじっとこちらを見つめている。

「出てけ、うすのろ野郎」わたしはドアを激しくあけて言った。

アライグマはようやくゴミから離れ、巨体を揺すって木立のなかへ消えていった。わたしはドアの横にしばし立ち、心拍数を二桁にもどそうとつとめた。

「いまの音、おまわりに聞こえたと思うか」プルーデルが言った。まだ床にうずくまっている。

「わからない」わたしは玄関わきの窓へと引き返し、ブラインドの隙間から外を見た。パトカーのなかは暗いままだ。「あいつが寝ているか難聴なのを祈るよ」

警察官がこちらへ向かってこないと確信し、わたしは日記の残りを読みはじめた。

十一月一日

すべてが動きはじめている。何もかもあまりに速く。おれは悪人をひとり排除した。そいつがアレックスと親しいエドウィンという男をそそのかしていたからだ。これだけカジノがあって魂を売りわたす人間が多いわけだから悪がはびこるのも不思議ではない。そいつを排除したときは爽快だった。ついに実体のあることをできたのだ。おれのしたことを見てくれたかどうか確認するためにアレックスに電話した。あいつはその目でしっかり見た。これからも見つづける兆候があるのでおれは喜びでいっぱいだ。おれの正体をいつ明かすかはまだ決めていない。

十一月三日

すべてがめまぐるしく動いているけれど心のなかはいたって平穏だ。またこの前の男をそそのかしていた悪人がいたので排除した。やつらはこの世の隅々から現われつづけるだろうがおれは心配していない。何をすべきかも何ができるかもわかっている。アレックスに読ませるために手紙をドアに貼りつけた。おれがローズであいつのためにここにいると書いておいた。これまでの約束はみな実現する。血があんなに赤いものとは知らなかった。口づけよりも赤くはるかに力強いものだ。

十一月六日

書く時間がほとんどない。すべてが正しい方向へ向かっている。アレックスは身のまわりのいたるところに壁をめぐらしているけれどそれも全部こちらの計画のうちだ。

あいつと親しいエドウィンという男はユダのようなやつだと判明した。排除しなくてはならなかった。今回はこれまでにもまして血の始末に注意する必要があった。もう一度アレックスに手紙を書いてやった。血はマイクロ波より強力だという新たな発見のことやエドウィンが湖の底にいて二度とおれたちの邪魔をしないことを説明した。アレックスのもとへ行くべきときがついに来た。最後の仕事のためにこれから眠って体力と勇気を蓄えなくてはならない。

十一月七日

ついに来た。興奮のあまりタイプがうまく打てない。アレックスのもとへ行ってドアをあけさせるべきときが来た。向こうは恐れているし苦痛さえ感じているにちがいないがそれに見合うだけのものがあるのもたしかだ。おれはすべての出来事を起こるべき形で起こせる。あいつの銃が本物でないことはわかっている。悪人を欺くためのまやかしの道具なのだから恐れる必要はない。ふたりでダンスを踊るように何もかも計画どおりに進む。おれはおれあいつはあいつの役割を演じるだけでいい。すべてが終われればおれたちは永遠にひとつになれる。

わたしは最後まで読み、フォルダーを閉じた。何か理解の助けになるものが見あたらないかと思った。麻薬、針、注射器。この完全な狂気に科学的な説明をつけられるものはないのか。何もなかった。

「さあ、出よう」わたしは言った。

「全部もとの場所にもどしたか、確認しろよ」

「もとどおりだ」

「ちがう、正確にだ。ふたつのフォルダーはぴったり重なってたはずだろ」

「どうでもいい」

「写真を撮られてるんだよ。上のフォルダーがちょっとでもずれたら、連中は感づく」

「いいから出ろ。行くんだ」ここにいたことを知られてもかまわなかった。いまこの瞬間、ドアがあいて手錠をかけられるかもしれないが、この場から連れだしてもらえるなら、それも悪くない。

わたしは裏口からプルーデルを押しだした。プルーデルが封印用のテープを注意深く貼りつけているあいだ、わたしはその場で夜の冷気を深く吸いこんだ。「行くぞ。どうでもいいと言ったじゃないか」

「ばか言うな、マクナイト」プルーデルが完全にもとの状態にもどすのを待ったあと、わたしたちはようやくそこを離れ、木立を抜けてトラックのもとへ帰った。

わたしはエンジンをかけて発進し、木の名前のついた通りから数字のついた通りへと順繰りにもどって、ハイウェイに達した。長いあいだ、ふたりとも何も言わなかった。窓から風の吹きこむ音だけが耳に響いた。寒さが身に応えるが、むしろ応えてほしかった。何か実体のあるもの、理解できるものを感じていたかった。

「なんと書いてあった」ようやくプルーデルがきいた。

わたしは何と言うべきか、しばし考えた。どうにも答えようがなかったので、ただかぶりを振った。プルーデルは無理強いしなかった。

レストランに着くと、プルーデルはトラックから出て、自分の車へと向かった。

「おい」わたしは言った。「仕事にもどらないのか」

「仕事をほうりだしたのは今夜が三度目だ」

「またわたしのせいでくびだと言いたいのか」

「今度のやつはどうでもいいんだ」

「少なくとも、五百ドルは払わせてくれ」

「忘れちまえ。おまえの金なんかほしくない」

「なんにしても、協力に感謝するよ」

プルーデルはトラックの窓に近寄った。「なんにしても、この前おまえに乱暴したことは謝る」

「〈グラスゴー〉でのことか？　あんたが二十回腕を振りまわしたあと、こっちが一発食らわせた夜のことか？」

「ああ、一発だ。それだけでおれはのびちまった。でも、それじゃなくて、鍵束を顔にぶつけたことだ。何日か痛い思いをしたろうよ」

わたしは笑った。笑えることに自分でも驚いた。「そうだな。あれは効いた」

「自業自得だ。もう二度とおれの前に姿を見せるなよ」プルーデルはきびすを返した。その顔に微笑が浮かびかけたように見えた。


わたしはプルーデルを駐車場に残して夜の闇へと引き返し、I七五号線へ出て家路についた。二八号線から一二三号線を経て、パラダイスへ。ここ数日間、スーとのあいだを毎日往復したので、タイヤの跡がついていることだろう。さて、これで終わりなのか。もとの生活に帰れるのか。心の病に冒された落伍者がわたしに付きまとい、十四年前にわたしを撃った狂人と接触し、その狂人になったと思いこみ、エドウィンを含めた三人の男を殺し、わたしを殺そうとし、逆にわたしに殺された。何もかも忘れて、薪割りとロッジの掃除にもどれるのか。

わたしはトラックを駆った。闇は濃い。松林のにおいが窓からはいりこむ。車が一台向かってくる。まぶしいライトで目がくらむ。車が通過する。

どうやってローズと接触したのか。どうやって接触したかは、何も書かれていなかった。カジノの看板が見えた。エドウィンの生きている姿が最後に目撃された場所。はいってみてもいいかもしれない。ブラックジャックをする。一杯飲む。ひっそりしたロッジになど帰る気がしない。寝転がって天井を見つめるなんて。

もう恐れる必要はない。ローズは刑務所から永遠に出てこない。そしてもうひとりの男は、わたし自身をも狂気に追いこみかけた男は、この世から消えた。わたしが四発ぶちこんだ。胸、胸、頭、胸。恐怖は永遠に去った。

〈グラスゴー〉の明かりが見えたので、立ち寄りたい気がしたが、走りつづけた。林道にはいって速度を落とし、家で眠ろうと思った。

だが走りつづけた。

彼女をひとりにしておけない。電話では、ひどく取り乱していた。これだけのことがあったあとで、あの家にひとりにしておくことはできない。

少なくとも、心の声はそう言っている。

わたしは岬へとトラックを走らせ、側道を西へ向かった。ミセス・フルトンの夢のことを思いだした。ライトをつけずに木々のあいだを抜ける車。家の外にとまっていた車。それを夢で見たという。そして、血。妄想だとは思わない。いまとなっては、どんなことも信じられる。

フルトン邸の私道にはいらないうちから、光が漏れているのがわかった。家じゅうの明かりがついている。庭は野球ができるほど明るい。トラックをとめると、岸辺から湖水までの全景が見わたせた。岸から一マイルのところに浮かぶ貨物船では、船員が双眼鏡でこちらを見ながら、いつできた灯台かといぶかっていることだろう。

トラックのエンジンを切ると、音楽が聞こえてきた。玄関のドアをあけた瞬間、耳をつんざくような音がした。オペラのたぐいらしく、イタリア語のソプラノが甲高く響いている。

シルヴィアの姿はどこにもない。

その音は書斎のステレオからだとわかった。スピーカーは冷蔵庫ほどの大きさだ。近づくのはつらかったが、なんとしても音を消したかった。一万ドル級のステレオで、ジェット機より多くのボタンがついていたが、ようやく主電源のボタンを見つけて切った。急に静寂が訪れるなか、わたしは首を振り、シルヴィアの居場所を考えた。その瞬間、最悪の場合のことが思い浮かんだ。浴室のカーテン掛けから首を吊っているか、睡眠薬の瓶をつかんだままベッドに倒れているか。しかし、ほどなく、階段をおりてくる足音が聞こえた。

「だれが音楽を消したの？」

「オペラが好きとは知らなかったよ」

酒のボトルを手にしたシルヴィアが、戸口に現われた。髪はもつれ、目は赤く腫れている。泣いていたからか、飲んでいたからか、あるいは別の理由か。異様だった。「ここで何してるのよ」

「きみのことが心配だった」

「来ないでって言ったでしょう」

「でも、来た」

「お節介ね」

「どれだけ飲んだ」

「あたしの勝手でしょう」

わたしはシルヴィアに近寄り、ボトルを奪いとった。シャンパンだ。「祝杯でもあげてるのか」

「あなたが帰ったら、すぐにあげるわ」

「どうしてうちに来たんだ」

シルヴィアは何も言わなかった。

「こわかったのか？　さびしかったのか？　なぜだ」

シルヴィアはわたしの目を見た。「あたしがどれほどあなたを憎んでるかわかる？」

「わからないな。教えてくれ」

顔に平手が飛んだ。ミセス・フルトンのときより少しだけ強く。シルヴィアがもう一度手を振りあげたとき、わたしはその腕をつかんだ。

「離してよ」

わたしはシルヴィアを見つめた。彼女が目の前に迫り、香水のにおいも体のぬくもりも感じとれる。

「離してって言ったでしょう」シルヴィアは言った。

わたしは離さなかった。

20

わたしは目をあけた。天窓を通して、重く垂れこめた雲と、ひとひら、またひとひらの雪が見える。左の枕の上で、シルヴィアの顔がわたしのいない側へ向けられた。起きているのだろうか。

わたしはベッドから起きだした。シルヴィアを見たが、まったく動かない。ズボンを履きはじめると、声がした。「帰るのね」質問する口調ではない。

「また来る」わたしは言った。

シルヴィアがこちらに顔を向けた。毛布で首までしっかりおおっている。

「ほんとうだ。また来る」

シルヴィアは答えなかった。

「雪が降りだしたらしい」

シルヴィアは天窓を見あげた。

「だいじょうぶか」説得力に欠けることばだが、ほかに言いようがなかった。

「だいじょうぶじゃないわ」

「シャンパンの飲みすぎだよ」わたしはそう言ってシャツを着た。それから部屋を見まわし、靴と靴下をさがした。

シルヴィアは毛布で全身をくるんだまま、身を起こした。「ほかに言うことはないの？　それとも、また逃げるつもり？」

わたしはベッドに腰をおろした。「どういうことだ、またって。おれがいつ逃げた」

「いつもよ。毎回」

「エドウィンが帰ってきそうだったからだ」

「きょうは帰ってこないわ」その瞬間、あの目にもどった。燃えあがる炎。

「行かなきゃならない」

「あたしが引きとめると思ってるの？」

「いや。何も思ってない」

わたしは苦痛のときを覚悟した。冷たい沈黙か、さらなる毒舌か、手荒なふるまいか。だが、シルヴィアは両手に目を落として言った。「あたしがエドウィンと結婚したのは、お金のためだと思う？」

なんと答えるべきかわからなかった。

「たぶんそう思ってるでしょうね。あたしたちがどんなふうに出会ったか、あなたに話したことあった？」

「いや、ない」

「あたし、サウスフィールドで花屋をやってたの。自分で開いた店よ。あたしでもやれるってことを、みんなに見せたかったんだと思う。家族とか、みんなによ。どれほどきつい仕事か、自分でもわからなかったけど、とにかくなんとかやれたわ。問題もなく。ある日、エドウィン・フルトンが店にやってきたの。五千ドルはしそうなスーツを身につけて。極上の革靴もね。一分《いちぶ》の隙もなかった。だからあたし、すぐに思った。この男は調子のいいことを言って、どれほど金持ちか見せつけようとするだろうってね。そうしたら、カウンターへ来て、ボタンホールに差すのはどの花がいいかってきくのよ。色彩感覚がぜんぜんないから、どれがネクタイに合うか見当もつかないんだって。そのとき、店に中米産のバラがあったの。ものすごくきれいで、ものすごく高いやつよ。あたし、たぶんこれがいいでしょうって言った。あの人、なんて答えたと思う？」

「さあ」

「いや、これは高すぎるようだって。これじゃきざったらしく見えるって。それで、かわりに大きな赤のカーネーションを買っていったわ。七十五セントのやつ」

わたしは微笑んだ。

「つぎの日、また来て、またカーネーションを買っていった。つぎの日も、そのつぎの日も。あたしと話をしたいのに、恥ずかしくて何も言えなかったみたい。恥ずかしがり屋の大金持ちなんて聞いたことがないから、変だったわ。それから何日かして、ものすごく大きいブーケを注文したの。店じゅうのバラを入れてくれって。三百ドルしたわ。作るのにとんでもない時間がかかった。やっと終わったら、カードにメッセージを書いてくれって言うのよ。地球上で最もすばらしい女性に捧げるって。本人が言ったとおりのことばよ。もちろんあたしは、ずいぶん斬新なおことばって思ったわ。あたしにメッセージを書かせて、そのあとで、この花は全部きみのものだなんて言うんだろうってね。結局この男は金にあかせてわたしの気を引こうとしてるんだと思って、うんざりした。だから、口先だけでありがとうって言って、花は返すつもりだった。ところが、そういうことじゃなかったのよ」

「というと？」

「お母さんへのプレゼントだったの。誕生日の。あたしがびっくりしてるのを見て、エドウィンは、あたしへのプレゼントだと思ったのかってきいた。あたしは、ええ、正直言ってそう思ったって答えた。そうしたら、あの人、なんて言ったと思う？　あたしをデートに誘う度胸がついたら、ほかの花屋で買うつもりだって。そうすれば、あたしを落とせなかったとき、返品して払いもどしを要求できるからだって」

「すごい」

シルヴィアは天窓を見あげた。「あの人、いま、あたしたちを見てると思う？」

「さあね」

「あの人があなたの話をしてるのを聞かせたかったわ。最高の親友だって言ってた。本人の口から聞いたことある？」

「ああ、ある」

「あの人、見てたらいいと思う。あたしたちを」

「どうして？」

「最後まで、あたしたちのことを知らなかったんだもの。話しておけばよかったわ。傷つけるためじゃなくて、あの人には知る権利があったから」

「内容によっては、知りたくない場合だってある」

「そんなこと、あたしは信じない。自分の知らないところで物事が動いてるなんて、耐えられない」

「それについては同感だ。だからこそ、帰らなきゃならない。あとひとつ、なんとしても知りたいことがあるから」

シルヴィアはわたしがコートを着るのを見守った。

「正直に言ってくれ」わたしは言った。「おれにもどってきてほしいのか？」

「ううん。まだその気になれない」

「わかるよ」

「すぐにはじめられるとは思えないの。何事もなかったかのようになんて」

「そうだな」

シルヴィアはまた天窓を見あげた。四方の隅に雪が積もりはじめている。わたしはシルヴィアをじっと見た。

「エドウィンの友達でいてくれてありがとう」シルヴィアは言った。

「たいしたことはしてやれなかったと思うけどね」

シルヴィアは笑った。かすかな笑みにすぎないが、それにしても見たのは数ヵ月ぶりだ。

「あの人は許してくれるわ。いまこうしてることさえも」

わたしはシルヴィアのもとを去った。キスはしなかった。手をふれもしなかった。二度とふれないかもしれない。トラックを駆りながらそう思った。

わたしはいったんロッジに帰って、シャワーを浴び、服を着替え、コーヒーを飲んだ。それからすぐトラックにもどり、スーまで飛ばした。雪が急に勢いを増したが、まだ地面に積もってはいない。ガラスのない窓から、少しばかり吹きこんでくる。

アトリーのオフィスに着くと、大きな段ボールの箱に荷物を詰めているところだった。アトリーは以前の自分を取りもどしたらしく、ひげがきれいに剃られ、髪が油で固められている。シャツもネクタイも目に心地よい。

「アレックス、来たか。ゆうべ、さがしたぞ。きみの電話がまだ使えないと思ったから、ロッジまで行ったんだよ」

「いつのことだ」

「十二時ごろだったろう。眠れなかったもんで、きみの様子を見てこようと思ったんだ」

「ちょっとのところで入れちがいになったようだな。こっちも眠れなかったんで、レイモンド・ジュリアスの家をさがしにいった」

「レイモンド・ジュリアス？　そいつはきみが……」アトリーはことばを切った。

「ああ、おれが殺した男だ。リーアン・プルーデルの手伝いをしていたことがわかった」

アトリーは荷物を詰める手をとめた。「プルーデルの？　ほんとうか」

「下働きをしていたそうだ。会ったことはないか」

「ない。名前を聞いた覚えもない」

「プルーデルが言うには、保養地で救助員たちを見張ってたとき、手伝わせていたそうだ」

「ああ、待ってくれ。思いだしたよ。たしかに、助手を使ってると言っていた。トイレに行くあいだの交代要員とかなんとか。名前は言わなかったと思う。こっちがよく聞いていなかったのかもしれない。もう終わりのころで、やつをくびにすると決めたあとだった。でも、それがきみとローズの件とどう関係するんだ」

「ジュリアスは仕事がなくなって腹を立て、おれのせいだと考えた。それで、おれを尾行したり、過去を調べたりしはじめた。やがて昔の新聞記事を見つけた。あとはどんどん狂気に駆られていった」

「なんてことだ。あんなことになったのは、わたしがプルーデルの首を切ったせいなのか」

「いや、ちがう。ジュリアスが狂人だったせいだ。あんたにはなんの責任もない」

「それにしても、信じられんな。胸くそが悪くなってくる」

「ひとつだけはっきりしないことがある。やつがどうやってローズと連絡をとったかだ」

「会いにいったか、手紙を書いたかということか」

「そうだ。日記には、ローズと〝接触〟したと書いてあった。でも、その方法については何も書いていない」

「どうやって日記を見たんだ」

「それはきかないでくれ」

アトリーは両手をあげた。「やれやれ」

「方法を知りたいだけなんだ。どうやってローズと接触したのか。手紙に書いてあった内容をどこでどうやって知ったのか」

アトリーは肩をすくめた。「わかるわけないよ、アレックス。それに、そんなことが大事なのか」

「気になる。もう一度刑務所に電話して、あのブラウニングと話したらどうだろうか」

「どうにもならないさ。わかってるだろう」

「番号を教えてくれないか。気が向いたらかけてみる」

アトリーは長いため息をつき、書類の束をさぐった。それから紙に番号を書きつけ、手わたしてくれた。「時間のむだだと思うがね」

「そうかもしれない。ところで、その箱はなんだ。どこか出かけるのか」

「休暇をとる。休みが必要だと思ってね」

「どこへ行く」

「まだ自分でもわからない。どこか、思いきり遠いところだ。あたたかい土地。南の島とか」

「いい考えだと思うね」

「フルトンの家の長椅子で寝ているとき、いろいろと考えたんだ。弁護士をつづけていく自信がなくなってね。少なくとも、この土地で、いまやってるような仕事はしたくない。心静かに、快適にやれることをはじめたいんだよ。たとえば、不動産関係。契約の場に同席するだけで、大金が転がりこむ」

「じゃあ、帰ってこないつもりなのか」

「おそらく帰らない。いろんなことが起こりすぎた。きみが同じように考えないのが信じられないよ」

「たぶん、考えてる」

「とにかく、これから先、きみを私立探偵として雇うことはできなくなると思う」

「それはかまわないさ。自分でも、探偵になりたいと思ったことはないかもしれない」

アトリーはうなずき、深く息をついた。

「運ぶのを手伝おうか」わたしはきいた。

「いや、これだけでいいんだ」アトリーは箱を軽く叩いた。「アレックス、なんと言っていいかわからないよ。この二週間ほど、きみはあまりにつらい思いをしてきた。少しでもきみの力になれたならいいんだが」

「もちろん、なってくれたよ」

アトリーはデスクの奥から出てきて、わたしの手を握った。それから抱擁した。わたしの背にまわした両腕に、力がこもった。「体に気をつけろよ、アレックス」

「さよなら、レーン」ドアを閉めるとき、わたしはもう一度奥に目をやった。アトリーは両手の親指を立てた。

わたしはスーの町へ出て、車のガラスの専門店をさがした。最初に寄った店は、わたしのトラックのガラスを扱っていなかった。二番目にも三番目にもなかった。最後の店の主人が言うには、橋をわたってカナダ側へ行けば見つかるかもしれない、あるいは、取り寄せておくから、届くまで透明なプラスチックの板で代用したらどうかということだった。わたしはあとの案を受け入れた。

つぎに公衆電話で電話会社に連絡し、切れた線の修理を依頼した。担当の女性は、きょうじゅうに作業員が出向くようにするけれど、何時になるかわからないと答えた。わたしは、期待していないと言って切った。それから、ブラウニングの番号の載った紙を取りだした。それを長々と見つめたあと、電話をかけずにポケットにもどした。

パラダイスへ引き返すころには、雪がやんでいた。とはいえ、じめついた冷たい日であることに変わりはない。空は砲金のように黒ずんでいる。この先五カ月ほど、太陽を拝めないこともありうる。たぶん、アトリーの選択は正しいのだろう。わたしもどこかへ旅に出て、この地へ帰らないほうがいいのかもしれない。シルヴィアを説き伏せて、連れていってもいい。

何を考えてるんだ、アレックス。心の声を聞け。

わたしは〈グラスゴー・イン〉に寄って、遅めの朝食をとった。玉ねぎと胡椒とチーズをふんだんに使った特製オムレツを、ジャッキーが作ってくれた。ビールを飲むには早すぎたが、〈グラスゴー〉名物のブラディ・マリーを一杯なら、かまわないと思った。いや、二杯でも三杯でも。

わたしはポケットから紙を取りだし、また見つめた。電話をしたら、おそらく向こうはわたしの名前を聞くなり切るだろう。そう思って、紙をポケットにもどした。

ロッジへ帰ると、電話会社の作業員がはしごにのぼっていた。電話会社には、疑ったことを詫びなければならない。「電話線をどうなさったんですか」男は言った。「ナイフで切った跡がありますよ」

「長い話なんでね」わたしは尋ねる隙を相手に与えず、ロッジにはいった。

作業を終えると、男はドアを軽く叩いた。「終わりました。次回の料金といっしょに請求します」

わたしは礼を言い、受話器をとって発信音が聞こえるのを確認した。それから、考えもせず、ブラウニングの番号を押した。紙を見る必要はなかった。何度も見たので、番号を覚えていた。

呼びだし音が聞こえた。さて、どうなることか。何はともあれ、この前の捨て台詞について謝らなければならない。

「ブラウニング刑務官です」

「おや、ミスター・ブラウニング。アレックス・マクナイトです」

「ミスター・マクナイト」

「何よりまず、この前お電話したときのことを謝らせてください。気が立っていて、とんでもないことを言ってしまいました。あなたは規則にしたがっていただけなのに」

「気にしなくていいですよ」

「事件はすべて解決しました。もちろん、犯人はローズではありませんでした」

「当然です。ローズはずっとここにいます」

「そうですね。ただ、ある男がローズと接触していたことがわかったんです。それで、どんなふうに接触していたのかを知りたいと思いまして。面会にせよ、手紙にせよ、記録が残っているはずですね。手紙の場合は、読むことが義務づけられてさえいるんじゃありませんか」

「そのとおりです」

「ミスター・ブラウニング、こんなことをお願いできる立場ではないのは承知していますが、レイモンド・ジュリアスという男がローズとどうやって接触したか、教えていただけませんか。いても立ってもいられないんです」

「ご自分で直接きいたらどうですか」

「なんですって？」

「けさ、ミスター・アトリーにお電話しました。オフィスにいらっしゃらなかったので、メッセージを残しておきました」

「アトリーはいません。休暇をとっているんです。なぜ電話なさったんですか」

「マクシミリアン・ローズがあなたと会うことを承諾したとお伝えするためです」

わたしは受話器を持ったまま、呆然とした。

「ミスター・マクナイト？　聞こえますか」

「はい。いつ会えるんでしょう」

「いつでもどうぞ。言うまでもありませんが、ローズはどこへも行きませんから」

「きょう行きます」

「たしか、そちらは北部半島でしたね。六、七時間かかるんじゃありませんか」

「いますぐ出ます」

「面会は三時までです。いまからでは間に合いません」

「ミスター・ブラウニング、お願いです」待つのは耐えられなかった。眠れない夜を、もう一生ぶん経験したのだ。「どうにかして、きょう会わせていただくことはできませんか。これは説明できないくらい重要なことなんです」

電話の向こうから、ため息が聞こえた。「ミスター・マクナイト、あなたにはほんとうに手を焼かされる」

「ということは、会わせてくださるんですね？」

「来る途中で死なないでくださいよ。スピード制限は時速五十五マイル」

「わかりました」

「門のところで、わたしの名前を言ってください。そうすれば、入れてくれます」

わたしは電話を切り、トラックに飛び乗った。一時間もせずに南部半島にはいった。あと約二百五十マイル。途中、ほとんどの道で、スピードメーターの針は八十マイル代を指していた。九十になると大揺れするトラックでなければ、もっと飛ばしたことだろう。一分もむだにしたくなかった。答、解決、心の平安。行く手にそれらが待ち受けている。

——

21

南ミシガン州立刑務所、別名ジャクソン州立刑務所は、デトロイトから西へ六十マイル行き、アナーバーよりさらに先の州中央部にある。あたりには牛の放牧地やトウモロコシ畑がひろがっている。刑務所自体がひとつの都市のようで、コンクリートと有刺鉄線からなる灰色の建物が不規則に並んでいる。翼棟がいくつかあり、それぞれが異なった監視体制をとっている。めざすのは重警備棟だ。

わたしは五時間半あまり、ひたすら走りつづけた。とまったのは一回だけで、ガソリンを補給し、トイレにはいった。冷たい水を顔にかけると、すぐにトラックにもどり、また走りつづけた。プラスチックの窓のおかげで、冷気はあまり吹きこまなかったが、音が耳についた。ハイウェイを出てジャクソンに着いても、耳鳴りがおさまらなかった。

わたしは門のところにいる男にブラウニングの名を告げた。男はクリップボードを見て、運転免許証の提示を求めたあと、中へ通してくれた。わたしは外来者用の駐車場にトラックをとめて、待合室へと進んだ。床はタイル張りで、片側の壁にロッカーが並び、反対の壁にガラスのトロフィーケースが置かれている。規定の面会時間を過ぎているので、ほかにだれもいなかった。わたしは防弾ガラスの窓の奥にすわる守衛に名前を告げた。守衛は壁に並ぶ二十枚ほどのクリップボードのなかから、一枚を手にとった。ジャクソン市のどこかに、刑務所にクリップボードを納品するだけで生計が成り立つ業者がいるのだろう。守衛はクリップボードを見て、掛けて待つように言った。

わたしはトロフィーケースに近寄り、中をのぞきこんだ。トロフィーはすべて射撃大会のもので、優秀な成績を残した守衛に贈られている。毎年ひとつのトロフィーがあり、それが三十年に及んでいる。囚人を訪れる人間にこのようなものを見せると、どんな心理的効果があるのだろうか。

数分後、ドアのきしむ音が背後から聞こえた。ひとりの男が待合室にはいってきた。クルーカットの大男で、練兵担当の軍曹を思わせる。「ミスター・マクナイトですね。ブラウニングです」

わたしたちは握手をした。

「こちらへどうぞ」ブラウニングは同じドアからわたしを連れだした。また別の窓があり、別の守衛がいて、別のクリップボードが壁に並んでいた。「ここを通ってください」ブラウニングはそう言って、金属探知用のゲートを通過した。

「まちがいなく反応しますよ」わたしは言い、あとにつづいた。ブザーが鳴った。

守衛が自室のドアをあけ、空港と同じように、プラスチックのトレーを差しだした。

「ここに全部入れてください。時計、鍵など」

「銃弾です。ここにあります」わたしは心臓のあたりを指さした。

ブラウニングと守衛はしばし顔を見合わせた。それから、守衛が携帯探知機をわたしの体にかざし、ゆっくりと下へ動かした。胸の前に来たとき、長く悲しげな音が響いた。

ブラウニングがわたしの正面に来て、顎をこすりながら言った。「ローズのしわざですか」

「ええ」

「ほんとうにローズに会いたいんですね？」

「なんとしても」

「こっちへ来てください」ブラウニングは向きを変え、わたしをしたがえて廊下を進んだ。ここに二種類の面会室があることを、わたしは知っている。ひとつは家族のためのもので、ソファーや椅子があって囚人といっしょにすわることができ、ある程度までなら体にふれることさえできる。看守は席をはずし、見かけはふつうの居間とほとんど変わらない。だが、通り過ぎながら見ると、その部屋にはだれもいなかった。わたしはもうひとつの面会室へと案内された。映画によく出てくるので、だれでも思い描けるような場所だ。分厚いガラスの仕切りがあり、その両側に通話器がついている。ブラウニングはわたしを小部屋の片側へ連れていき、そこにすわらせ、自分は立ち去った。反対側の椅子にはだれもいない。

わたしは何が起こるかと思いながら、数分間待った。トラックでここへ来る途中は、何を尋ねるべきか、どんな質問に答えさせるべきかを考えるだけで、頭がいっぱいだった。デトロイトで撃たれた日のことは、ほとんど頭になかった。ところが、金属探知機が反応した瞬間、すべてがよみがえった。自分を三度撃ち、相棒を殺した男と、わたしはこれから会う。十四年ぶりに対面する。

ドアの閉まる重い音が聞こえた。仕切りの向こうで、看守がこちらへ近づいてくる。その後ろから、囚人服の男がゆっくりと歩いてくる。男はこちらに目もくれずに、椅子に腰かけた。髪は長く、顎ひげも長い。どちらにも白いものがたくさん混じっている。体じゅう、やせこけている。手首があまりに細く、鉛筆のように折れてしまいそうだ。男はようやくわたしに目を向けた。

やつだ。

この目を、わたしは知っている。ほかのものはすべて変わったが、目だけは同じだ。どんな場所で見かけても気づくだろう。刑務所以外の場所で、不意に顔を合わせたとしても。配達員を装って、戸口に現われたとしても。この目さえ見れば、やつだとわかる。

銃を向ける前と同じ目で、ローズはわたしを見つめた。恐怖が襲ってきた。危険がないことはわかっているが、やつを見たことによる肉体的反応は抑えられない。

わたしは恐怖と闘いながら、ここへ来た目的に集中しようとつとめた。通話器をとり、相手がそれにならうのを待った。相手もとると、わたしは咳払いをし、話しはじめた。

「わたしを覚えてるか」

ローズはガラスの向こうで目を凝らした。

「わたしはデトロイトの警察官だ。むかし、おまえに撃たれた」

「そうか」ローズは言った。単調な声。人間の声とは思えない。機械から響いている気がする。

「おまえはわたしの相棒を殺した」

「それで？」

「ずいぶん昔の話だ。きょう来たのは、それを話すのが目的じゃない」

「目的はわかってる」

「ほんとうか」

「ああ。情報がほしいんだろう」

「どうしてわかった」

「おれは長いことここにいる。いろいろな点で、英知に満ちた人間になった」

ローズを見つづけるのはつらかった。顔は憔悴し、落ちくぼんでいる。髪はメドゥーサの蛇のように、八方に逆立っている。眼光は以前にもまして鋭い。

「レイモンド・ジュリアスという男を知ってるか」

ローズは何も聞こえなかったような顔でわたしを見つめた。

「知は金銀にまさるものだ」ローズは言った。「情報は知を鋳造するための鉱石だ――〝鋳造〟でよかったか？」

「その男を知ってるのか？」

「まちがいないか？　鋳造ということばで」

「レイモンド・ジュリアスだ。知ってるのか？」

「おまえたちはみんな情報をほしがる」

「だれが？　おまえたちとは？」

「おまえたちだ。弁護士、心理学者、科学者。だれもが知を求めて、情報をほしがる。それでおれを欺けると思っている」

わたしは深く息をついた。「わたしは弁護士でも心理学者でも科学者でもない。それに、ここへ来たのは知を鋳造するためじゃない。わかるな。一分でいいから、人間らしい話をしてくれないか」

「最初に見つかったとき、おれはいくつか話をした。おまわりがふたり。いまも覚えている。おれの部屋へ来た」

「そうだとも。さっきも言ったとおり、そのおまわりのひとりがわたしだった」

「そのあと、おれはつかまって、話をさせられた。裁判のとき、弁護をした男は、おれに気がふれていると言わせようとした」

「ローズ、聞こえるか。わたしは、自分がその警察官たちのひとりだと言ったんだ」

ローズは震える指をこちらへ向け、小さく笑った。鎖の鳴るような音がした。「なかなか知恵がまわるな。おまえが送りこまれたのも納得できる。それに、おまえはあの男に似ている。みごとな戦略だ。ほめてやる」

「ローズ、あの男というのはわたしだ。おまえはわたしを撃った。わたしたちふたりを」

「ああ、おれは撃った。あのふたりをだ。おまえが罠にかけようとしているのはお見通しだ」

わたしは通話器を握りしめた。これでは埒《らち》が明かない。「わかった、おまえの勝ちだ。かなわない。たしかにここでたくさんの知を鋳造してるようだな」

「おれに話させようとしてもむだだ。計画を打ち明けるつもりはない」

「そのとおりだ。あきらめたよ」

「おれは強い。刻一刻と強くなっている」

「わかるよ。見るからにたくましい。運動をつづけてるのか」

「ばかにするな」

「それに、体重を落としたようだな。いま九十ポンドぐらいか？」

「おれをこきおろしにきたのか」

「ああ、そうだ、ローズ。こきおろしにきた。なぜだか知りたいか？　おまえがくそったれの屑人間だからだ。おまえが殺した男のことを教えてやろうか？　女房と子供ふたりのことを教えてやろうか？」

「おまえはやつらに送りこまれた」

「娘がふたりいたんだよ、ローズ。幼い娘が」

「送りこまれたんだな」

「その子たちは父親の葬式に出なきゃならなかった。まだ小さいのに、墓穴の横に立たなきゃならなかった。父親をおまえに殺されたせいで」

「おれは買収されないと、やつらに伝えろ。おれの情報は売り物じゃないと伝えろ」

「監獄にいるのはどんな気分だ。もう古株なんだろう。友達だってたくさんできたはずだ」

「出ようと思えば、いつでも出られる」

「じゃあ、出てこいよ。いますぐ。ビールでも飲もう」

「しばらくは、ここにいると決めている」

「そうだろう。ここが好きなんだろうからな。連中はよくしてくれるはずだ。これまでに何回犯された？」

席に着いてからはじめて、ローズは目をそらした。

「何回だ。だいたいでいいから教えてくれ。百回か？　二百回か？」

ローズはふたたびこちらを見て、顎ひげをかきむしった。

「どこでやられた？　シャワー室か？　シャワー室で犯されたのは何回だ？」

「おまえは愚かだ」急に声が鋭さを帯びた。

「たしかそういうときの呼び方があったな？　ワニにやられてなんとやらだ。また犯されるんじゃないかと思って、シャワー室へ行けなくなったんじゃないか？」

「おまえたちはみんな愚かだ」

「レイモンド・ジュリアスのことを話してくれ」

「そんな名前は知らない」

「いや、知ってる。おまえはそいつに会った。じゃなきゃ、手紙をやりとりした」

「おもしろい名前だ。気に入ったよ」

「どっちだ？　会ったのか、手紙を書いたのか」

「いい響きだ」

「やつが会いにきたのか」

「おれにはおおぜい会いにくる」

「ああ、毎朝、門のところで列を作るんだろうな」

「おれには友人が多い。みな、おれの助言を求めてやってくる」

「なんについての助言だ。狂人になる秘訣か？」

「世界じゅうから集まってくる」

「小さい女の子がふたりだ、ローズ。おまえはその子たちの父親を殺した」

「おれはふたりとも殺した」

「ふたりとも？」

「ふたり撃った。そして、両方死んだ」

「だれが死んだって？」

「おまわりたちだ。ふたりとも死んだ。おれが排除した」

「何を言ってるんだ、ローズ」わたしはガラスに顔を近づけた。「わたしを見ろ。死んでないぞ」

「両方とも排除した」

「わたしは死んでない。排除されていない」

「ふたりとも死んだ。おれが排除した」

「わたしは公判のときに出廷した。おまえをここへ送りこむために。覚えていないのか」

「楽しいよ。ほんとうだ。これからもときどき来てくれ」

「おまえがどう思おうとかまわないが――」わたしはことばをとめた。待て。どうもおかしい。この男はわたしを殺したと言っている。わたしが死んだと思っている。生きているとさえ思っていないのに、わたしが〝選ばれし者〟だなどとジュリアスに吹きこむはずがない。

それとも、わたしをからかっているのか。ゲームを楽しんでいるのか。

「もう一度きく。レイモンド・ジュリアスという男は接触してきたのか、こないのか。どっちだ?」

「なぜそんなことが知りたい」

「理由はどうでもいい。答えてくれ」

「たしかに、おまえはあのおまわりに似ている。気味が悪いくらい」

わたしはガラスに向かって叫んだ。「いいから答えろ!」

ローズはのけぞり、椅子をひっくり返した。その手から通話器が落ちた。人間のものとは思えない金切り声があがり、まぎれもない恐怖の色がいっきに顔にひろがった。向こう側の看守がローズを羽交い締めにし、小部屋の外へ引きずりだした。悲鳴はおさまらない。金属質の鈍い音とともにドアが閉まり、沈黙が訪れた。

わたしは長いあいだ立ちあがれなかった。あれほど怯えた人間の顔は見たことがない。十分の一秒ほど、ローズのことが気の毒になった。そこでフランクリンと家族のことを思いだし、我に返った。

面会室を出たところでブラウニングが待っていた。「火をつけてしまったようですね。しばらく隔離しなければなりません」

「すみません」

「気にしないでください」

「ひとつだけおききしていいですか」

「どうぞ」

「ローズはこの数ヵ月のあいだに、レイモンド・ジュリアスという男と接触したでしょうか。手紙にせよ、直接会ったにせよ」

ブラウニングは息を深く吐き、廊下の先を見つめた。「こちらへどうぞ」

「どこへ行くんですか」

「出口です」

「そうですか。しかたがない」

ブラウニングはわたしを待合室まで連れもどし、いっしょにドアの外へ出た。握手をして別れの挨拶することになると思ったら、つづきがあった。「これは聞かなかったことにしてください」ブラウニングは言った。「ここ五年間、ローズは外界とまったく接触していません」

「まったく？　どんな形でもないんですか」

「ありません。手紙も。弁護士からの電話も。人が訪ねてきたのは、五年前の精神科の追跡検診が最後です。そのときにしても、すわったまま、ひと言も口をきかなかったという記録が残っています。以上です。あなたのお役に立てればさいわいです。気をつけてお帰りください」

わたしはトラックに乗りこんで、門を通り抜け、バックミラーに映る刑務所が小さくなっていくのを見つめた。ハイウェイへ出て、ラジオをつけたが、一分ほどで消した。まだ雑音には耐えられない。もう少し考えなくては。

ジュリアスはローズと一度も接触しなかった。ということは？　何もかも想像の産物だったのだろう。新聞記事を読んで、シャワーを浴びながらか眠りながらか知らないが、ローズと話した気になったのだろう。

では、マイクロ波や、〝選ばれし者〟や、その他もろもろのことを、どうやって知ったのか。狂人だからこそ知ったのだろう。ローズも狂人、ジュリアスも狂人。だから同じ思考回路を持っていた。猜疑心も、科学技術への恐れも、救世主にまつわる妄想も、狂人にありがちなものじゃないか。ふたりは、波長がぴったり合っていたのだ。

そして、あとはおまえの妄想だ、アレックス。これ以上追いつづけたら、自分が狂人の仲間入りするだけだ。だから、さっさと忘れろ。ローズは永遠に刑務所から出てこないし、ジュリアスは土のなかだ。終わった。すべて終わった。

わたしはもう一度ラジオをつけ、何も考えずに帰り道の運転をつづけることにした。今回は急いでいない。空腹か疲労に襲われたらとまろうと思った。トラックからおり、夕食をとって、どこかで一泊しよう。あらゆるものから離れてひと晩過ごすのは、いいことだろう。

ランシングに着いたころには、日が暮れかかっていた。わたしは少し気楽になった。ほんの少し。

アルマに着いたころ、また雪が落ちてきた。例年どおり、冬があわただしく訪れるのだろう。まもなく、ロッジは二フィートの雪に包まれることになる。冬は狩猟があまりおこなわれず、ねらわれるのはウサギとコヨーテぐらいしかいない。ロッジを借りる人間のほとんどはスノーモービルをしにくる客で、穴釣りが目当ての客がまじることもある。水門は閉まり、湾や川は一面に凍りつく。硬く氷が張るので、自由に上を歩くことができ、その気があればカナダへわたることもできる。

ホートン湖の近くで、新鮮なカワカマスを出す店を見つけたので、そこで夕食をとった。シルヴィアのこと、この先わたしたちがどうなるかということを考えた。シルヴィアはまだその気になれないと言っていた。わたしも同感で、罪悪感や心痛がすべてをぶちこわすのではないかと思い、心が沈んだ。けれども、トラックへ引き返し、夜の冷たい空気を吸っているうち、少し気力が湧いてきた。息を吹き返したとでもいうべきか。野球の選手だったころ、夏の終わりには、よくダブルヘッダーを経験した。たいてい、ふたつの試合のキャッチャーは別の選手がつとめたが、ひとりで二試合をこなしたことも何度かあった。一日じゅうホームベースの後ろにいて、捕球のために構え、立ちあがってボールを投げ返し、また構える。それを三百回は繰り返す。投球のたびに神経を集中する一方、ランナーをベースに釘づけにし、ファールのときはマスクを投げ捨ててボールを追う。二試合目の中ごろになると、へとへとに疲れ、プロテクターをつけてベンチから出るとき、仲間の手を借りなければならないほどだった。

だが、調子のいい日には、終盤の回になっても、どこから湧き出てくるのか、力が残っていた。コロンバスでのあの日、野球選手としての最良の日、わたしは八回に勝ち越し点を叩きだし、九回には、相手チームのばかでかい一塁手をブロックした。そいつは車輪つきの家のようにホームへ突進してきて、わたしが捕球した直後に激突した。気がつくと、わたしの手にはボールがあり、首はまだつながっていた。アンパイアがアウトと叫び、わたしたちが勝った。

あのころのことを思いだすのは、心地よかった。どんなことでも気分転換になった。

しかし、ゲイロードのあたりまで来たとき、またはじまった。ジュリアスのことを考えた。そして、これまでのいきさつを。見たものも、聞いたことも、ひとつ残らず思い起こした。忘れ去ることはできなかった。ここへ来てはじめて、考えるのをやめ、ただただ振り返った。すると、いままで気がつかなかったものが見えてきた。

マッキノーに着いたころ、すべてが解けた。最初から最後まで、筋書きの全容が見てとれた。そして、愕然とした。

ばかだったよ、アレックス。とんでもない大ばかだ。どうしていままで気がつかなかったんだ？

わたしは時速七十マイルで北部半島への橋をわたった。急に思い立ち、ある場所へ向かった。

22

　その家を見つけるのは造作なかった。プルーデルを引きまわして、ジュリアスの家をさがしたときとはわけがちがう。住所が手帳に控えてある。

　そこは大学にほど近い、丘の上の瀟洒な住宅街だった。とはいえ、想像していたほどの美景ではない。その家は小さな庭のついたチューダー様式の二階家で、むしろかなりつましいと言ってよかった。私道に車がとまっていた。

　夜の十一時をまわったところだ。しかし、明かりがついているのが見えた。ほっとした。寝ているところを起こしたくない。それはひどく無礼だ。

　わたしは表通りにトラックをとめた。私道の車の進路をふさぎたくない。それも無礼だ。玄関まで歩いた。呼び鈴を鳴らそうかと思ったが、ドアノブをまわしてみた。鍵はかかっていない。好都合だ。わたしは家のなかへはいった。

　けた。奥に書斎がある。大量の本が壁に並んでいる。その男はデスクの奥にすわり、積み
石造りの短い廊下。そして、居間。暖炉で火が燃えている。わたしはその部屋を通り抜

あげられた旅行用パンフレットに目を通していた。

「アレックス！」相手はわたしを見て言った。「びっくりしたぞ！」

「やあ、レーン」わたしは言った。「迷惑じゃないことを祈るよ」

アトリーはパンフレットをそろえた。「どこへ骨休めに行こうかと考えてたんだ。明日の朝、発《た》つつもりだ」わたしの出現に驚いているにしても、それをうまく隠している。

「そいつはいい」

「アレックス、だいじょうぶか。いったいどうした」

「立たなくていい。二、三、聞きたいことがあるだけだ」わたしは椅子を引き、デスクの前に腰かけた。

「わけがわからんな。何を聞きたい」

「どこからはじめればいいか、わからない。どの質問に最初に答えてもらいたいのか」

「どうしたんだ、アレックス。ここに何をしにきた」

「よし、この質問からはじめよう。口火を切るにはちょうどいい」わたしは言った。「エドウィンはどこにいる」

「スペリオル湖の底だ。知ってるじゃないか」

「知っているつもりだった。警察の連中と同じように。シルヴィアと同じように。世界じゅうのほかの人間と同じように」

「わからんな。何を言ってるんだ」

「あの家で夕食をすませたあと、あいつは自由になれて最高だと言った。いまになって、そのほんとうの意味がわかった」

「アレックス、何を言ってるんだ」

「つぎの質問だ。あんたはどうやってレイモンド・ジュリアスにふたりの賭け屋を殺させたのか。たしかにあんたは口がうまいが……」

「アレックス、いったいどうしたんだ」

「それに、何より不思議なのは、どうやっておれの銃が本物じゃないとやつに信じこませたかだ」

アトリーはかぶりを振り、狂人を見るような目でわたしを見つめた。

「そして、いつからこれを計画していたのか。おれに私立探偵にならないかと誘ったときからなのか。最初からすべて仕組まれていたのか」

「だれかに診てもらったほうがいい。あまりにたくさんのことがあった。混乱するのも当然だ」

「質問はまだある。ほかのどれよりも答えてほしい質問だ」わたしは言った。「成り行きしだいでは、あんたはおれを殺したのか？」

アトリーはかぶりを振るのをやめた。まじろぎもせず、わたしを見つめている。

「あんたがジュリアスを送りこんだ夜のことだ。やつはおれを脅かすだけでいいことになっていた。あんたがそう指示したんだろう？　大きな音を立てたほうがいいから、サイレンサーは置いていけと。だいじょうぶ、あいつの銃は本物じゃないからと。あのとき、あんたはやつの後ろにいたんだろう。フルトンの家へは行かなかった。うちに電話したというのも嘘だ。あんたはやつの後ろに隠れていて、すべてが片づいた瞬間に顔を出した。運よく、事はあんたの思惑どおり運んだ。しかし、運ばなかったら、あんたはどうしたのか。やつがけがをしただけだったら？　あるいは、銃を捨てていたら？　もし、やつが勢い余っておれを殺していたら、あんたは簡単に処理できた。やつを撃てばいい。そして、おれを助けようとしたと、警察に言えばいい。でも、もし、おれとやつの両方が生きていたら？　あんたはふたりとも殺したのか？　あんたがベレッタを持ってることは知っている」

アトリーはデスクの引き出しをあけ、その銃を取りだした。「これのことか」

「そうだ」

「きみの銃をテーブルに置け」

「持っていない。忘れたのか。警察にある」

「わたしはばかじゃないぞ、アレックス。ほかの銃があるだろう」

「ないさ。どうしてそんなものが必要なんだ。あんたを恐れることはない。それに、あんたもおれを恐れることはない」

「どういうことだ」

「この期に及んでは、あんたはもう、おれを殺せない。そんなことをしたら、全部台なしになる。死体を始末するか、おれが脅したとかなんとかいう荒唐無稽な話をでっちあげるか。どちらにせよ、逃げおおせはしないだろう。それに、ミセス・フルトンはそんなことを望んでいないはずだ」

ミセス・フルトンの名前をあげたのは、図星を突いた。それはアトリーの目の色から見てとれた。

「きみを恐れることはないというのは？」

「おれには手の出しようがないからだ。あんたはだれも殺していない。レーン・アトリーを逮捕しろ、ジュリアスに人殺しをさせたからだなんて言っても、だれも信じまい。それに、そもそもエドウィンは死んでいないはずだ。何もかも仕組まれたことで、ミセス・フルトンが糸を引いてるんだろう？　おれにはどうすることもできないじゃないか」

アトリーが思案にふけるのを、わたしは見守った。

「ここへ来たのは、あんたを叩きつぶすためじゃない。テープレコーダーを持っているわけじゃないし、表で警察の連中が待ち構えてるわけでもない。計画の邪魔はしないつもりだ」

「なら、何が望みだ」

「こんなことをした理由を教えてほしい。それだけだ。なぜおれをこんな目にあわせたんだ?」アトリーは手で銃をもてあそんでいる。これまでのいきさつを説明したくてたまらないにちがいない。ほかのことはどうあれ、アトリーは骨の髄まで弁護士だ。弁護士は話さずにいられない。とりわけ、自分がいかにすぐれているかを示すためには。

「きみが適任だったからだ。でも、わかってほしい。計画を立てたのはわたしじゃない」

「全部説明してくれ。最初から順を追って。おれには聞く権利がある」

「発端はエドウィンのギャンブルの問題だ。たぶん、ある程度はきみも知ってるだろう。しかし、どれほど重大な問題だったかは知るまい。あいつは五十万ドルは負けていた」

「たいした額じゃないさ。フルトンの人間にとっては」

「一回きりのことじゃない。何度も何度も大負けして、そのたびに払っていた。フルトン財団を干あがらせそうだった。母親がそれを知り、ギャンブルから足を洗わなければ勘当すると言って脅かした。エドウィンはやめようとしたけれど、やめられなかった。母親は強腰に出て、経済的援助の大部分を断《た》った。エドウィンは借金を滞納し、返済しようとして、さらに賭けに金をつぎこんだ。問題の賭け屋ふたりは、少しばかり締めつけを強くしていた。利息ぶんということで毎週吸いあげていたが、借金は減らなかった。もちろん、連中はみんなつながってる。大きなひとつの人脈になっている」

「それはそうだろう。でも、そのふたりを殺してどうする。連中は窓口にすぎない。金は別の人間のもとへ集まる」

「わたしもミセス・フルトンにそう言った。ヘラクレスが退治したヒドラの蛇みたいに、頭をひとつ切り落としても、ふたつ生えてくるんじゃないかってね。でも、向こうは聞く耳を持たなかった。ひとつには、連中にそれ以上金を払いたくなかったからだと思う。ふたりとも家まで電話してきて、脅しをかけていた。母親の私用電話の番号を突きとめて、そっちにまで電話していたそうだ。それが引き金になったんだろう。ミセス・フルトンはふたりの死を望んだ。そして、彼女は望むものすべてを手に入れる人間だ」

「なら、殺し屋を雇えばいい。ほかの金持ち連中と同じように」

「いや、ミセス・フルトンは賛成しなかった。だれかを雇えば、今度は絶対にその男にゆすられると言って。そういう考え方をする人だ。自分の財産を周囲のだれもが羨望の目で見るという人生を送ってきたわけだから、そう思うのもしかたがない。そんなわけで、ふたりの賭け屋を消すことを望んだ。できることなら、エドウィンのギャンブルをやめさせた上で。そして、完璧を求めた。絶対に不確定要素が残らないようにと」

「エドウィンはそのことを知っていたのか」

「最初は知らなかった。ミセス・フルトンとわたしのあいだだけの話だった。わたしはプルーデルを雇っていて、プルーデルはレイモンド・ジュリアスという男に手伝いをさせていた。そいつは頭がいかれてた。わたしのところへ何度か来て、私立探偵にしてくれと訴えた。自分はプルーデルより仕事ができる、必要なことはなんでもやると言って。わたしはそれを聞いてひらめき、いくつか質問をした。どんなことをやってくれるのか。きつい仕事をする気はあるのか。汚い仕事はどうか。やつは、汚ければ汚いほどいいと言った。そして、銃をたくさん持っていて、全部無免許だという話になった。どうして免許がないのかときいたら、いきなりＦＢＩの悪口をはじめて、世界政府を作って全員の銃を没収するための国際的陰謀がどうしたのこうしたの、銃マニアの精神異常者が言いそうなことを並べ立てた。そこで、こっちも少しばかり調子を合わせて、相手の反応を見ることにした。わたしは国際的陰謀を阻止するために作られた地下運動にかかわっていて、重要な極秘任務を遂行する人間をさがしていると言い聞かせた」

「冗談としか思えない」

「なんともばかげていると思う。でも、あいつは信じた。わたしはミセス・フルトンにその話をして、こいつを使う手もあると提案した。ミセス・フルトンは大喜びして、できるだけ早く実行してくれと言った。ジュリアスにふたりの賭け屋を殺させ、だれかにジュリアスを殺させるという筋書きだ。問題は、ミセス・フルトンが、わたしにジュリアスを殺させたいと思っていたことだ。しかし、わたしには、いくらなんでも……できなかった。そうしたら、プルーデルにやらせればいいと言われた。ただし慎重に、絶対に手がかりを残さないように。そして、プルーデルには事の真相を教えないこと。ジュリアスが毎日付きまとうなりして、プルーデルがやむなく殺すという筋書きにすること。だけど、うまくいくとはとうてい思えなかった。プルーデルは、シャベルでリスを殺すことさえできるかどうか」

「そこでおれが登場するのか」

「ミセス・フルトンはきみの名前を知っていた。いつもエドウィンから聞かされていたからだ。くわしいことを聞きたいということだったので、わたしの知ってることを全部教えた。元警察官で、撃たれた過去があることも。ミセス・フルトンはその部分に特に興味を示し、いきさつを知りたがった。新聞記事を見つけてくれと言われたので、さがして見せてやった。ミセス・フルトンは隅々まで読んで、きみがこの役にうってつけだと言った。恐怖のなんたるかを知っているから。何よりもその点が信用できる、それは自分自身の経験からわかるということだった。きみは永遠に恐怖から解放されない人間だと」

「じゃあ、おれは最初から罠にかけられていたんだな。あんたに雇われる前から。私立探偵にならないかと誘われる前から」

「そうだ」アトリーはわたしの声から怒りの響きを感じとったにちがいない。まだ銃をこちらに向けていることを思いださせるように、手を小刻みに動かした。「しかし、どれもわたしの意志によるものじゃない。それを忘れるな」

「そうだな。あんたはゲームの無力な駒にすぎなかった。で、つぎにどうした。ジュリアスにビングを殺させて、現場をおれに見させたわけだ。なんのために？」

「ミセス・フルトンがそうしろと言ったんだ。きみに現場を見せろと。恐怖に実体を持たせるために。彼女は恐怖というものに異様なほどこだわってる。きみも気づいたろう」

「たしかに、恐怖についてたっぷり話しあった」

「わたしはジュリアスに、ビングの商売は巨大な組織の末端にすぎないと説明した。マフィアと連邦政府とヨーロッパ共同体は、密接に結びついてひとつの組織となっている。しかし、トニー・ビングがどんなに小物だったとしても、どこかを突破口にしなければならない。この国のあらゆる場所で、心あるものはみな、組織の人間と闘っている。だから、組織に対するメッセージとなるように、劇的に始末する必要がある。大量の血を流せ。そうすれば、強烈に記憶に残る。そんなふうにまるめこんだわけだが、実際はもちろん、きみに見せるためだ。あれだけの血を」

「エドウィンはそこにどうからんでくる」

「エドウィンはその夜ビングと会うことになっていた。持っていった五千ドルは、一週間ぶんの利子にすぎない。エドウィンはモーテルへ行って、きみに電話をかけた。それだけのことだ」

「じゃあ、あいつも裏の事情を知ってたのか」

「あいつが知っていたのは、きみが問題の解決に手を貸すということと、最終的にきみに迷惑をかけないということだけだ。身を隠す理由についても、いまだによくわかっていないかもしれない。ふたりの賭け屋を殺すことで問題がすべて解決すると、本気で信じていたはずだ。あるいは、少なくとも自分を信じこませようとしていた」

「そして、ジュリアスは二日後に賭け屋をもうひとり殺した」

「そうだ。言っておくが、やつは心底楽しんでいた。夢中になるあまり、今度は自分の意志で人を殺しはじめるんじゃないかと、わたしは不安だった」

「問題の電話の声だが、あれはあんたか」

「ああ。ささやき声は、だれも聞き分けられない」アトリーは低くかすれた声を出した。電話で聞いた声と同じだ。「アレックス、これがだれの声かわかるか？」

「手紙を書いたのもあんただな」

「当然だ。ヤードセールで見つけた古いタイプライターを使った。手紙も日記も、それで書いた。ジュリアスの部屋の鍵を預かっていたんだ。地下運動の一環として必要だ、逮捕されたときに家にはいる必要があると言って」

「で、ふたりの賭け屋は死んだ。しかし、もちろん、それで問題が解決したわけじゃない」

「そのとおりだ。わたしもミセス・フルトンにそう言った。別の人間が借金の取り立てにくる、連中はもっとたちが悪いはずだと。実際、ドーニーの死体が冷たくならないうちから、エドウィンに電話がかかってきた。まったくの無駄骨だったと思ったよ。ところが、ミセス・フルトンは楽しげだった。突然、生まれ変わったようになった。そのとき、わたしは気がついた。子供のころに誘拐された話は、悪人への恐怖であれ、人間全体への恐怖であれ、いかにもこの人が考えつきそうなものだと。そういう人間だからこそ、こういう場に居合わせたいのだと。単にかたくななのではなく、身近に体験したかったわけだ。彼女はきみのそばにいたかったんだよ、アレックス。きみを屋敷のなかに置いておきたかったんだ。最初の計画では、ジュリアスを屋敷に忍びこませて、そこできみに殺させることになっていたからな」

「ところが、警察が邪魔をしたというわけだ」

「そうだ。きみをロッジに置いて、警察官を張りこませるというのは予想外だった。そして、そのあと、メイヴンがきみを容疑者扱いしたのは、まったく思いがけないことだった。それは信じてくれ、アレックス」

「気にかけてくれて感謝感激だ」

「嘘じゃない。だれにとっても、なんのためにもならないじゃないか。わたしだって、二、三日、弱り果てたよ。ジュリアスはしじゅう電話をかけてきて、つぎにだれを殺せばいいかとききたがる。ミセス・フルトンも電話してきて、いつエドウィンを逃がし、いつジュリアスを殺すのかを知りたがる。そしてエドウィンは姿をくらますことに乗り気じゃなくて、話をつぶそうとする。母親が強引にしたがわせなかったら、うまくいかなかったと思う」

「いまは、はるか遠くにいるんだろうな」

「場所はわたしも知らない。証人保護のための転住プログラムのようなものだ。新しい名前を手にし、場合によっては整形手術を受けている。金さえあれば、なんでもできるものだ。ミセス・フルトンは、エドウィンを殺さずに厄介払いできるのは爽快だと言っていた」

「そして、エドウィンが姿を消し、うちの前で毎晩見張っていた警察官も消えたとき、ようやくあんたは仕上げの機会をつかんだ。そこでどうやってジュリアスを言いくるめたんだ。おれも陰謀にかかわっているとでも吹きこんだのか」

「そのとおりだ。ただし、今回は威嚇することだけが目的だから、サイレンサーをつけずに撃って思いきり音を立て、きみを震えあがらせてやれと命じた。わたしやジュリアスの行動をきみが監視している、だから威嚇してブリュッセルに報告が行くようにしろと言って」

「ブリュッセル？　ベルギーの？」

「そうだ。そこに本部がある。知らないのか。銃好きの異常者たちにきいてみろ。国際的な陰謀団は、ベルギーにある謎の本部に指示を仰ぐことになっている」

「そいつは初耳だ。ワッフルを作ってるだけだと思っていた」

「連中の考えてることには、ときどき唖然とさせられる。それはともかく、やつには、きみの度肝を抜く筋書きがあると言い含めた。ブロンドのかつらをかぶって、ローズという男に変装するだけでいい。そいつはかつてきみを撃った男で、いまも刑務所にいることになっていると」

「おれの銃が偽物だと信じこませたのは？」

「それは簡単だった。撃たれて以来、きみは銃を恐れている。ふれることさえできない。そう言ったら、やつはいきり立った。きみは銃にさわることさえできず、こけおどしのために偽物を持ち歩いている。そんな人間なら、やつの銃を取りあげようとするにちがいない。そう思ったんだろう」

わたしは笑いそうになった。「完全にはめられたわけだ。やつにはチャンスがなかったんだな」

「たぶんな。何もかも、わたしの計画どおりに進んだ。つまり、ミセス・フルトンの計画どおりだ。あくまで、正当防衛の形をとる。きみは罰せられない。不確定要素を残さない。そのとおりになった」

「あの日、あんたはまずやつの部屋へ行って、タイプライターと新聞記事の切り抜きと偽物の日記を置いた。日記の中身は、全部あんたが書いたものだ。それから、おれのロッジへ来て、やつの後ろで成り行きを見守った。すべてが終わると、姿を現わした。銃を持って。もし思いどおりの結果になっていなかったら、その銃を使ったはずだ。ちがうか？」

アトリーは一瞬目をそらしたのち、わたしに視線をもどした。「もしうまく事が運ばなかったら、だれかを殺すしかない。ミセス・フルトンはわたしにそう言った。やつがまちがってきみを殺したら、やつを殺す。両方生き残ったら、やつを殺し、状況にもよるが、たぶんきみも殺さなければならないだろう。わたしは、なんとしても、殺すのはやつだけにしたいと思っていた。たとえば、車で乗りつけて、そこできみの身の危険に気づいたふりをして、やつを撃つとか。きみを殺したくはなかった。殺せるわけがなかった。それは信じてくれ」

わたしは思いにふけった。長い沈黙が流れた。アトリーの銃は、まだわたしの胸に向けられている。突然、はじけるような音が暖炉からした。

アトリーが咳払いをした。「どうしてわかったんだ」

「日記だ」わたしは言った。「おかしなことが多すぎた。やつはおれに夢中だということになっていた。だったら、毎日日記をつけるはずじゃないか。それに、もしほんとうにローズと接触していたら、そのときの様子を細かく書きこむはずだ。いつ、どこで、どうやって接触したかを。そんなわけで、これは作り物だと思った。でも、中途半端な書き方をした理由はわかる。あとで警察に調べられる可能性があるからだ。やつがローズと連絡をとっていないことが判明するかもしれないからだ。しかし、そうなったとしても、大事には至らない。警察は、すべてやつの妄想だと判断するだろう。おれだって、いったんはそう考える気になった。それにしても、手紙のなかに、ローズとおれだけが知っていることが書かれていたという問題が残った。きょうローズに会ったとき、やつは、十四年前に無理やり話を聞きだそうとした人間がいたようなことを言った。おれは、フランクリンとおれのことを言っているのだと思った。でも、あとになって考えてみて、ローズは同じ話を弁護士にもしたはずだと気づいた。あんたなら、その弁護士がだれなのかを簡単に調べられたにちがいない。そして、正体を隠してその弁護士に会いにいき、何かうまいことを言って、ローズのした話を聞きだせたにちがいない。何に化けたんだ。新聞記者か？　似たような事件を扱っている弁護士か？」

「いい線だな。法律雑誌の編集者だ。訪ねていったら勝手にしゃべってくれたよ。弁護士がどういう人種か知ってるだろう」

「つぎに、あの夜の無言電話だ。電話の主は録音されていることを知っていた。そして、手紙には、警察官が張りこんでいることを知っていると書いてあった。いま思えば、全部説明がつく」

「そうだな」

「それから、エドウィンをさがしにいったときのことだ。あのとき、あんたはなんとしてもおれを助けると言い張った。そして、おれがあきらめそうになると、もっと先まで行こうと言った。あのときは気づかなかったが、実はあんたはボートのところまで誘導していたんだ。雨で血が流される前に発見する必要があったからな。ところで、あの血はどうやって準備した。エドウィンに指でも切らせたのか」

「いや。もともと一パイントの血液を保存してあった。金持ちは輸血が必要な場合に備えて、自分の血を蓄えておくものだ。他人の血を体に入れたくないから」

「で、あんたは何が目当てなんだ。なぜこんなことをした。待てよ、当ててやる。近々グロス・ポイントで仕事をする予定なんだろう。フルトン財団から、割のいい仕事をまわしてもらえるんじゃないか」

「そんなところだよ。凍りついた不毛の地で、救急車を追っかけまわすのはもうごめんだ」

「そして、おれはこのすばらしい思い出を胸に秘めて生きていくわけだ。恐怖の二週間を過ごしたすえ、人を殺したという思い出を」

「それだけじゃないぞ、アレックス。きみは大きな報酬を得ることになる」

「おれに金を払うというのか」

「ちがう。シルヴィアのことだ」

「何を言ってる」

「よせよ、アレックス。きみたちのことはみんなが知ってる。なんといっても、シルヴィアはもう人妻じゃない。エドウィンは死んだ。彼女はきみのものだ」

「そうかもしれない」わたしは言った。「よし、いいだろう。荷造りをつづけてくれ」わたしは立ちあがった。銃口が追ってくる。「その銃をしまってくれないか。苛ついてくる」

「帰るのか。もう用はないのか」

「ほかに何ができる。さっきも言ったように、おれには手の出しようがない。真実を知っていても、何ひとつ証明できない。なら、だまって引きあげるしかないじゃないか」

アトリーはことばに詰まった。こんなことははじめてかもしれない。「よし」ようやく言った。「これでお別れだな」

「いや、そうじゃない。また会うことになる」

「それはまずいだろう。知ってのとおり、ミセス・フルトンには物事を思いのままに操る力がある。きみが感づいたと知ったら、ミセス・フルトンはきみを不確定要素と見なすだろう。どれほど不確定要素をきらっているかは言うまでもない」

「そうだな。だとすれば、あんたはこの会話のことを絶対にミセス・フルトンに話せないことになる。話せば、あんたも不確定要素になるからだ。それどころか、すでにそうなっていないとも断言できないさ」わたしは間をとり、そのことをアトリーに考えさせた。「おれのほうは、のんびり構えることにするよ。自分の身に起こったことをじっくり考えてみる。忘れてしまえるかもしれない。だんだん腹が立ってくるかもしれない。怒りのあまり、いつの日かあんたをさがしだすかもしれない。どんな犠牲を払おうと、ミセス・フルトンに何をされようと。ある日あんたがドアをあけたら、おれが戸口に立っているかもしれない」

アトリーはわたしに銃を向けた。

「レーン、銃で撃たれる瞬間、どんな感じがするか知ってるか？　金属の塊が体を貫く瞬間だ。あんたには想像もつかないさ。最初は、痛いとさえ感じない。もし、あの日のおれのようにあんたが撃たれたら、床に倒れ、何が起こったのかわけがわからなくなる」

アトリーは両手で銃を握っている。

「やがて、自分の血が見える」わたしは言った。「その瞬間、すべてがわかる」

アトリーの手が震えている。

わたしはドアへ向かった。「さよなら、レーン」部屋を出る瞬間、言った。「休暇を楽しんでくれ」

わたしはロッジに帰った。薬棚の奥から瓶を出して、中の睡眠薬を全部トイレにぶちまけ、流した。

恐怖は去った。ついにわたしは解放された。それを叩きつぶすのではなく、ほかの人間に譲りわたすことによって。

わたしは冷たい水を顔にかけ、鏡を見つめた。さて、どうしようか。

シルヴィアのもとへもどるべきだろう。今夜。いますぐ。ふたりではじめられるかどうか、考えてみよう。しかし、真相は話すまい。シルヴィアには、エドウィンが死んだものと思わせておこう。

いや、全部打ち明けるほうがいいかもしれない。エドウィンはまだどこかで生きている。連中はわたしたちふたりを笑い物にした。シルヴィアはどう思うだろうか。いっしょに連中を追うことになるだろうか。敵を追うシルヴィア・フルトン。それこそ恐怖だ。

どうすればいいのか。わたしは腕時計を見た。十二時を過ぎたところだ。〈グラスゴー〉はまだ営業している。常連たちに会いにいって、まだポーカーの遊び方を知っているかどうかを見てくるか。カナダの冷たいビールを飲みながら、考えてみるか。急ぐ必要はない。この先、長い冬が控えている。

わたしは鏡に向かってつぶやいた。もしおまえが本物の私立探偵なら、連中の居所を突きとめられるはずだ。エドウィンには、どこにいるのであれ、新しい生活をはじめられたと思わせておけ。ミセス・フルトンには、ささやかなゲームに勝ったと思わせておけ。アトリーには、長い冬のあいだ、眠れない夜を過ごさせておけ。血の夢を見させておけ。

そして春が来て、世界が活気を取りもどし、狩猟者たちがロッジにもどってきたら、ひとりずつ追いつめよう。

カレンダーに印をつけておこう。ウサギとエリマキライチョウとハリモミライチョウの狩猟シーズンが終わるあたりに。金持ちとおかかえ弁護士を、狩猟の対象にくわえよう。

捕獲制限は一回につき三匹だ。

訳者あとがき

一九八七年以降、アメリカの大手出版社セント・マーティンズ・プレスとアメリカ私立探偵作家クラブ（PWA）の共催で、私立探偵小説コンテストが毎年開かれている。これは新人作家による一般公募作品を対象としたもので、最優秀作は同社から出版されることになる。スティーヴ・ハミルトンによる本書『氷の闇を越えて』は一九九七年の最優秀作に選ばれ、翌一九九八年九月に刊行された。ほどなく圧倒的な好評を博し、一九九九年のアメリカ探偵作家クラブ（MWA）賞最優秀処女長篇賞をみごと獲得。さらに、同年のシェイマス賞最優秀処女長篇賞までも獲得した。いわばトリプル受賞ということになる。まさに破竹の快進撃、大型新人の登場だ。

といっても、受賞作だと思って期待して読むとすかを食うという例は、これまでに少なくない。なぜこんな作品が賞をとったのかと首を傾げた経験を、だれもが持っていることだろう。ダブルとかトリプルとかの能書きが並べてあると、期待はずれだったときの落差が大きいぶん、怒りがつのるものだ。

しかし、ご心配なく。この作品については、看板に偽りはない。ひと言でいえば、私立探偵小説の伝統をしっかりと踏まえつつも、随所でそれをくつがえし、新しいタイプのアンチヒーローを生き生きと描いた快作である。そして何より、謎解きの楽しみをじゅうぶん堪能できる。

主人公のアレックス・マクナイトは、元マイナー・リーグの捕手。野球では頭角を現わすことができず、その後転々と職を変えたのち、デトロイト市警に八年間勤務するが、同僚のフランクリンとともにパトロールをしていたとき、ローズという男に銃で乱射される。フランクリンは命を落とし、アレックスは瀕死の重傷を負って退職する。

それから十四年。アレックスは、ミシガン州の最北端に近いパラダイスという小さな町で、狩猟者たちの宿泊用の小屋を管理しながら、静かに暮らしている。剔出できなかった銃弾が、いまも心臓のすぐ横に残っている。そんなある日、弁護士アトリーの依頼で、調査員の仕事をはじめる。数カ月後、パラダイスに近いスーセント・マリーの町で、ふたりの賭け屋がつづけて惨殺される事件が起こる。しばらくして、犯人と思われる人物からアレックスのもとに手紙が来るが、そこにはローズという署名があった。かつてアレックスを撃った男だ。

ローズは十四年前に終身刑になり、以来ずっと刑務所の重警備棟に閉じこめられているはずだ。しかし、手紙にはローズ本人でなければ絶対に知りえないことがいくつも書かれていた。犯人はほんとうにローズなのか。そして、もしそうなら、どうやって刑務所から抜けだしたのか。読者はその謎への興味で、この話にぐいぐい引きこまれていく。おそらく、ある仮説、ある予想を立てて読み進めていくことだろう。しかし、その予想はくつがえされる。そして、きわめて論理的に解決される。それだけでも傑作と呼ぶに足ると思うが、この作品の魅力はまだまだある。同僚を目の前で殺され、胸に銃弾をかかえ、友人の妻と不倫の関係にあるなど、アレックスはほかの私立探偵小説の主人公たちに引けをとらないほど多くのものを背負って生きている。にもかかわらず、どことなくさわやかで、しばしば軽口も叩く。優柔不断さが見られる場面さえある。へたをすれば全体が散漫になりかねないところだが、作者の抑制のきいた筆致と構成の妙によって、アレックスはかえって真実味のある、存在感あふれる探偵兼語り手となっている。

文体はシンプルで、けれんがない。よけいな書きこみがないから、安心して流れに身をまかせられる。人物の描写にさほどことばを費やしていないのに、それぞれのキャラクターが鮮明に印象に残る。情景描写と心理描写と台詞とのバランスもいい。謎解きで頭をひねる部分、恐怖に戦慄させられる部分、ユーモアを楽しめる部分、北の町の寒さが肌に感じられる部分など、実にうまく緩急がつけられている。長さもちょうどいい。まさに巻措くあたわざる小説と言えるだろう。私立探偵ジョン・カディ・シリーズで知られる作家のジェレマイア・ヒーリイは、この作品を〝堅牢無比の構成と洗練された文体を兼ね備えた〟小説と評し、〝ハミルトンはすぐにも小説創作の授業で教鞭をとるべきだ〟と絶賛している。

作者のスティーヴ・ハミルトンは、ミシガン州で生まれ育ち、現在は妻子とともにニューヨークの郊外に住んでいる。三十代中ごろで、若き日のジェームズ・カーンやリチャード・ギアを思わせる、なかなかの好男子だ。『氷の闇を越えて』を執筆したときはＩＢＭの社員で、現在も勤務をつづけている。ハミルトンはあるインタビューで、「私立探偵の仕事にまったく興味がない男を主人公にして何冊の私立探偵小説を書けるか、自分でも楽しみだ」と答えている。言うまでもなく、それを楽しみにしているのは作者だけではない。

二〇〇〇年三月

新版への訳者あとがき

スティーヴ・ハミルトンによる〝私立探偵になりたくなかった私立探偵〟アレックス・マクナイト・シリーズは、日本では二〇〇〇年四月に第一作『氷の闇を越えて』が刊行されたあと、二〇〇一年一月に第二作『ウルフ・ムーンの夜』、二〇〇二年五月に第三作『狩りの風よ吹け』がそれぞれ紹介された（すべてハヤカワ・ミステリ文庫から）。その後、ハミルトンはこのシリーズを第十作まで書き継いできたが、日本では諸事情から前記の三作だけの翻訳刊行にとどまり、最近ではいずれも入手がむずかしい状態となっていた。

ハミルトンはマクナイト・シリーズのほかにもノン・シリーズ作品や短篇をコンスタントに書きつづけ、いまや中堅ハードボイルド作家として確固たる地位を本国では築いていて、二〇一〇年に発表した『解錠師』（原題 *The Lock Artist*）が、翌二〇一一年のアメリカ探偵作家クラブ（ＭＷＡ）のエドガー賞最優秀長篇賞と、英国推理作家協会（ＣＷＡ）イアン・フレミング・スティール・ダガー賞、さらにはバリー賞の最優秀長篇賞もあわせてトリプル受賞に輝いた。日本でも、宝島社の《このミステリーがすごい！》ベストテン（海外編）と、《週刊文春》のミステリーベスト10（海外部門）の両方で一位に選出されるなど、圧倒的な好評を博し、日ごろはあまり翻訳ミステリを手にとらない読者のかたまでもがおおぜい読んでくださった。そして、『解錠師』ではじめてハミルトンの作品を読んだ人たちのなかから、この作者の過去の作品をぜひ読みたいという声が数多く寄せられたため、このたび、デビュー作の『氷の闇を越えて』が新版として復活した。このような形で旧作が復活するというのは非常にまれなことであり、その後押しをしてくださった読者のみなさんと、英断をくだした早川書房に大変感謝している。

今回、久しぶりに自分も再読してみたが、これは細部までよく計算された緻密な構成を持ち、翻訳ミステリやハードボイルドの初心者にもとても取り組みやすい作品だと思う。また、『解錠師』の主人公は口のきけない青年で、『氷の闇を越えて』の主人公は減らず口の中年男という好対照をなしているものの、短く簡潔なセンテンスを小気味よく重ねていく文体はどちらも共通していて、この作家のデビュー以来一貫した大きな魅力であるとあらためて感じたものだ。刊行から十五年経っても色あせないこの作品独特の味わいを、新しい読者のみなさんにもぜひ堪能していただきたい。

《スティーヴ・ハミルトン長篇作品リスト》

アレックス・マクナイト・シリーズ

A Cold Day in Paradise（1998）『氷の闇を越えて』本書
Winter of the Wolf Moon（2000）『ウルフ・ムーンの夜』ハヤカワ・ミステリ文庫
The Hunting Wind（2001）『狩りの風よ吹け』ハヤカワ・ミステリ文庫
North of Nowhere（2002）
Blood Is the Sky（2003）
Ice Run（2004）
A Stolen Season（2006）
Misery Bay（2011）
Die a Stranger（2012）
Let It Burn（2013）

ノン・シリーズ作品

Night Work（2007）
The Lock Artist（2010）『解錠師』ハヤカワ・ミステリ／ハヤカワ・ミステリ文庫

探偵になりたくなかったはずのアレックス・マクナイトは、シリーズ第二作『ウルフ・

ムーンの夜』では隣人のヴィニー、第三作『狩りの風よ吹け』ではマイナーリーグ時代にバッテリーを組んでいた旧友ランディーの頼みを聞いて、やむなく探偵稼業をつづけていく。そして、第二作から探偵の相棒として働くことになる愚直なリーアン・プルーデル、傲岸不遜ながらときにやさしさも見せるメイヴン署長、アレックスの心のオアシスである〈グラスゴー・イン〉の店主ジャッキーなどを常連脇役に従えて、力強い私立探偵として徐々に自己再生していく。

あらためて、アレックス・マクナイト・シリーズを今後もどうぞよろしくお願いします。

二〇一三年六月

本書は、二〇〇〇年四月にハヤカワ・ミステリ文庫より刊行された『氷の闇を越えて』の新版です。

最新話題作

二流小説家
デイヴィッド・ゴードン／青木千鶴訳
しがない作家に舞い込んだ最高のチャンス。年末ミステリ・ベストテンで三冠達成の傑作

解錠師
スティーヴ・ハミルトン／越前敏弥訳
プロ犯罪者として非情な世界を生きる少年の光と影を描き世界を感動させた傑作ミステリ

ルパン、最後の恋
モーリス・ルブラン／平岡敦訳
永遠のヒーローと姿なき強敵との死闘！　封印されてきた正統ルパン・シリーズ最終作！

ようこそグリニッジ警察へ
マレー・デイヴィス／林香織訳
セレブな凄腕女性刑事が難事件の解決目指して一直線！　痛快無比のポリス・サスペンス

消えゆくものへの怒り
ベッキー・マスターマン／嵯峨静江訳
ＦＢＩを退職した女性捜査官が怒りの炎を燃やして殺人鬼を追う。期待の新鋭デビュー作

ハヤカワ文庫

大人気ミステリ・クイズ

2分間ミステリ
ドナルド・J・ソボル／武藤崇恵訳
きみも名探偵に挑戦！　いつでもどこでもどこからでも楽しめる面白推理クイズ集第1弾

もっと2分間ミステリ
ドナルド・J・ソボル／武藤崇恵訳
難事件の数々を、鮮やかに解決する名探偵に迫れるか？　「名探偵診断書」付きの第2弾

まだまだ2分間ミステリ
ドナルド・J・ソボル／武藤崇恵訳
頭脳をフル回転させて難事件を解決せよ。「名探偵レーダー・チャート」付きの好評第3弾

名探偵はきみだ（全3巻）
ハイ・コンラッド／武藤崇恵訳
証拠を吟味し、真相をつかめ！　疲れた頭脳に刺激を。ちょっとハイレベルな推理クイズ

ミニ・ミステリ100
アイザック・アシモフ他編／山本・田村・佐々田訳
あっという間に読み終わり、でも読み応えは充分！　コンパクトなミステリ百篇が大集合

世界が注目する北欧ミステリ

ミレニアム1　ドラゴン・タトゥーの女　上下
スティーグ・ラーソン／ヘレンハルメ美穂・他訳

孤島に消えた少女の謎。全世界でベストセラーを記録した、驚異のミステリ三部作第一部

ミレニアム2　火と戯れる女　上下
スティーグ・ラーソン／ヘレンハルメ美穂・他訳

復讐の標的になってしまったリスベット。彼女の衝撃の過去が明らかになる激動の第二部

ミレニアム3　眠れる女と狂卓の騎士　上下
スティーグ・ラーソン／ヘレンハルメ美穂・他訳

重大な秘密を守るため、関係者の抹殺を始める闇の組織。世界を沸かせた三部作、完結！

特捜部Q―檻の中の女―
ユッシ・エーズラ・オールスン／吉田奈保子訳

新設された未解決事件捜査チームが女性国会議員失踪事件を追う。人気シリーズ第1弾

特捜部Q―キジ殺し―
ユッシ・エーズラ・オールスン／吉田・福原訳

特捜部に届いたのは、なぜか未解決ではない事件のファイル。新メンバーを加えた第2弾

ハヤカワ文庫

チャンドラー短篇集

キラー・イン・ザ・レイン
レイモンド・チャンドラー／小鷹信光・他訳
チャンドラー短篇全集1　著者の全中短篇作品を、当代一流の翻訳者による新訳でお届け

トライ・ザ・ガール
レイモンド・チャンドラー／木村二郎・他訳
チャンドラー短篇全集2　『さらば愛しき女よ』の原型となった表題作ほか全七篇を収録

レイディ・イン・ザ・レイク
レイモンド・チャンドラー／小林宏明・他訳
チャンドラー短篇全集3　伝説のヒーロー誕生前夜の熱気を伝える、五篇の中短篇を収録

トラブル・イズ・マイ・ビジネス
レイモンド・チャンドラー／田口俊樹・他訳
チャンドラー短篇全集4　「マーロウ最後の事件」など十篇を収録する画期的全集最終巻

フィリップ・マーロウの事件
レイモンド・チャンドラー・他／稲葉明雄・他訳
時代を超えて支持されてきたヒーローを現代の作家たちが甦らせる、画期的アンソロジー

新訳で読む名作ミステリ

火刑法廷〔新訳版〕
ジョン・ディクスン・カー／加賀山卓朗訳

《ミステリマガジン》オールタイム・ベスト第二位！　本格黄金時代の巨匠、最大の傑作

ヒルダよ眠れ
アンドリュウ・ガーヴ／宇佐川晶子訳

今は死して横たわり、何も語らぬ妻。その真実の姿とは。世界に衝撃を与えたサスペンス

マルタの鷹〔改訳決定版〕
ダシール・ハメット／小鷹信光訳

私立探偵サム・スペードが改訳決定版で大復活！　ハードボイルド史上に残る不朽の名作

スイート・ホーム殺人事件〔新訳版〕
クレイグ・ライス／羽田詩津子訳

子どもだって探偵できます！　ほのぼのユーモアの本格ミステリが読みやすくなって登場

あなたに似た人〔新訳版〕Ⅰ Ⅱ
ロアルド・ダール／田口俊樹訳

短篇の名手が贈る、時代を超え、世界で読まれる傑作集！　初収録作品を加えた決定版！

ハヤカワ文庫

訳者略歴　1961年生，東京大学文学部国文科卒，翻訳家　訳書『さよならを告げた夜』コリータ，『解錠師』ハミルトン，『デッドエンド』レドウィッジ（以上早川書房刊）他多数

HM=Hayakawa Mystery
SF=Science Fiction
JA=Japanese Author
NV=Novel
NF=Nonfiction
FT=Fantasy

氷《こおり》の闇《やみ》を越《こ》えて
〔新版〕

〈HM㉞-5〉

二〇一三年七月十日　印刷
二〇一三年七月十五日　発行
（定価はカバーに表示してあります）

著者　スティーヴ・ハミルトン
訳者　越《えち》前《ぜん》敏《とし》弥《や》
発行者　早川浩
発行所　株式会社　早川書房
郵便番号　一〇一 - 〇〇四六
東京都千代田区神田多町二ノ二
電話　〇三 - 三二五二 - 三一一一（大代表）
振替　〇〇一六〇 - 三 - 四七七九九
http://www.hayakawa-online.co.jp
乱丁・落丁本は小社制作部宛お送り下さい。
送料小社負担にてお取りかえいたします。

印刷・信毎書籍印刷株式会社　製本・株式会社明光社
Printed and bound in Japan
ISBN978-4-15-171855-7 C0197

本書は活字が大きく読みやすい〈トールサイズ〉です。